王國落日

奧馬哈眾王國記

The Fallen kingdom

OMAHA

大帝——著

安吉克
亞登
戈馬
東沙漠
大道
歐努特山脈
佩特沙
戈馬
大道
歐努特河
科薩克
麥錫亞
米爾維亞
半島大道
北洛爾
大道
雷因普爾
斯拉恩大道
洛爾
尼姆
北蘇瓦河
斯拉恩河
佩魯西亞
斯拉恩山脈
伊德留斯海
錫恩
莫涅斯
隆利運河
南方
大道
南蘇瓦河
斯
羅
瓦
河
札姆因

貝魯西亞地圖

目次

序章

烈日下，少年正修剪著花園的花草。他已經在炎熱的夏日中站了五個小時，或許因為長時間在太陽下工作的關係，他的皮膚曬得通紅，深褐色的短髮上也可以看到一滴滴的汗珠。不過，就算身上的衣服早已被汗水浸濕，他還是得繼續工作下去。

「艾姆修斯，可以休息了。」一個中年人的聲音從後面傳過來。少年立刻轉過身，對著站在門口的那個中年人恭敬地鞠躬。

「好的，主人。」

「工作做完先去洗個澡，午餐已經準備好了。」

十六歲的少年梅爾茲．艾姆修斯再次鞠躬，他的主人瓦洛克．艾德溫伯爵滿意地點了點頭，轉身走回屋子中。

梅爾茲轉過頭，繼續修剪著花圃。雖然這份工作很辛苦，但是他卻沒有任何的怨言，他知道，在貝魯西亞王國中，像他一樣地位的人，通常都得做著更辛苦、更危險的工作，卻只能過著地獄般的生活。

因為，他不是貝魯西亞的人。他只是一個來自外國的奴隸。

他的祖國是北方的維吉亞共和國。在八年前的維吉亞和貝魯西亞的戰爭時，他失去了自由，被賣到了奴隸市場。經過幾次的轉賣後，才在六年前被賣到艾德溫家當傭人。

——假如我沒有被艾德溫伯爵買下，我現在可能已經死了吧。

的確，在奴隸中，能在貴族家庭中服務已經算是運氣非常好了。假如運氣差了一點，就得到大型農場做牛做馬，靠苦力換口飯吃；更慘一點的就會到礦山工作，不但受到礦場主人的虐待，而且隨時可能因為意外而死掉。最倒楣的則是到船上工作，幾乎有一半的奴隸都在上船的第一年便因為惡劣的環境和傳染病而死亡，能活超過三年的更不到五分之一。

這就是貝魯西亞王國——不，整個奧馬哈大陸的現狀。

就在這時，一陣冰涼的風吹來，讓已經被太陽曬得頭暈的梅爾茲驚呼了一聲。

「辛苦了呢，梅爾茲。」他背後傳來一個清澈溫柔的聲音。他不用轉頭也知道是誰，那絕對是伯爵的獨生女奧蕾妮亞·艾德溫的聲音。

「小姐好。」他再次轉身鞠躬。

奧蕾妮亞的年紀比梅爾茲小了兩歲。她的身材十分嬌小，比梅爾茲還矮了半個頭，白皙的皮膚在烈日下顯得十分柔嫩，淡金色的長髮與碧綠的雙眸相互輝映，襯托著她清秀的容貌。不過，與她的外表相反，奧蕾妮亞眼珠透出的光芒與高雅的談吐，都給人成熟穩重的感覺。

「在這麼熱的天氣還要工作，辛苦你了。」她說。

「謝謝伯爵小姐的涼風。」梅爾茲小聲地說，奧蕾妮亞露出了靦腆的笑容。

普通人是不可能憑空創造出涼風的，但是奧蕾妮亞並不是個普通人。

奧馬哈大陸上有部分的人類具有特殊的資質，能夠操縱魔法。而在在貝魯西亞王國中，雖然魔法師不一定都是貴族，但是所有的貴族家族都有著魔法師的血統，艾德溫家自然也不例外，所以奧蕾妮亞也有著這樣的力量。

她從口袋中掏出魔杖，念了句短短的咒語後，涼風再次吹過梅爾茲身邊。

「小姐，您不必為我做到這樣。」梅爾茲紅著臉說。「現在很熱，小姐不需要出來曬太陽。」

「既然現在這麼熱，你也不該一直曬太陽呢。」她一邊抹去額頭的汗水一邊說。「趕快進來吧，剩下的工作下午再進行就可以了。」

梅爾茲把工具放在角落，跟在奧蕾妮亞身後走向房子。不過，他沒有進到屋內，而是在房子旁邊外先打了一桶水，然後提著那桶水走進獨立於宅邸外的一棟小木屋，傭人們的浴室和房間都在那裡。他花了十分鐘沖掉身上的汗水和灰塵，走進主屋時，其他的六七個僕人們已經開始用餐了。僕人們用餐的地方是主餐廳旁的一個小房間，隔壁就是艾德溫家的廚房，他可以聽見廚房裡廚師們閒聊的聲音。

其他僕人吃完就離開了，到最後房間裡剩下梅爾茲一個人。就在這時候，門突然打開，奧蕾妮亞悄悄地走進來。

「給你。」她快速地把一盤肉乾遞到他面前。

他驚慌地看著奧蕾妮亞。

「小姐，伯爵可能會生氣的。」

「不會，這是爸爸叫我拿來的。」

梅爾茲再次大吃一驚。雖然伯爵一向對僕人們不錯，但是他沒想到伯爵竟然會這樣照顧自己。

「快點吃掉，別被媽媽看到。」奧蕾妮亞小聲地說，梅爾茲的臉色立刻黯淡了下來。伯爵的夫人是出了名的看不起僕人，假如被她發現伯爵和小姐給自己加菜，不但自己會倒楣，連奧蕾妮亞和伯爵都會挨罵的。

「小姐，謝謝妳。」他小聲地說，奧蕾妮亞輕輕點了點頭便溜回去了。

梅爾茲囫圇吞棗地吃掉肉乾，把自己的餐盤拿去廚房洗。雖然廚房除了廚師以外還有專門負責清洗的僕人，不過他們負責的只有主人們的餐具，其他僕人的餐具都得自己處理。然後，他就回到了花園，繼續自己早上還沒完成的工作。

第一章　百人會議

在餐廳裡，艾德溫一家人正討論著一個十分嚴肅的話題。

「瓦洛克，我們到底要什麼時候才能回到封地？我已經厭倦洛爾了。」奧蕾妮亞的母親，出身於杜諾門家的艾莎・艾德溫十分不耐煩地瞪著瓦洛克。艾德溫家的封地比較北邊，與夏季十分濕熱的首都洛爾比起來涼爽許多。

「我也想回去城堡，但是現在實在是走不開。」瓦洛克無奈地回答。「這次的百人會議拖得比平常久很多，我還不能離開。」

「那有什麼關係？明明一堆貴族根本都不出席會議。」艾莎不悅地瞪著瓦洛克

百人會議是貝魯西亞王國最重要的會議，每半年召開一次，所有伯爵以上的貴族都會出席，對重要的政務進行表決。不過，這個會議並不受貴族們重視，許多貴族不想要舟車勞頓出席會議，而且平常國家政務都委由宰相處理，這讓百人會議漸漸流於形式，通常只對政策進行追認。因此，貴族們大多只把會議當成交誼的機會而已，長期缺席者也大有人在。

「這次不一樣。」瓦洛克嘆了一口氣。「這次幾乎所有的貴族都出席了，因為這次的事情非同小可。」

「真是無聊。」艾莎打了個哈欠。「我不想繼續待在這個熱得要死的城市裡面了。」

「媽媽，不如妳先回去領地吧。」奧蕾妮亞小聲地建議。

「怎麼了，妳不跟著回來？妳父親一個人留在這熱死人的地方就夠了吧。」

奧蕾妮亞搖了搖。「接下來幾天有宴會，我想要出席。」

艾莎露出了懷疑的表情。奧蕾妮亞平常對於貴族的宴會完全不感興趣，就算她三催四請奧蕾妮亞也不見得會答應，常常要伯爵親自出馬才能說服她。奧蕾妮亞這次竟然主動表示要參加宴會，實在非常地不尋常。

「妳說三天後在奇斯男爵別墅的那場宴會嗎？真沒想到妳會想參加呢。」伯爵也露出訝異的眼神。

她點了點頭。伯爵和伯爵夫人都沒有多說什麼，對於女兒的事情，伯爵夫人不打算過問太多。而伯爵雖然想開口，不過猶豫了一下後，他也沒有立刻發問。

「那麼，我就先去科薩克待一陣子，等到會議結束我再和你們一起回領地。」

科薩克是洛爾西北方的一座大城市，也是艾莎的娘家杜諾門家族的領地。雖然沒有艾德溫家的領地這麼北邊，不過跟洛爾炎熱的夏天相比，那裡的天氣也舒服許多。

「好的，那我們回去的時候會先繞去科薩克的。」

「那麼我就吩咐傭人開始準備行李和馬車了。」伯爵夫人說完後就離開餐桌了。伯爵看著餐廳的門緩緩地關上，在關上的那一刻，他立刻站起來，走到奧蕾妮亞身邊坐下。

「現在媽媽走了，妳要不要老實說出原因呢？」他露出了惡作劇般的微笑。一直以來，他對奧蕾妮亞都採用十分開明的教育方法，而比起脾氣不好的艾莎，奧蕾妮亞跟他也比較親近。剛剛他顧慮到艾莎在場而沒有追問，不過現在他覺得是問清楚事實的時候了。

「爸爸，這次的會議是準備討論加稅的問題吧？」

伯爵有些驚訝地點了點頭。「妳怎麼知道這件事呢？」

「前幾天的那場茶會裡面，我從別人那邊問到的。」

「在茶會問這些事情，也真是有妳的風格。」伯爵露出了苦笑。「所以，妳想要參加三天後的宴會也是為了問出更多的事情？我剛剛還在想討厭參加宴會的妳突然說要參加宴會，太陽是不是要從西邊出來了呢。」

奧蕾妮亞尷尬地露出笑容，她沒想到剛剛的小謊言那麼容易就被看穿了。

「其實，妳直接來問我我也會跟妳說的。嚴格來說，這次會議的主題並不是加稅，不過加稅倒是大家吵的最兇的議題。」

「那麼主題是什麼呢？是和艾基里歐王國的戰爭嗎？」

艾基里歐王國位於貝魯西亞的東方，兩國關係一向不睦，導致東方邊境衝突持續不斷。這場戰爭已經斷斷續續打了超過十年，期間爆發過好幾次大規模戰鬥，也有比較平靜的時期。這場彷彿永無止盡的消耗戰讓無數的貴族和士兵戰死沙場，雙方一直互有輸贏，沒有任何一方能拿到決定性的勝利。

「完全正確。這也是妳聽到的嗎？」

「這是我猜的，爸爸。」

伯爵露出了笑容，用著讚許與憐愛的眼光看著自己的女兒。

雖然女性貴族幾乎沒有參與政治的機會，不過奧蕾妮亞似乎從很久以前就一直對這些事情特別好奇。當其他同年齡的貴族女孩正在學習舞蹈、音樂或是繪畫時，奧蕾妮亞卻對那些事情並沒有什麼興趣，反而喜歡語文、歷史、地理這些學問，或是聽伯爵談論邊境問題和國家政務。這讓她的母親十分不悅，不過伯爵對此並不感到生氣，相反地，他十分樂於與奧蕾妮亞討論這些問題，凡是奧蕾妮亞問的問題他都會盡可能地回答。

而在這樣的討論中，伯爵慢慢地發現奧蕾妮亞的思緒十分敏捷。她不但反應很快，常常可以猜中伯爵還沒有說出的事情，有時候也會提出一些別具慧眼的意見。伯爵不明白這是什麼一回事，不過他覺得奧蕾妮亞似乎在這方面有著奇特的天賦，這使他更加喜歡和她討論這方面的事情，聽一聽與自己思路不同的想法。

「妳的判斷力還是一如以往的準。這次的會議主題的確是關於艾基里歐王國的戰爭，但是內容卻都集中在關於加稅的討論上。」

「所以是主戰派提出要加稅嗎？」

「嗯，是的。這部分麻煩就不要跟妳媽媽講——」

「我知道。」奧蕾妮亞也壓低了音量。「杜諾門公爵是主戰派吧。」

「是的，要是妳媽媽告訴他，我的立場就會很為難……」

伯爵嘆了口氣，繼續說：「基本上，我是反對戰爭進行下去的。再打下去就真的不得不加稅了。」

「那麼，為什麼兩方會僵持不下呢？我記得主戰派的貴族們數量蠻多的，他們應該可以強行通過加稅的決議吧？」奧蕾妮亞提出她的疑問。

「這就扯到加稅的問題了。基本上，當宰相提出經費嚴重不足，有貴族提議加稅後，部分主戰派的貴族就動搖了。」

「他提出的是什麼？向貴族加稅嗎？」

「是的。森格伯爵提出要增加貴族們每年上繳王國的金額，很多貴族氣壞了。」

「爸爸，這想也知道不可能通過啊。」奧蕾妮亞難得露出了憤怒的神色。「嘴巴上喊著打仗倒是簡單，但是又有誰會想加稅呢。」

「不要掏錢又想要打仗，根本是在做白日夢啊。」伯爵再次嘆氣。「宰相公布去年的國庫支出後，大家都傻眼了。」

「反正，對貴族加稅的提案一定會被否決吧。」奧蕾妮亞冷冷地說。「有沒有人提出向平民加稅呢？」

「到目前為止，還沒有人提出這樣的提議。我也希望永遠不會有人提出，可是……恐怕最後還是會有人提吧。」

他露出了苦笑。

「算了，妳瞭解大致的情況就好。接下來就是等下次的會議了……雖然事前大家花了很大的功夫私下協調，但什麼結果都沒有啊。我感覺我已經花了一個禮拜在白白浪費口水。」

伯爵站起來準備走出餐廳。不過，在他打開門的時候，奧蕾妮亞突然壓低聲音說道：「爸爸——請千萬要阻止向平民加稅的法案。」

她語句中的緊張感讓伯爵不由得停下腳步。他不清楚奧蕾妮亞到底想到了什麼，不過，他可以感覺到奧蕾妮亞非常地在意這件事情。

但是，他只能無奈地嘆一口氣。

「我也希望我能阻止。」

梅爾茲的工作量跟其他僕人相比小了一些，卻也不是多輕鬆的工作。在修剪完花圃以後，他得架起梯子修剪枝葉。但是樹葉實在太高了，他站在上面也只能勉強碰到樹枝。

「可惡，剪不到……」

「我幫你一下。」

他被不知道什麼時候走進庭院的奧蕾妮亞嚇到了。他慌忙地說：「伯爵小姐，妳不需要做這樣的工作——」

「魔法是用來幫助其他人的。」她說，輕輕地揮了一下魔杖，風一瞬間就把樹枝切得整整齊齊。但是就在梅爾茲想要道謝之時，遠方傳來的吼聲打斷了正要開口的他。

「你又在偷懶了！」

——糟糕了，被她發現了。

他慌張地看向奧蕾妮亞，她的臉色也是一片慘白。

大聲斥責他們的就是伯爵夫人艾莎。無論是五官、臉形還是頭髮，奧蕾妮亞幾乎完全遺傳了她的長相，任何人一眼就能認出她們是母女。但是她們散發出的氣質卻截然不同，高傲冰冷的神情讓她的美貌顯得有些乖戾。

「小鬼，乖乖工作，不要煩奧蕾妮亞！」

梅爾茲不打算反駁，他知道伯爵夫人絕對不會聽他的解釋，也不想把奧蕾妮亞捲進麻煩中。

「今天你沒有晚餐了！」艾莎指著他大罵，梅爾茲只能默默地承受。但是，他沒想到奧蕾妮亞竟然在這時開口了。

「媽媽，別這樣。是我想要幫忙的。」

夫人凌厲的視線立刻轉向，瞪著奧蕾妮亞。

「妳在幹什麼？」

「我想要幫忙。」

「這不是妳該做的事！」她的語氣十分激烈，連奧蕾妮亞也被嚇住了，完全不敢回嘴。她繼續喝叱：「奧蕾妮亞，回去房間反省！小鬼，你今天不用吃晚餐了——剩下的帳改天再算！」

奧蕾妮亞露出了不甘心的表情，但她也不敢違背母親的意思，只能緩緩地走回屋子，而夫人也轉身離開。梅爾茲繼續進行自己的工作，過了沒多久，他聽到了鐵門打開，馬車駛出的聲音。他向那看了一眼，夫人的馬車已經駛出大門了。

然後，不到幾秒，奧蕾妮亞再次出現在花園裡，身後跟著她的侍女。她對著梅爾茲露出了一個頑皮的笑容。

「母親已經離開了，現在就沒問題了。」

一看到她，梅爾茲立刻說道：「小姐，抱歉剛剛害您被夫人罵——」

「別在意。」她搖了搖頭。「反正媽媽要先回去了。」

她在樹下的桌子坐下，呆呆地看著梅爾茲工作，臉上露出了若有所思的表情，侍女則站在一旁靜靜地守候著她。雖然梅爾茲有點好奇奧蕾妮亞為什麼會在這邊看著他工作，不過他知道自己的身分不該隨便向她搭話。

這陣沉默就這樣持續了半個小時，奧蕾妮亞終於開口了。

「梅爾茲，這幾天你有到城市裡面嗎？」

「跑腿的時候有去幾次。」梅爾茲有些疑惑地回答。「小姐怎麼會問這個問題呢？」

「我有點好奇這座城市的狀況……你覺得洛爾這座城市怎麼樣呢？」

梅爾茲從梯子上爬下來，思考了一下後，不太確定地回答：「我想……應該是充滿活力吧。」

奧蕾妮亞轉過頭，對著她的侍女問道：「希爾娜，妳的想法是什麼呢？」

那個年紀與奧蕾妮亞相仿的女孩楞了幾秒，小聲地說：「城市很熱鬧，市場上的人總是三三兩兩地聚在一起聊天。」

「那麼，城市的氣氛呢？是快樂，還是不快樂呢？」

他又想了一下，困惑地搖了搖頭。他雖然可以理解奧蕾妮亞的問題，但是對於氣氛而言，他實在沒什麼概念。他注意到希爾娜的反應也是一樣，她一臉不解地看著奧蕾妮亞。

「我感覺不出來呢……」

「嗯，好吧。」她有些失望地垂下頭，不過，就在她正要起身離開時，梅爾茲忽然想到一件事。

「這麼說來，上次去市場的時候倒是聽到有些人在抱怨呢。」

「抱怨？」

「是的，小姐。最近似乎準備要徵稅了，好像有些人覺得不太滿意呢。」

奧蕾妮亞露出了微笑，輕輕地點了個頭後就離開了。梅爾茲楞楞地看著她的背影，不明白她怎麼會突然問這些問題。

貝魯西亞王國的首都洛爾是座繁榮的大城市，從外到內可以區分成了三個區域：最外面是一般平民居住的地方，面積佔了洛爾的十分之九，也是大部分商業活動發生的地方；城市中心十分之一的區域則被稱為「內城」，是王國政府的所在，包括宰相府、元帥府、魔法研究所等許多重要機構；而內城的最中央，則是王族居住的王城。

六月三十日召開的這一次百人會議，地點就在王城中的大會議廳。雖然過往都在內城中的議會堂召開，但是由於這次國王也要參與會議，所以會議地點就移到了王城中。

大會議廳內的座位環狀圍繞成好幾圈。最內圈的座位只有九個，是國王、宰相和七個公爵的座位。其他的人則按照爵位大小入座。按照規定，所有的公爵、侯爵、伯爵都有資格出席百人會議，而子爵和男爵之中，只有同時在政府或軍隊中擔任要職的人有資格出席。過去出席者的總數約莫在一百人上下，這會議因此得到了「百人會議」的名稱，不過時至今日，參與人數已經大幅高於這個數字。

「一〇四五年的百人會議正式召開。今日會議的召開是為了討論與艾基里歐王國的戰事。請諸位賢卿暢所欲言，不要顧忌。」國王亨洛爾四世公式化地宣告了會議的開始，然後悠哉地看向宰相布里斯頓侯爵。他是雷歐王朝的第六任國王，也是歷代國王中最不管事的一位，將大部分的政務全部丟給底下的貴族們處理。其中，權力最大的就是擔任宰相的布里斯頓侯爵，他已經擔任這個職位超過三十年，他將政務處理得井井有條，而他鬥爭政敵的手段也毫不遜色，就連最討厭他的貴族也不得不承認他的確是個有才能的人。

而也正因為他的立場以及才能，他比任何人都更早發現了這個問題，也很快就判斷出現在面臨的危機已經超出他能處理的範圍。這次的百人會議之所以這麼多人出席也是他一手促成的。

他清了清喉嚨，說道：「請諸位先閱讀一下去年政府的財務明細。我們的國庫已經無法支持戰爭的繼續了。」

「國庫不是應該還有一筆應付緊急狀況的資金嗎？」後面的座位傳出一個聲音。「只要動用這筆資金，不成問題的吧。」

布里斯頓頭也不回地回答道：「那筆資金在去年尼姆的水災時已經用掉了。」

「幹嘛把錢拿去救那些農民啊。」有人在後面低聲咕噥。

這句話引起的迴響出乎布里斯頓的意料之外。有好幾個貴族開始竊竊私語，他聽到某個男爵也小聲地對他旁邊的子爵說：「是啊，去年首都火災後的重建也花了很多錢。明明讓他們自己來就好了。」

這樣的對話讓布里斯頓不禁在心中暗暗咒罵這群腦子僵硬的貴族。

—老天啊，為什麼我要跟這群白癡一起開會？

——竟然能說出這種話，他們的大腦到底裝了什麼……

不過，他見人說人話見鬼說鬼話的功夫早已爐火純青，自然不會讓心中的輕蔑在話語和臉色中露出任何的蛛絲馬跡。等到四周喧囂聲稍稍安靜後，他清了清喉嚨繼續說：「現在討論去年的財政支出沒有意義，我們的財政還是捉襟見肘。現在的問題是，今年該怎麼辦？」

雖然還是有些人顯得很不滿，不過會場至少是暫時安靜了。布里斯頓滿意地看了四周一眼，說道：「請諸位踴躍地發言吧。」

眾人的視線，頓時集中在幾位公爵身上。按照慣例，通常都是由公爵們先行發表意見。七位公爵中，最先開口的是領地位於札姆因的菲利普公爵。

「戰爭必須要繼續下去。我們的損失，一定要從他們手中討回來。」

在與艾基里歐王國的戰爭中，菲利普公爵的領地是兩軍頻繁衝突的地方之一，他和他的騎士團立下了無數的戰功，但是領地在戰爭中也蒙受了不少的損失，他始終嚥不下這一口氣。

「要討回這些損失，不知道還要多花多少錢喔。」主張停戰的西格利爾瓦公爵懶洋洋地說。與他肥胖的身軀剛好相反，他治理領地的方法十分有一套，領地佩魯西亞城雖然地處偏僻，卻是十分繁榮的城市。

一旁的杜諾門公爵白了他一眼，非常不高興地說道：「你的領地安全得不得了，跟這場戰爭一點關係都沒有，說風涼話輕鬆得不得了啊。」

「抵禦敵人，跟主動出手去挑釁是完全不同的事情。難道這十年的戰爭都是對方挑起的嗎？難道我方從來沒有主動出擊過嗎？」

就在兩人間的氣氛劍拔弩張的時候，另一個公爵開口了。

「我也反對繼續戰爭。」

這句話是莫西亞公爵說的。眾人頓時對他投以訝異的眼光，因為他的領地尼姆城就在兩國邊境，甚至比菲利普公爵的領地札姆因城更靠近艾基里歐王國的邊界，他的態度讓眾人都十分訝異。

「已經持續太久了。我們的農地被燒了，他們的農民也流離失所。這十年內，到底死了多少人？」

他站起來，環視四周，高聲說道：「這場戰爭已經夠了。無論是哪一邊都蒙受了巨大的損失，我們國家沒有得到任何一吋土地，他們的領土也沒有向前任何一步。趁現在停戰吧，對方也會答應的。」

他的這段話也引起一些貴族的共鳴。在貴族中並非沒有反對戰爭的人，雖然他們的土地不一定有被直接捲入戰爭中，卻也因為要提供軍需資源而覺得吃不消。抱持著這種想法的貴族，大概在與會人員中佔了三成左右吧。

可惜的是，與主戰派相比，他們只是少數。

「為了我國的光榮，我們不能放棄這次戰爭！長久以來，艾基里歐一直是我們的宿敵，我們一步也不能退讓！」

提出這項意見的人是亞登的歐利希司公爵。聽到歐利希司的高呼，布里斯頓忍不住在心中暗罵。

——沒想到，連歐利希司公爵都這麼愚蠢。在議會裡高呼光榮對國家一點幫助都沒有。

即使如此，他仍不打算表現出自己的情緒。在這次會議上，他打算試著阻止戰爭持續下去，但是他可不想因為這次會議賠上自己的政治生命。

「我也認為戰爭該繼續下去。現在的狀況是誰先認輸誰就完蛋了，認輸的那方只能任人宰割。」莫涅斯的埃爾登公爵開口道。「既然對方的狀況跟我們一樣糟糕，那我們就撐下去，讓他們先提出停戰吧。」

「問題是我們已經耗不下去了！」莫西亞公爵稍稍拉高音量說道。「我們沒錢了，沒錢要怎麼讓戰爭繼續下去？」

會場陷入了一片沉默。

繞來繞去，問題還是繞回了最關鍵的財政問題上。

「要不要試著向奧頓帝國貸款？」一位坐在後排的伯爵提出了這個主意。眾人看向財政大臣藍伯克侯爵，他搖了搖頭，否定了這個想法：「我們連現在的貸款都快要還不出來了，奧頓帝國不會願意繼續借錢給我們。那些商會的商人們也決定停止對我們的融資了，詳細的內容都在我會議前送交給各位的報告中。」

「那麼，加稅吧。相信各位應該願意多付一些稅金，讓戰爭進行下去吧。」

在前幾天已經提出過這個主意的森格伯爵用著有些嘲弄的語氣說。他這句話直接命中了主戰派們心中的矛盾，他們希望戰爭持續，卻不想為了戰爭而繳納更多的稅金。

「去年諸位要上繳的金額是封地收入的百分之五。假如把這個金額提高到百分之二十，不，可能只要百分之十五，軍費問題可以迎刃而解吧。」

「太離譜了！」

「怎麼能叫我們跟那群平民繳納一樣的稅金！」

在貝魯西亞王國，平民的稅金是每年收入的百分之十五，而貴族的稅率則是百分之五。要這些貴族和平民負擔一樣的稅率，這口氣他們實在吞不下去。

森格伯爵的發言激起了許多貴族的抗議。但是，他仍面不改色地說：「既然我們想要維護國家的光榮，那麼就為了這些光榮多付一些錢吧。」

「我們光是要派出騎士團支援就已經是很大的負擔了啊！我們乾脆向平民加稅好了。」這個主意不知道是誰提出的。但是，它引起的迴響，卻是會議開始到現在最大的一次。

「對呀，這樣就解決了。」

「把所得稅調整一下，就能補足國庫的不足了吧。」

贊同對平民加稅的發言此起彼落，不過也不是沒有持反對意見的貴族。首先站起來發言的就是瓦洛克・艾德溫伯爵。

「這三年內，以各種名義向平民課徵的特別稅已經高達十次了，再進行加稅的話，平民恐怕負擔不了。」

貝魯西亞王國中，平民需要繳納的稅金可以粗略地分成一般稅和特別稅。一般稅的稅率固定為收入的百分之十五，每過一段時間都會進行收入評估。特別稅則是不定期徵收，課徵的理由可說是五花八門，有時候是因為發生天災，有時候是因為要建設新城市，也有些時候是因為國王的登基十年的特別慶典。特別稅的課稅方法並沒有固定，有時候是用收入課徵，有時候則是針對家庭人數課徵金額。

在貝魯西亞，最被非議的就是這個特別稅了。由於每次課徵的規則都不一樣，次數卻又越來越頻繁，讓眾人都對這個制度非常不滿。特別是有時會因為一些雞毛蒜皮的小事而課徵特別稅，部分尖酸的民眾甚至用一句玩笑話嘲笑特別稅的制度：「當國王搞丟了一顆鑽石，他就會課徵特別稅」。

但是貴族中卻有不少人認為特別稅是個補足國庫缺口的好方法。有人提議道：「那麼，還是用特別稅的名義來課徵吧。」

財政大臣再次開口反駁：「沒辦法。過去課徵特別稅的金額，跟戰爭需要的相比，完全不夠。」

他邊說邊拿起去年的財務報表，指著上面密密麻麻的數字說：「我們去年的一般稅收大約是十億亞西，課徵了三次特別稅的總金額約五億亞西。要用特別稅來補足將近一半的一般稅實在是太勉強了。」

「果然還是只能加稅了。假如把稅率從百分之十五提高到百分之四十，不，或許只要三十，就能一口氣解決問題了。」杜諾門公爵開口表達他的意見。現場立刻有不少人表示贊同，但是百分之三十這個數字卻也讓一些貴族忍不住面色發青，畢竟這個金額實在高得太嚇人了。另一個也反對加稅的格魯佛侯爵顫抖著說：「不行，再怎麼說，百分之三十的稅率也太高了……」

然而，向平民加稅這個主意卻讓主戰派的貴族們的氣勢再次上漲了。

「或許可以提高到百分之二十或二十五左右，這樣子應該就能彌補財政的缺口了。」

「對啊，雖然可能會引起抗議，不過也只能這樣辦了。」

「除非我們宣布不再加收任何的特別稅，否則貿然提高稅率一定會引起老百姓的不滿！」瓦洛克拉高了音量，然而他的聲音卻很快就淹沒在贊成加稅的聲浪之中。對於這些不願意自掏腰包的主戰派們，加稅這個提議不啻於解決現狀的救命繩索。只是，對於這個提案，伯爵有著十分不祥的預感。

——這條救命繩索到底通向何處？一個處理不好，這條繩索也有變成導火線的可能性。

伯爵還想再發言，旁邊的雷米伯爵卻拉了拉他的袖子說道：「艾德溫，多說無濟於事。」

「可是，不阻止的話——」

「就當作給貴族們一個教訓吧。不讓這群主戰派吃點苦頭，他們是永遠無法理解的。」雷米露出了苦中作樂般的笑容。

「這個教訓，我們也得連帶承受啊。」

「那也沒辦法，你說得再多，表決還是會過的。」

瓦洛克有些落寞地靠到了椅背上。

「你知道下次徵稅是什麼時候嗎？」

「上一次是三月中，那麼下一次應該就是七月中吧。說不定有些地方已經開始進行了。」

瓦洛克沈思了一下，又說：「那麼，應該已經開始準備了吧。」

「這我可不知道。你得去問稅務官或是財政大臣才行。」

貝魯西亞王國的稅制雖然簡單，收入評估和徵收方式卻很複雜。對於隸屬於貴族領地的人民，要分幾次徵收、如何徵收都是由領主決定，有時候徵收農作物，有時候要直接付錢，再加上作物的價格起伏不小，導致中間有很大的模糊地帶。而住在城市或是不屬於貴族村莊中的人民，則由稅務官負責徵稅，一年固定三次。在評估的方面，每個地方的評估的規則也不一樣。城內經營店面的收入每年都會被重新評估好幾次，而農民的檢查間隔就長了很多，每十年普查一次，中間就算發生天災或意外也還是要繳交相同的金額。

而且，最讓一般人覺得不公平的地方在於稅金的流向。徵稅官收到的稅收要直接交給國王，但是貴族收到的稅收卻算是貴族的私人收入，只需要繳交其中的二十分之一給王國就行了。

「你覺得這次的徵稅會直接提高徵稅金額嗎？」

「不知道，希望他們別急成這樣啊。」

兩人對看著嘆了一口氣，但是事情會怎麼發展，他們這群少數派早已無能為力。

這次的會議並沒能立刻做出決定。貴族間僅達成了要加稅的共識，至於加稅的金額和方式，都沒有討論出一個結果。因此，國王和宰相決定在一星期後再次召開會議。

當瓦洛克拖著疲憊的身體走進家門時，奧蕾妮亞正站在玄關等他。

「妳怎麼在這裡啊？」他訝異地問。平常奧蕾妮亞幾乎整天都待在自己的房間，偶爾會在花園裡散步，會在大廳等他真的是十分稀奇的一件事情。

「爸爸，會議結果呢？」她垂著頭問道。

「妳這是明知故問吧。看我的表情妳應該就猜得出來了。」

他重重地坐在沙發上。奧蕾妮亞在他身邊坐下，有些膽怯地問：「爸爸，最近的這次徵稅會直接提高金額嗎？」

「妳連最近要徵稅這件事情都知道啊？我今天還在向其他人問這個問題呢。」

奧蕾妮亞有些尷尬地說：「我是從僕人們聊天內容中聽到的。」

「妳的消息還真靈通。回歸正題，對於妳的問題，我只能說不知道，因為今天還沒做出決定。」

「什麼意思呢？」

「今天的會議雖然決定了要加稅，不過加稅的比例和其他細節都還沒決定。下禮拜後還要再開一次會。」

他察覺到女兒的臉色一下子變得慘白。

「怎麼了？妳想到什麼事了嗎？」

「爸爸……這件事，有沒有可能拖延一下？」

「妳的意思是希望把加稅延到年底吧。這點我還不知道其他貴族是怎麼打算的。」

「我覺得……這樣下去，會很糟糕。」奧蕾妮亞的語氣異常低沈。「這太急了，可能會引起比預料中更大的麻煩……」

伯爵重重地嘆了一口氣。「我不願意用太難聽的話批評其他人，但在這件事情上，他們的堅持實在是有些愚蠢。」

「沒有其他的辦法嗎？」奧蕾妮亞輕輕地靠在伯爵肩上，他伸手摸了摸愛女的秀髮，沈重的心情卻怎麼樣都揮之不去。而從她的臉上，伯爵知道她的想法也是一樣的。

「唉，這件事我真的無能為力啊……」

第二章　酒館老闆與監獄看守

在洛爾的街道上，市民們熙來攘往，多到讓人眼花繚亂的店鋪顯示了這座城市的活力。這座城市有著悠久的歷史，早在奧馬哈曆七〇年就已經有人居住，那時候只是人口不到一千人的小聚落，後來慢慢發展成了一個富庶的小公國。在奧馬哈曆三一〇年，北方的貝魯西亞公國南下消滅了洛爾公國，不過這些征服者卻被這裡富裕的生活與高雅的文化所吸引，在十年後創立了貝魯西亞王國後放棄了北方的根據地，將洛爾定為首都。這份歷史與首都的身分讓市民們自覺高人一等。

而在經濟上面，洛爾同樣是貝魯西亞中最為繁華的一座城市。海運方面，南邊的蘇瓦河直接通往商貿興盛的伊德留斯海；陸運方面更為重要，洛爾就位於貫通貝魯西亞南北的大道上，可以說是南北商貿往來的必經之地。

既是政治中心，又是商業繁盛的城市，這樣的條件塑造了洛爾市民十分特殊的性格。他們有著強烈的自尊心，而且十分野心勃勃。這也導致洛爾的市民和官員們關係常常十分緊張。

而在洛爾的外城中，又分成許多的區域。西邊大多是事業有成的人居住的地方，有著雅致的房屋和整齊的街道。南邊則是商業興盛的區域，有著不少的商行和公司，每天都有許多貨車往來於這裡與城市南方的蘇瓦河，將貨物運到河上的港口再順流而下。城市的東北兩邊則幾乎都是普通市民的住宅，不過兩邊相比，東邊又比較窮了一些，治安問題也比較多。

「埃迪爾的號角」是坐落在城市東南側的一家酒館。這家酒館外觀平凡無奇，不過生意卻十分興隆。店裡面的酒從低價位到高價位都一應俱全，老闆又是個十分健談的人，因此許多商人會在休息時來這邊小酌兩杯順便交換消息，市民們也把來酒吧當成難得的娛樂。

今天的酒館依然高朋滿座，十分吵雜。而在酒館的後方，有一間安靜許多的包廂，裡面的幾個人正開心地交談著。這幾個人都是酒館的常客，今天恰好有時間聚在一起，他們一邊喝酒一邊交換著各種小道消息。

「你怎麼現在有閒在這邊啊？印象中現在南方第一批的小麥應該已經可以收成了啊。」率先說話的是一個在城內經營雜貨店的老闆，今天是他的休息日。坐在他對面的商人是經營穀物交易的，他一邊喝著啤酒一邊抱怨：「今年的收成不太好，因為前幾個禮拜的水災，南邊的村莊損失慘重啊。」

「喔喔，我有聽說這件事情，最慘的是尼姆北邊一點的村莊，聽說那裡水淹了好幾天是吧？」跟他們同桌的另一個人也抱怨了起來，他是一個運輸車隊的隊長，主要的活動範圍是從洛爾到西邊的大城市莫涅斯。

「莫涅斯附近也很慘啊，今年一直受到海盜的騷擾，逼得埃爾登公爵要帶領軍隊去攻擊海盜。」他心有餘悸地說。「我來的路上也差點被搶，媽的那一群海盜竟然逆流而上，一路搶到內陸，我們的海軍未免也太沒用了吧。」

「最近日子真的很不安寧啊……而且，聽說又要跟艾基里歐打仗啦，真是難過。」酒館的老闆赫頓・布蘭德一邊送上酒菜一邊說。他今年三十五歲，身材介於壯碩與肥胖之間，總是活力十足的樣子，褐色的捲髮讓他看起來十分討喜。這間酒館是他父親留下來的，而他也把酒館經營得有聲有色。

「赫頓，你也來喝一杯如何啊？」第三個人開口問道，那是個比赫頓年長一點的男子，他叫做克雷・坦普，是洛爾城中最大的監獄——貝茲監獄的看守。瘦高的他總是一臉嚴肅，給人一種不苟言笑的感覺。不過，他和其他人一樣聊得很開，因為他也是這間酒館的常客，每次假日都會來赫頓的店裡小酌幾杯。

「好啊，等一下我就——」

「老闆，老闆！」一個服務生慌慌張張地跑進來。「官老爺來了！」

原本喧嘩的酒館陷入了一片寂靜，所有人都顯得十分緊張，視線不時偷偷看向門口。幾個穿著官服的人站在那裡，瞇起眼睛打量著酒館內的狀況。

「我的天啊……」赫頓立刻放下端給他們的酒杯，邊發著牢騷邊匆匆忙忙地走出去。對於任何的店家而言，官吏永遠名列他們最不想打交道的對象之一。掌握徵稅與查核大權的官吏們總是對店家頤指氣使，一旦忤逆他們今年的稅金就會被嚴格查核，讓所有店家碰上他們都得戰戰兢兢，生怕一不小心就惹禍上身。

「看來，我們有必要重新評估今年的稅收了。」為首的那個人掃視了滿座的酒館一圈，點了點頭，臉上的橫肉跟著不停地抖動。

「唉呀，各位官老爺，這是假日人才比較多，平日的生意沒有這麼好啊。」赫頓在臉上堆滿了卑微的笑容。不過，那個人卻似乎毫不領情，他瞥了赫頓一眼，輕蔑地說：「事實如何我們會慢慢認定的。還不快點幫我們安排個位子？」

「好的，老爺們請坐這邊吧——」

「這怎麼成！竟然讓我們跟這群人坐在一起，成何體統！還不帶我們去包廂裡面！」那個人大聲喝叱。赫頓忙不迭地點頭，匆匆忙忙跑回包廂，苦笑著對另外三人說：「不好意思，今天官老爺來了，只能委屈你們換個座位吧。」

「唉，真的是只會作威作福的傢伙。」

他們不情不願地離開座位。走出包廂的時候，商人和運輸隊長低著頭趕緊離開，只有克雷回頭瞪了那幾個大搖大擺的官員一眼。不過，那幾個官員似乎沒有注意到他無禮的視線，逕自在包廂裡面大喇喇地坐下來。

「不好意思，你們就先到那一桌吧。」赫頓小聲地跟他們講完就立刻跑進去招待那個官員和他的友人，克雷在外面都還可以聽到那群人大聲喝叱的聲音，忍不住搖頭嘆息：「唉，這年頭日子過的真卑微啊，隨便一個徵稅官就可以這樣大搖大擺的。」

「你也是吃公家飯的不是嗎？半斤八兩啦。」商人一邊喝酒一邊笑著說。克雷臉色一沉，冷冷地說：「我可沒有那麼泯滅良心。」

「所以你才一輩子都是個獄卒啊！」運輸隊長也哈哈大笑。

「唉，這真的是個要沒良心才能活下去的——」

砰的一聲，酒店大門重重地打開，再次吸引了所有人的視線。一看到門口的人，酒館今天晚上第二次陷入了沉默。

那幾個人的穿著都是高級的服飾，但是讓大家沉默的不是他們的衣著，而是他們腰間佩帶的東西。

魔杖與長劍。

在貝魯西亞，只有貴族才允許在平時配劍。眼前這幾個人或許只是階級最低的「騎士」，但就算如此，與平民的地位也有雲泥之別。

赫頓慌慌張張地跑出來，在他們前面打躬作揖地說：「各位貴族老爺，今天蒞臨敝店實在是萬分榮幸，不知道各位老爺需要什麼？」

「這家店我們晚上包了！」為首的那人大聲地說。「今天要好好地狂歡一番！」

一聽到這句話，赫頓嚇得面無血色。他過去不是沒跟貴族或官員打交道過，但那實在不是什麼好體驗。一般酒客喝醉酒鬧事會被其他客人攆出去，但是貴族喝醉後沒有人敢打擾他們。而且，貴族老爺喝酒不付帳不是什麼稀奇的事，一想到他們包場後可能帶來的虧損和麻煩，赫頓就覺得心在淌血。

「老爺們，我們家的店實在太寒酸，作為老爺們的聚會場所實在太過失禮了。老爺們要不要移駕到其他更加高級的酒館度過今宵？」

「不用了，這樣就行了。」那個貴族顯得興致高昂。「這樣的地方，正適合好好地放鬆一下啊！」

「就是說啊，好不容易明天不用值勤，不好好爽一下怎麼行呢？」

從這段話，赫頓立刻就明白這群人的身分。雖然不確定他們是皇宮衛隊的成員還是警備隊的軍官，不過他們應該都是階級最低的騎士，也是最粗魯無禮的一群。

「聽不懂人話嗎？這場地今天我們包了，全部滾出去！」第三個人大喝一聲。聽到這句話，顧客們忙不迭地站起來，手忙腳亂地逃出去。幾個已經醉倒的傢伙也被他們的同伴連拖帶拉地帶出去了。

然而，意外還是發生了。

倒楣的克雷在走到門口時被旁邊的酒鬼一絆而摔了一跤，跌倒的時候撞到了其中一個貴族的配劍。那個貴族勃然大怒，立刻一腳踹向正想爬起來的克雷身上，抽出了配劍。

「你這無禮之徒，竟然敢碰觸貴族的配劍，活得不耐煩了？」

「老爺息怒、老爺息怒——」赫頓趕忙跑到貴族面前替克雷求情。「他喝醉了，我抬他出去——」

「老闆，這不成啊，你先去幫我們清理座位吧。」貴族冷冷地攔住他。「我們會自己處理這個冒失鬼的。」

他說話的時候，另一個貴族用套著劍鞘的配劍狠狠地往克雷臉上敲過去，克雷痛的倒在地上，鮮血直流。然後，第三個貴族把他從地上用力地拽起來，一拳打在他的鼻梁上。他一邊痛毆克雷一邊大罵：「死賤民，連眼睛都不長！」

克雷的臉腫了起來，牙齒似乎被打斷了好幾根，他口齒不清地哀嚎著，模模糊糊地說了些什麼話，不過貴族們聽不清楚，也沒打算聽清楚。

「閉上你的臭嘴，賤民！」

他往克雷的肚子又是一拳。克雷白眼一翻，失去了意識，不過貴族們似乎沒打算輕易放手。這時候赫頓已經用最快的速度替他們收好了桌子，跑來三人前面，堆著滿臉卑微的笑容說道：「各位老爺，不要讓這個人打擾你們用餐的興致了，趕快上座吧！」

「好吧，饒他一條狗命。」貴族把他往門外一踢，逕自到座位坐下，享用赫頓端上來的陳年葡萄酒。見他們已經開始放縱地享受了起來，赫頓才偷偷溜出酒店。克雷似乎恢復了意識，躺在店門口呻吟著，赫頓嘆了口氣，用力把他抬了起來。

「那……混蛋……」

「你別再用力了，我認識一個不錯的醫生，我把你抬過去吧。」

他把克雷抬到了巷尾一棟破舊的民房。他敲了敲門，門很快地打開，站在門後的是一個白髮蒼蒼的老者。

「怎麼啦，赫頓？」

「他不小心惹到貴族被揍了一頓。」赫頓匆匆忙忙地說。「我得回去酒館，克雷就拜託你囉，帳先算我的。」

老者點了點頭。他和赫頓一起把克雷搬到了診療床上，然後赫頓就立刻離開了。等到門關上以後，老人走到書桌旁拿起了一枝魔杖。克雷看到後驚慌不已，他拚命地想要說著什麼，不過牙齒被打斷的他只能發出模糊不清的聲音。

「冷靜點，先生。不然我可沒辦法開始治療。」

他點燃了室內另一盞煤油燈，然後在克雷的身邊坐下。他仔細的檢查克雷的傷勢，一邊看著他的傷口一邊唸著咒語。魔杖的尖端飄出了銀色的火花，落在了傷口上面，讓被打斷的牙齒緩慢的長回來、瘀青的臉頰和腫起來的眼睛慢慢消褪。

剛恢復說話的能力，他立刻急躁地問：「你是誰？為什麼你會——？」

「不要用力，我還沒治療好！」醫生嚴厲地打斷他。他把目光轉移到克雷的腹部，用魔杖輕輕的抵著他的腹部，克雷瞬間覺得有一股冰冷的感覺流進了他的肚子。

「好，好，看來沒有太大的問題。不過，頭部內部的狀況我也沒辦法把握，假如過幾天有任何的狀況一定要立刻找醫生。」

醫生的魔杖離開了克雷的肚子，克雷立刻坐了起來，警戒地看著醫生。

「別用這麼有戒心的眼神看著我啊。你先在這裡躺個半個小時，我才能放你回去。」

「你是誰？」克雷不理會他說的話，視線冷冷地盯著醫生。

「我是個醫生。」

「你的名字是什麼？為什麼魔法師會在這邊當醫生？」

「你先喝點水，我再慢慢地回答你問題吧。」醫生嘆了口氣，拿了杯熱水放在床邊的茶几上。

克雷拿起杯子喝了口水，但是視線仍緊緊盯著醫生不放。在這種平民居住的地方竟然可以看到魔法師實在是非常罕見的一件事情，克雷絲毫不敢放下自己的戒心。

「我叫做洛森・帕佛，如你所見，是個魔法師。我想，這一帶的人應該都知道這件事情，畢竟我是靠這一行吃飯的。」

「為什麼你會在這邊？」

「我以前也是個下級貴族，曾經在軍隊當軍官……不過，後來我離開軍隊了。我不適應那樣的生活。」他清了清喉嚨，無奈地說：「如你所見，大部分的下級貴族都像剛剛揍你的那群人一樣，高傲、粗魯，他們沒有上級貴族的優雅風範，卻又放不下身為貴族的自尊……總而言之，他們是一群很矛盾的群體，他們的生活條件無法支撐自己的虛榮心，所以才會這樣。」

「而你受不了這樣的生活，所以放棄了貴族身分？」

「倒也不是這樣。我離開軍隊後，靠著積蓄買了個莊園，想要維持自己的排場……可是，在一次艾基里歐王國的入侵中，我的莊園被燒掉了，我的妻子和小孩也死在敵人的刀下。從那之後我就看破了這一切。」

克雷正要追問，醫生就站了起來，似乎不想繼續回答他的問題了。他說：「你在這邊躺半個小時，時間到了就自己離開吧。」

說完後，他就走回了自己的房間，留著克雷一個人躺在床上。

等到貴族和官員們離開，已經接近半夜了。

赫頓和年幼的服務生看著眼前的一片狼藉，連苦笑都沒辦法。他們不是第一次接待貴族，每次都是這樣的慘狀。喝醉酒的騎士們弄破了一堆碗盤和酒杯，那幾個稅務官則是不停的要赫頓送上最高級的紅酒，然後對每一杯酒都狠狠地批評一番。然後，他們理所當然的沒有付半毛錢，赫頓也不敢開口。假如跟貴族開了口，沒准他也會被毒打一頓。而稅務官更不用說，他們只要在徵稅的調查上大筆一揮，赫頓的店就只能迎向破產的命運。

「唉，假如貴族什麼的消失就好了。」

「老闆，別說這種話啊。」服務生緊張地看著他。「被聽到的話會有大麻煩的。」

「也是呢。好了，今天準備打烊了，接下來幾天想辦法賺回來吧。」

一想到徵稅的時間迫在眉睫，他就覺得頭痛。像他這種在城裡面擁有店面的人是最容易課徵的對象，所以對他們的稽查都特別嚴格。拜此所賜，每個人都練就了一身打點稅務官的功夫，但是就算是這樣，每當徵稅季節的來到他們都還是膽戰心驚。只要一繳不出稅款就會被課以高額的罰金，這對他們這些小生意人而言是絕對致命的，只要被罰一次就逃不過倒店的命運。

敲門聲響起，正準備打烊的赫頓猶豫了一下，還是打開了門。出乎他意料之外，站在門外的是克雷。

「嗯，這麼快就能走了？看來已經沒事了。」

克雷沒多說什麼，走進酒吧後就在吧台前面坐下來。

「你去把外面的牌子翻成打烊，然後你就可以走了。」赫頓對服務生說道。然後，他就在吧台對面坐了下來，倒了兩杯啤酒。

「醫療費改天再還我吧，這杯當作請你的。」

克雷一言不發地拿起酒杯，拙劣的味道刺激著著他的味蕾，讓他的心情更加糟糕。他一口氣就喝掉了半杯，然後把杯子重重往桌上一放。

「小心點，別打破杯子給我增加額外開銷啊。」

克雷回頭看了背後幾張狼藉的桌子一眼，冷冰冰地問道：「你都不會覺得憤怒嗎？」

「當然會啊。不過，我可不會這樣主動去招惹貴族，我可不想在平日惹麻煩。」

「是啊是啊，跟實際做些什麼比起來，發發牢騷實在太輕鬆了。反正大家早就習慣了抱怨，整天出一張嘴罵貴族罵國王，卻連自己能做什麼都沒有想過，這種人根本就是懦夫啊。」

聽到克雷這麼說，赫頓臉色一沉，起身到門邊往外看了一眼後鎖上了大門，然後才回到吧台坐下。

「我想魯莽與勇敢還是有些差別的，比如說，我在談起類似的話題時，會先確認屋外沒有人。」

克雷似乎對他的話充耳不聞，他越說越激動，臉漲得通紅。「反正人們早已習慣屈服，甚至沒有想過自己根本就有力量推翻貴族，建立個更好的國家。憑什麼我們只能服從貴族？憑什麼我們要對他們卑躬屈膝？」

「我常常聽你講所謂『更好的國家』。」赫頓一邊倒著酒一邊說。「我也對現在的狀況非常不滿，但是你所謂更好的國家是什麼樣子？」

「自由和公平！」克雷的雙眼發出了光彩。「我們要有一個自由和公平的國家！我們應該要有一個沒有貴族和平民，所有人都能憑著才能決定自己地位，也能對國家事務暢所欲言的國家！」

聽見這句話，赫頓搖了搖頭。「先別說公平了，把現在的貴族們全部都從政府趕出去的話，那國家要怎麼運作呢？」

「還不簡單，讓平民來就行了。北方的維吉亞共和國就能讓我們參考，他們由人民選舉決定誰來擔任官員。」他越說越興奮。「我們讓人民來決定國家的政策，讓人民進行審判，解決市民間的糾紛。」

「這就是維吉亞所謂的『民主制度』吧？」赫頓露出了十分感興趣的表情。「我也想過這個問題。我覺得，假如真的推行民主制度，或許可以讓國家的運行更加符合人民的需要。不過，在遇到緊急的問題時，這樣的制度有能力應變嗎？」

「當然可以，為什麼由人民選出的領導人會比不上什麼都不會、單純靠著血統繼位的國王？我們可以選出自己的領袖，可以在他做不好的時候換掉他，這樣才合理吧！」

他大口的灌下一整杯酒，神情顯得更加地激動。「這就是一個國家需要的：由人民選出來的領導人、由人民決定的國策，還有公平公正的審判制度。這樣的國家，才是一個合理的國家！」

但是，與越來越興奮的克雷不同，赫頓的表情顯得有些悲觀。

「這一切理想都非常的好。不過，我們沒有實行的手段。在貝魯西亞，我不認為平民有和貴族對抗的力量。」

「就算貴族會使用魔法，人數跟平民比起來也是少得可憐！」

「推翻貴族這種事情在整個奧馬哈大陸上似乎沒有人成功過。」赫頓淡淡地說。「除了打從立國之初就相對開放的維吉亞共和國以外，每個國家的貴族都牢牢的控制著軍隊。」

他的這句話，讓剛剛激動的克雷也變得有些沮喪。

「的確是如此……這一點實在是無奈，無論想要採取什麼行動都得顧及到軍隊……」

「這麼說來，策反軍隊或許也是個可行的方向——前提是有方法的話。」

話題往越來越危險的方向進行，不過兩人對此都沒有半點的動搖。他們早已聊過無數次這類的話題。

最一開始只是兩名朋友間的發牢騷，但是隨著這幾年日子越來越難過，不知道什麼時候開始，話題的走向越來越大逆不道。不知不覺，已經進展到這種一旦被聽到就算被逮捕也不意外的程度了。

「我好歹算是在政府部門工作，我可以告訴你，要藉由策反軍隊發起革命是絕對不可能的。」克雷否定了赫頓的想法。「在我們監獄裡，就算是下級官員也都領著豐厚的薪水，享有極高的福利。而他們緊緊地控制著最下層的小吏——也就是像我這樣的人。軍隊也是一樣，下級軍官緊密地箝制著士兵，士兵們根本沒機會主動發起一場叛變。」

「所以，唯一的方法還是要靠市民的行動，然後看看能不能藉此激起底層士兵的憤怒而引起兵變，沒錯吧。」

克雷陰鬱地點了點頭。再次開口時，他的聲音顯得無比的沈重。

「這就扯回來原本的問題了，所有人都是膽小的。要讓這樣的局面改變，必須要有更加劇烈的刺激——天曉得這樣的刺激什麼時候會來到。」

赫頓也絕望地搖了搖頭。

「所以，我們還是什麼都做不了。」

對他們而言，這個夜晚就跟過去幾次深夜的漫談一樣，看不到任何一絲希望。兩人就在這樣低迷的氣氛中，喝著一杯一杯的啤酒，度過了這個夜晚。

第三章　晚宴

奇斯男爵的晚宴對於留在洛爾的貴族們來說是個十分值得期待的活動。燠熱的天氣和會議中煩人的協商早已讓大家疲憊不堪，這場宴會是個放鬆身心的好機會。這次宴會出席人數非常多，伯爵以上的上級貴族就超過了三十人，而有資格出席百人會議的子爵和男爵幾乎全部都來到了這邊，還有許多的騎士想盡辦法得到了參與宴會的資格，希望在宴會中博得貴族小姐們的芳心。

男爵的莊園位在洛爾城的南方，佔地超過一百公頃，就算跟許多侯爵的城堡相比也絲毫不遜色。莊園內的豪宅沒有比「奢華」兩個字更貼切的形容詞了，用魔法點亮的光源立在潔白的大理石柱上照亮了大廳，忙碌的僕役在桌上擺上一道道山珍海味，有著早上才剛從湖裡釣起的鱸魚，也有九八〇年份的陳年佳釀。高挑的天花板和廣闊的佔地，讓大廳裡面就算容納了超過兩百位賓客也絲毫不讓人覺得擁擠。

由於家裡的馬車已經被伯爵夫人使用了，伯爵和奧蕾妮亞搭著租賃的馬車抵達莊園門口。一抵達立刻有侍者帶兩人進入了大廳。與兩人一同前來的梅爾茲則被帶到僕人的休息區。在這種大規模的宴會中，幫僕人與車伕準備休息區已經是慣例了。奧蕾妮亞好奇地往架設在莊園草坪上的棚子看了一眼，發現裡面已經站滿了人，那邊似乎也準備了不少的食物。

「別看了，我們趕快進去吧。」伯爵輕聲催促她，帶著她沿著石磚路前進。路的盡頭就是奇斯男爵的宅邸。看到那棟華麗的石造建築物，奧蕾妮亞不由得發出一聲嘆息。

「怎麼了？」

「奇斯男爵很有錢嗎？」

聽到這句話，伯爵往旁邊看了一眼，確定侍者離他們有一段距離後，才小聲地說：「很有錢啊……看他的宅邸就知道了。不過這完全就是暴發戶的裝飾，雖然高級，卻連一丁點品味都沒有。」

「所以奇斯男爵家是在他這一代才變有錢的嗎？他是怎麼發財的呢？」

「奇斯男爵是警備隊的後勤負責人，妳懂的。」

奧蕾妮亞緊緊地抿著嘴唇，過了好幾秒才擠出一句：「所以，我們即將參加的這場宴會，就是來享受男爵的不義之財？」

「我可沒這麼說。不過，他的風評的確很糟糕。」

「可是，軍隊後勤負責人中飽私囊，真的不會有任何問題嗎？」

伯爵思考了一下，嘆了一口氣說道：「印象中，男爵管的應該是洛爾警備隊的後勤，而警備隊的任務其實不是太繁重，所以現在還沒有問題發生。假如他擔任的是前線部隊的後勤負責人，大概就不妙了。」

聊著聊著，他們已經走到了大廳的門口了。站在門口的禮賓人員高聲宣告：「恭迎艾德溫伯爵和伯爵千金！」

站在門口的奇斯男爵立刻熱烈地歡迎兩人。「艾德溫伯爵，您的駕臨對我來說實在是無上的光榮，讓這裡蓬華生輝啊！」

然後，他轉向奧蕾妮亞，牽起她的手，輕輕地吻了一下。「伯爵小姐實在是太美麗動人了，讓會場上的其他小姐都相形失色啊！」

「哈哈，您太客氣了。」艾德溫伯爵爽朗地笑著。「後面是沃夫侯爵，你去招呼他吧，我們自己來就行了。」

「那麼，就請您盡情享受這場宴會吧。」男爵露出了諂媚的笑容，匆匆地走回門口準備招呼下一個貴族。看見他走遠了，伯爵轉向奧蕾妮亞，露出了鬆了一口氣的表情說：「接下來我要去找幾個人談一下，妳要去和宴會裡其他小姐聊聊天，還是——」

「父親，我可以跟你一起過去吧？」奧蕾妮亞趕緊說。

「喔，好的，當然沒問題。」伯爵溫柔地看著她。「我就知道妳會這麼想。」

他牽起她的手穿過了人群。奧蕾妮亞秀麗的外表和潔白禮服下苗條的身段，理所當然地吸引了許多騎士的視線，他們的視線在她美麗的臉龐和裸露出來的白皙肩膀上游移不定。一路上有好幾個騎士想要來邀請奧蕾妮亞共舞，不過一看見走在她身旁的伯爵後立刻就打消了向她搭話的念頭了。

「我看起來有這麼可怕嗎？」伯爵輕鬆地開著玩笑。奧蕾妮亞也一邊笑著一邊回答：「這樣也好，我就不用花時間拒絕他們了。」

「其實偶爾跳個舞也不錯，我和妳的母親也是在舞會中認識的——不過，我想妳大概比較好奇我們要聊什麼吧。」

奧蕾妮亞點了點頭。一直以來，她對於舞會、宴會這些東西並不是很感興趣，這次的宴會也只是想在洛爾多留一下的藉口而已。假如有機會聽到伯爵要聊些什麼，又能避開沒興趣的舞會，自然是再好也不過。

他們穿過了跳舞的人群、經過了忙著大快朵頤的貴族們旁邊，來到了會場的角落，跟其他地方相比，這裡幾乎沒有宴會的氣氛。幾個貴族坐在桌邊，正在認真的討論些什麼。

「唉呀，這不是艾德溫伯爵嗎？要不要來這邊坐啊，今天的食物真的不錯。」一個身軀肥胖的貴族對著他們揮了揮手，與他懶洋洋的動作相反地，他的聲音充滿了精神。伯爵點了點頭，在那張桌子坐下。

「承蒙您的邀請，西格利爾瓦公爵。」

「別客氣啊。這位就是你家的千金嗎？真是與傳聞一樣的漂亮呢。」

「是啊，不愧是艾莎的女兒。」坐在旁邊的另一個貴族開口，他看起來比西格利爾瓦公爵更老一些，不過臉孔卻給奧蕾妮亞精明強悍的感覺。

「哪裡，您過獎了，莫西亞公爵。」

莫西亞公爵一邊打量著奧蕾妮亞一邊問：「尊夫人近來可好？有出席這次宴會嗎？」

「內人一切平安，不過因為洛爾的天氣實在太熱了，兩天前已經回去北方了。」

「我倒覺得很習慣，這跟尼姆的溫度差不了多少。」公爵哈哈大笑。然後，他語氣一轉，嚴肅地說：「不過，她沒出席對我們的討論來說是個好消息。」

「的確如此。」伯爵在他們對面坐下，點了點頭。「我從來沒對內人討論過這些事情，請放心。」

「那麼，令千金——」

「我不會對媽媽說的。」奧蕾妮亞突然開口，讓兩位公爵都嚇了一跳。「我瞭解杜諾門公爵在這件事情上的立場，所以我絕對不會多說一個字的。」

莫西亞公爵驚異地看著她，過了好幾秒才開口，但臉上仍掩不住訝異的表情。「沒想到妳這麼清楚狀況呢。」

「小女一直以來都對這些事情特別地好奇，讓各位見怪了。」伯爵冷靜地回答。「那麼，讓我們進入正題吧。」

「拗的，拗的。」西格利爾瓦一邊吃著牛排一邊講話，雖然這是極為粗魯無禮的行為，不過跟他同桌的這幾個人似乎都已經很習慣他這樣隨性的舉動。他吞下一口牛排後清了清喉嚨說：「我覺得現在的狀況很不妙，我們應該沒辦法拉到足夠的支持人數。」

「我也這麼覺得。」伯爵沮喪地開口。「在這三天我盡力遊說每個還沒定下主意的人，但他們還是猶豫不決。」

「怎麼樣的猶豫不決？是不知道該不該讓戰爭繼續下去，還不知道該不該通過加稅的議案？」

「大部分都是針對前者在猶豫。不管是誰都一口回決了讓貴族加稅的提議。」

「說實話，我也不想同意。」西格利爾瓦陰沈地說。「雖然不到承受不起的程度，但是這樣的稅金還是會讓人很不悅。」

「假如我們都不以身作則的話，那麼誰會願意付稅金呢？要把戰爭進行下去，這是必然的代價。」莫西亞公爵試圖勸說，不過西格利爾瓦的態度也是十分地強硬。「我打從心底認為不應該把戰爭進行下去，我也不想花錢支持這場愚蠢的戰爭。」

「這麼說倒是沒錯……我也贊同要結束戰爭的。但是，現在的狀況也不是說停就能停的。若我們採取比較保守的作戰方針，或許可以慢慢降低軍費，但是不可能一下子就恢復到正常水準。」

「好吧，你應該比我更瞭解前線的狀況。」西格利爾瓦鬱悶地說。「那麼，艾德溫你又是怎麼想的？」

「我覺得貴族應該要加一點稅金了。」伯爵思考了一下後給出了這個答案。「過去以來我們的稅率一直都很低，或許不需要一次拉到跟平民一樣，但是整個徵收的方式應該要改……例如，讓領地民眾的稅收徵收方法與王國直屬區域的徵收制度一致。」

聽到這句話，西格利爾瓦放聲大笑，莫西亞公爵則是面露苦笑地搖了搖頭。

「伯爵啊，你想的太美了，這絕對不可能的啊。把領民的稅金歸給中央比讓貴族繳納兩成的稅金更可怕。你千萬別把這句話說出去，否則沒人會想繼續跟你談事情。」

「的確如此。雖然一個國家有兩種完全不同的稅金徵收規則的確很詭異，但是你這樣的想法等於是要完全改變貴族的權力來源，這不可能爭取到更多的支持的。」

「嗯，好吧……」聽到兩人都反對這個意見，伯爵不得不收回自己的想法。假如連思想最為開明的兩人都不支持這樣的看法，那麼就更不可能說服其他人了。

沒想到，奧蕾妮亞卻在這時突然開口說話了：

「所以，雖然對現狀不滿，認知到問題的存在，但卻又沒有人願意做出能澈底解決問題的根本性改革，就連最開明的兩位大人也是這樣呢。」

奧蕾妮亞這句辛辣無比的發言讓伯爵心跳幾乎要停止了。他慌忙開口：「奧蕾妮亞，妳不要亂說——」

「等等。」

西格利爾瓦放下了餐具，直直地盯著奧蕾妮亞。

「公爵，請息怒，小女——」

「你先別講話，艾德溫。」西格利爾瓦打斷他。清了清喉嚨後，他對著奧蕾妮亞問道：「改革貴族領民的稅收制度的確會從根本上改變我國貴族制度。妳認為，這樣的改革對於我們的國家是必要的嗎？」

伯爵的視線緊張地在兩人身上游移。奧蕾妮亞似乎也被西格利爾瓦意外認真的態度和突如其來的問題嚇到了，她的嘴巴張開又闔起了好幾次，才勉強擠出回答：「我……我想……這樣應該才是解決問題的根本方法。」

西格利爾瓦點了點頭，他並未發火，而是露出了有點同情的笑容。

「要說根本，令尊的意見的確是很根本，但是這種程度已經不叫做改革了。所謂的改革其實就是一種妥協的過程，是在大多數的人都能勉強接受的情況下得到的結果。而要讓其中一方絕對不能接受的條件通過，需要的不是改革，而是革命啊。」

「公爵的意思是這個制度的變革不通過革命無法達成嗎？」

「的確如此。」這次開口的是莫西亞公爵。「我相信在貴族中還是有極為少數的人——像是令尊——具有這樣的理想，不過這個理想不會被大多數的人接受。就算這樣的方向對國家是好的，但是過程中引起的衝突恐怕就足以毀滅這個國家了。」

奧蕾妮亞有些勉強地點了點頭。她可以理解兩位公爵想要表達的意思，而她剛剛發言時的確沒有考慮過這樣的改革帶來的反動。

就在這時，奇斯男爵和一名侍者走到了他們的餐桌旁，暫時打斷了他們的對話。

「各位，這是在下收藏的九二〇年紅酒，希望各位不要嫌棄，讓我們乾一杯吧。」

「唉呀，這不是亨洛爾二世陛下在世時的佳釀嗎？這實在是不敢當啊。」西格利爾瓦嘴上說著客氣話，手卻自然而然地接過了侍者端來的酒杯。

「讓我們為閣下乾一杯吧。」伯爵輕輕舉起酒杯。男爵臉上堆滿了笑容，一邊謙虛地說：「不敢不敢，讓我為諸位的健康乾一杯吧。」

四人舉起酒杯，一飲而盡。侍者立刻幫他們裝滿第二杯酒。

「這杯酒就為國王陛下乾杯吧，祝國王陛下身體健康。」莫西亞公爵舉起了酒杯，其他人也跟著喝下去。

「那麼各位，我就先失陪了。」奇斯男爵向他們鞠了個躬，轉身去招呼其他客人了。

「真是難得的佳釀啊。」西格利爾瓦一邊品嚐著剩下的酒一邊大呼過癮。「奇斯男爵竟然能找到這麼好的酒，真是厲害啊。」

「奇斯的名聲有多糟糕你又不是不知道。」莫西亞公爵無奈地搖了搖頭。「算了，在這場合我們就不說主人的壞話，回到剛剛的話題吧。」

「喔，剛剛談到小姐提到的改革吧。基本上，以我們的立場也不太可能推動這樣的改革。假如國王陛下能夠在少數貴族的支持下強力推行的話或許還勉強有機會，但是要期待懦……呃，這樣的陛下實在太不切實際。我們還是把方向轉到讓大家同意停止戰爭吧。」

莫西亞公爵憤怒地拍了一下桌子，氣呼呼地說道：「在這場與艾基里歐的戰爭上，最好笑的地方就是極力主戰的大半是北方的貴族。我很清楚尼姆這邊的狀況，尼姆附近的幾個貴族都已經表明不想要繼續打下去了，北方的貴族還高興地搖旗吶喊。」

「我和西格利爾瓦公爵也都是北方人啊。」伯爵苦笑著說。「不過，我不否認你說的話就是了。」

「北方的貴族——甚至連洛爾附近的也一樣——無法理解我們這裡到底打得多辛苦、我們的騎士團到底付出的多大的犧牲。我們可以接受村莊因為戰爭而被燒毀、領地被攻擊，反正這本來就是國界必須承擔的風險。問題是每次發動攻勢就要徵召我們的士兵、後勤補給也給我們帶來沈重的負擔，真希望那群滿嘴空話的傢伙來這邊待一個——咳、咳。」

「好了好了，現在抱怨這些也無濟於事。」西格利爾瓦拍了拍差點被紅酒嗆到的莫西亞，一邊轉換話題。「我們該做的是抓緊剩下這三天，趕快說服其他人同意停戰。我這幾天是有拉攏了幾個跟我關係比較密切的伯爵啦，而據我所知，宰相私底下似乎也有在運作。艾德溫，有其他人在運作這件事情嗎？」

「就我所知，森格和雷米伯爵對這件事情也算是熱心，但不到積極的程度。其他的話……光是能消極的贊同我們就該謝天謝地了。」

「我倒是知道金斯利將軍對這場戰爭也有些意見。」

莫西亞公爵突然說出這句話，讓另外兩人都瞪大了眼睛，只有奧蕾妮亞一臉疑惑，沒有進入狀況。

「金斯利將軍也有意見？這真的是新消息啊。」西格利爾瓦吃驚地看著莫西亞。「假如我們把這風聲放出去，會不會——」

「千萬不行。」莫西亞緊張地說。「金斯利將軍只是在我們喝酒的時候隨口提及，我們可不能把這消息拿來宣傳。」

伯爵嘆了口氣，面露遺憾地說：「假如將軍能夠公開表示這樣的意見，我想會對其他人造成很大的影響，畢竟他可是這場戰爭不可或缺的人物啊。」

奧蕾妮亞終於忍不住了，她輕輕拉了拉伯爵的袖子。

「爸爸，金斯利將軍是誰呢？」她小聲地問。

「是東方兵團的總司令。妳知道東方兵團吧？」

奧蕾妮亞恍然大悟，點了點頭。

在貝魯西亞王國中，貴族擁有私人的騎士團和衛兵，每個城市也有城市警備隊，不過王國中最精銳的戰力則是部署在東方與北方邊境的兩支部隊——東方兵團與北方兵團。伯爵口中的金斯利將軍就是東方兵團的總司令，從他接任到現在已經有十五年了。與艾基里歐的戰事主要就是由東方兵團負責進行，雖然前前後後換過好幾次元帥，但金斯利將軍始終都在最前線指揮，要論對戰況的掌握，絕對沒有人能比他更瞭解。

「金斯利將軍是因為什麼原因而反對這次戰爭的？」

面對伯爵的問題，莫西亞公爵思考了一下才說：「金斯利將軍認為這次的戰爭目標過於不明確。在最初幾年由菲利普公爵領導的軍事行動大多集中攻擊敵人的軍事基地，但是在由列特侯爵接任元帥後，進攻的目標越來越不明確，軍隊調度也出現問題。據說金斯利將軍曾多次向他抗議，但是侯爵並沒有接納他的意見。」

「那麼，你自己的感覺是什麼？你的騎士團應該也常常參與進攻計畫吧？」

「和將軍差不多。列特侯爵認為應該集中兵力攻擊對方的城市，但我實在不能同意這樣的作戰方略。對方攻不下尼姆，我們也攻不下他們的城市，圍城戰根本是讓士兵白白浪費生命。可惜侯爵不接納我的意見。」

「那麼，把這樣的消息放出去吧，雖然這大概會讓列特侯爵很不高興，不過……」

「公爵，這樣不好吧。」伯爵皺著眉頭說。「這樣弄得我們好像在抹黑列特侯爵一樣……」

接下來，三人間又進行了許多討論，卻沒有任何突破性的發展。他們這一桌彷彿陷入了愁雲慘霧，沒有人有心情享用面前的美味佳餚。

最後，伯爵起身離開了座位，對兩位公爵說道：「不好意思，我失陪了。我來利用宴會的機會嘗試著說服幾個人吧。」

就結果而言，伯爵的嘗試實在是極其失敗。

大多數的貴族都在享受著宴會的氣氛，他們談論著香醇的美酒以及美味的佳餚、談論著這棟華美的宅邸、討論著大廳陳列的各種繪畫與雕像、討論著男爵展示給大家看的各種珍奇收藏。對於他們而言，想要討論戰爭和加稅的艾德溫伯爵實在是太煞風景，大家禮貌性地跟他打招呼後就委婉地表示不願多談。

「這實在不是個很適合的場所。」經過好幾次失敗的嘗試後，伯爵嘆了口氣。

「父親，你要繼續試嗎？」

「不了，我想今天不會有更多的進展了。」伯爵搖了搖頭。「妳就好好地享受一下這場宴會吧。」

奧蕾妮亞有些膽怯地看了四周，有好幾個年輕的騎士偷偷打量著她，不過一看到她的視線就立刻別開了眼睛。

「我想，妳在宴會裡應該會很受歡迎的。」伯爵淡淡地笑著。「去吧。」

奧蕾妮亞點了點頭，離開伯爵的身旁。

不過，她並沒有到舞池中央參加舞會，而是向著大廳外走去。一路上有好幾個騎士來到她身邊邀請她共舞，不過看到她害羞地搖了搖頭後就失望地離開了。

她很快地走出了大廳，戶外的夜風讓燠熱的空氣變得沒有那麼令人難受。在草坪上，一對似乎是戀人的騎士與淑女並肩坐著，奧蕾妮亞快步繞過他們的身邊，來到了男爵為僕役們準備的地方。在那裡，一群已經喝醉的僕役們大聲地吵鬧著，擺在棚子下的餐盤也是一片狼藉。

奧蕾妮亞花了一番功夫才找到了她要找的人。梅爾茲正拿著一個杯子楞楞地坐在棚子的角落。

「好玩嗎？」奧蕾妮亞走到他身邊，小聲地問道。梅爾茲緩慢轉過頭，他的視線有點茫然，臉也不自然地泛紅。

「啊……小姐……怎麼在這邊呢？」

「想出來吹一下風。」奧蕾妮亞苦笑地看著他。「你喝醉了嗎？」

「呃……這是……我第一次……喝酒……」

他搖搖晃晃地站起來，腳步一個不穩，往奧蕾妮亞的方向倒了過去。

「喂喂——啊！」

她來不及閃開，被梅爾茲壓在了地上。梅爾茲笨拙地想要站起來，卻又立刻往另一邊倒下去。

「哈哈，我來幫你一下好了。」奧蕾妮亞輕輕笑著，拍了拍她沾上了泥土的衣服，站起來後從袖子中抽出了魔杖。念了一段咒語後，她用魔杖在梅爾茲的頭上輕輕敲了一下。

剎那間，梅爾茲感覺到彷彿有一盆冷水從自己頭頂上澆了下來，剛剛的醉意在一瞬間就消失了。

他站穩腳步，在花了幾秒瞭解剛剛幾秒內發生的事情後，慌慌張張地在奧蕾妮亞前面跪下來。

「對……對不起，剛剛冒犯到小姐，我——」

「好了，沒關係的。」奧蕾妮亞輕鬆地說。「喝醉酒後糊塗也是無可奈何的。」

「不過，我——」

「都說沒關係了。」奧蕾妮亞噘起嘴，語氣中有著不容質疑的強硬，梅爾茲只好硬生生地把道歉吞回了肚子裡。

「陪我散個步吧，裡面無聊死了。」

於是，兩人一同在佔地廣大的草坪上漫步著。穿著白色洋裝的奧蕾妮亞雀躍地走在前面，而身穿粗布料的梅爾茲則小心翼翼地跟隨在後。雖然這樣的兩人組看來十分不搭，卻沒有任何將目光投向他們這邊，對於貴族們來說，千金小姐身後跟著仕女或是僕從是極為正常的事情。

「小姐，在宴會裡還開心嗎？」

「沒什麼感覺，我都在聽爸爸談事情呢。對了，不用叫我小姐，直接叫我的名字就好了喔。」

「伯爵大人都在談什麼事情呢？」

「關於百人會議的事情……這些事情你有聽說嗎？」

梅爾茲搖了搖頭。

「那麼你想聽嗎？」

「假如小姐願意講的話，當然想。不過這樣真的不會被伯爵罵嗎？」

「我說過叫我名字就好了。」奧蕾妮亞轉頭，用著略微生氣的眼神看著他。

「呃……奧蕾妮亞小姐……」

奧蕾妮亞輕輕的嘆了一口氣，露出了有些不滿的眼神。

「算了，就先這樣吧……回到剛剛的話，爸爸應該不會罵我……吧。」

她用力的搖了搖頭，一掃前面低沈的語氣，輕快地說：「假如你想要聽的話，那我就全部告訴你喔。」

沒有等梅爾茲拒絕，她就開始一股腦把之前知道的消息全部說了出來。看到她的興致似乎十分地高昂，梅爾茲也不敢打斷她，就靜靜的聽著她的解釋。直到她說完後，梅爾茲才敢開口問：

「小——我是說，奧蕾妮亞小姐，為什麼願意跟我說這些呢？」

「因為，我想要聽聽看其他人對這件事情的看法。」奧蕾妮亞停下腳步，靜靜地說。「一直以來，我只知道從貴族的角度來思考這件事情是什麼感覺。假如從你的角度，你會怎麼想？」

「關於戰爭、關於加稅的這些事情嗎？我想想……」

奧蕾妮亞在草坪上坐下來，抬頭凝視著梅爾茲。

大概想了幾分鐘，梅爾茲才有些不確定地開口了。

「我認為——」

「等等，你先坐下來吧。」

梅爾茲猶豫了一下，決定聽話照做，他在她身邊坐下，緩緩地說：「我想，從一般人的角度來說，應該不會認為這場戰爭是必要的。」

「為什麼你會這麼說呢？」奧蕾妮亞專注地看著他。他說：「我想一般人可能也不知道自己能從戰爭中得到什麼吧……既然得不到利益，卻又要負擔加稅，我想沒有人會開心的。」

他頓了一下，臉色變得有些陰沉。

「至於那些居住在邊境、被戰爭波及的居民們，絕對會怨恨這樣的戰爭。不管戰爭有多麼偉大的目的，沒有人會希望戰爭影響到自己的家園的。」

奧蕾妮亞察覺到梅爾茲的表情有點僵硬，這才想起關於戰爭的話題對他來說可能有些敏感。

「不，我不該提到這件事情的，我忘了你是戰爭被俘虜的呢。」她低著頭說。

一時之間，兩人都不知道該說什麼。不過，在這片沉默之中，奧蕾妮亞想到了一個她一直很想要問梅爾茲的問題。

「我可以聽聽你以前發生什麼事嗎？你來到這邊以前的事……」

梅爾茲楞了一下，不知道奧蕾妮亞為什麼這樣問。看見他的反應，她有些膽怯地說：「假如你不想說，那就……」

「不不，沒關係的。只是……」

「假如你覺得講這個很難過的話，那就不用說吧。」

他慌忙搖了搖頭。他並不是不想告訴奧蕾妮亞他自己的過去，只是有些事情連他自己都記不太清楚。

「小姐應該知道我是在六年前，十歲的時候來到艾德溫家吧？」

奧蕾妮亞點了點頭。那時候她才八歲，不過對這件事情仍依稀有印象。他記得那天伯爵帶了個身體瘦弱的男孩到家裡，特地將這位年齡與自己相近的僕人介紹給她認識，從那之後，她就一直對這個年齡相仿的僕人多了一些注意……

「我的爸爸是個商人。戰爭爆發的時候爸爸剛好在外地經商，媽媽那時候正準備帶著我們先離開去北方避難。但是，在邊境的盜匪集團卻在這時襲擊我們的村莊，讓我們措手不及。

還記得那天騎著馬匹的盜匪在夜色中發動突襲，他們在村莊放火，四處都陷入了一片火海。村民們慌張的四處逃竄，我就在那陣混亂中跟我母親走散了。然後……後面的事情我不太記得了。醒來的時候，我手腳都被綁住，和一堆人一起被關在一間小屋子裡。」

「那麼，你的母親呢？」奧蕾妮亞一問出來就後悔了，她緊張地看著梅爾茲，生怕這個問題勾起梅爾茲的傷心之事。不過，梅爾茲的反應沒有很大，他只是露出了有點難過的表情說：「我不知道。從那之後，我再也沒聽過母親的消息了。」

稍微停頓了一下後，他繼續往下說，臉色變得比剛剛更為沈重。

「在那之後，我們這群人就被那些盜匪押到了戈馬的奴隸市場。我在那裡被一個礦場的主人買下來，然後就到了附近的一個礦場工作……那段日子才是真正的惡夢。假如要我回到那段日子，那我寧願死掉。」

「礦場裡的生活……很可怕嗎？」奧蕾妮亞向梅爾茲靠近了一點，輕輕抓住梅爾茲握緊的拳頭。奧蕾妮亞注意到他的拳頭正在顫抖，不過他自己似乎沒有感覺，再次開口時就連聲音都顯得有點不穩。

「那裡有著無數的童工，不管是男孩女孩都整天在不見天日的礦道工作，用炸藥打通道路、把結實的岩層炸鬆、挖出礦石、再把礦石和泥土搬到礦道的出口。不只我們過著這樣的生活。有許多在礦場工作的平民，他們有著微薄的薪水，卻得面對比我們更危險的環境，他們在最底層的礦坑過著最悽慘的生活，礦坑意外對他們來說是家常便飯，不過他們還是得這樣幹下去。

礦坑的環境實在是非常恐怖，和我一同被送進去的這群小孩，不到三個月就有一半的人因為惡劣潮濕的環境而生病，而我們的雇主就眼睜睜看著這些人痛苦地死去！

或許是因為我的身體比較好，又或許我的運氣比較不錯，我沒有生病，也沒有遇到礦坑的意外。但是我後來才知道等待我們的生活更為悽慘……我們的礦場主人，在背後拿我們經營著其他行業。

某天晚上，我和幾個人被從我們住的破屋帶到了一個華麗的地方，還被打扮得整整齊齊的。我們還以為有什麼好事發生了，直到後來才發現我們是被找去做『服務』的……有些有著特殊癖好的貴族或富翁會來找我們老闆，指定要找年幼的人幫忙服務。我親眼看到好幾個失去意識的女生同伴衣衫不整地被從那幾間房間抬出來，甚至有幾個貴族想要挑男孩……」

就算在這方面她沒有任何的知識，憑著貧弱的想像力，奧蕾妮亞還是猜出發生了什麼事。

「你也被帶進去了嗎？」她驚恐地大叫，雙手緊緊握著梅爾茲的手，但是兩人都沒有意識到這件事情。

「我那天並沒有被帶進去……不知道是那個貴族累了還是怎麼樣，總之我逃過一劫。不過，從那天以後，我每天晚上都十分害怕，很怕那天輪到我……」

「然後呢？你怎麼離開那個地方的？」奧蕾妮亞急切地問。

「我的運氣真的很好……我在那邊待兩年後，那個礦場主人因為經營不善而破產，所以把我們這些奴隸賣掉還債。我就在奴隸市場被伯爵買了下來，才終於離開那個地方。」梅爾茲心有餘悸地說。

兩人楞楞地對望著。梅爾茲還沉浸在那些悲慘的回憶中，奧蕾妮亞則是整個人呆住了，不知道該說什麼。

她雖然曾聽聞礦坑工作的恐怖，卻不知道到梅爾茲實際在那裡工作過，更不知道他在那邊有多麼悲慘的遭遇。

兩人對看了好幾秒，梅爾茲才回過神，意識到奧蕾妮亞正握著自己的手。他慌忙把手抽回，站了起來。

「不好意思讓小姐聽了這麼多我的事情，明明是些不值一提——」

「才沒有呢。」奧蕾妮亞立刻否定了他的話。「我很高興你告訴我這些事，我很高興你願意跟我談你的過去……不過，讓你回想起這些難過的事情真的很抱歉。」

她站了起來，有些害羞地轉身說道：「我們該走了，宴會差不多也到了結束的時間呢。」

奧蕾妮亞靜靜的走向宅邸的大門口，而梅爾茲則緩緩地跟在後面，帶著複雜的情緒看著眼前這個想法獨特又十分溫柔的女主人。

第四章　失控

這是場成功的宴會，賓主盡歡，每個人在宴會中都澈底地享受了一番。醉醺醺的貴族們搖搖晃晃地在侍從的攙扶下走向大門，搭上自己的馬車而離開。

不過，艾德溫伯爵卻在這裡遇到了一個意想不到的小麻煩。

「奇怪，馬車到底跑到哪裡去了啊……」他站在大門口，煩惱地看著從他們身邊經過的貴族們。剛剛載他們過來的馬車應該要等著接他們回去，現在卻消失無蹤。伯爵向旁邊的僕人們詢問這件事情，過了幾分鐘後，一個奇斯男爵家的僕人匆匆忙忙跑來，忙不迭地向他道歉：「不好意思，伯爵大人，剛剛有另外一個貴族掏錢給那個車伕，那個車伕就載著他們走了。」

伯爵搔了搔頭，這個意外的狀況讓現在變得有點麻煩。

「你們主人有多的馬車可以借用嗎？」

僕人慌忙搖了搖頭。「男爵的馬車已經先被其他人借用了，還是伯爵要多等一下，等到馬車回來再搭乘呢？」

伯爵盤算了一下時間，按照馬車在城裡面緩慢的速度，進去內城再出來恐怕會得花上兩個小時。就算是用走的回去，可能也不會花那麼久。

想到這裡，伯爵突然冒出了一個新點子。

「奧蕾妮亞，妳想要活動一下嗎？」

她不解地看著伯爵。

「爸爸，怎麼了？」

「我們用走的回家如何？」伯爵微笑著說。「大概一個小時就能回到家了。要等馬車的話可能要很久喔。」

奧蕾妮亞思索了一下就點了點頭。她並不討厭走路，雖然現在有點疲倦，不過她覺得這個距離她應該沒有問題。

於是，伯爵和奧蕾妮亞離開了莊園，並肩踏上了回家的路。莊園離洛爾的城門不遠，他們走沒多久就到了城門。夜間的城門有著管制，警衛在那裡檢查著準備要入城的人們，城門前的旅人得一個個接受搜身。不過伯爵直接帶著奧蕾妮亞走到隊伍的最前面，從懷中掏出了銀製的家徽。

「不好意思，能讓我們先進去嗎？」

看到貴族的家徽，正因為疲倦而露出不耐的警衛立刻站得筆直，慌張地向伯爵行禮：「伯爵大人，請您直接過去。」

「辛苦你了。」伯爵輕輕點了點頭，和奧蕾妮亞走進了城門，進入洛爾的外城。這裡夜晚雖然安靜，卻沒有完全失去活力，有零星幾家酒吧仍在營業，也有一些工作坊似乎正徹夜工作著。街道上偶爾也有一兩個人經過，有些是喝得醉醺醺的酒客，也有一些是無家可歸的人。

前幾次來洛爾的時候，她一直都待在宅邸裡，這是奧蕾妮亞第一次有機會觀察洛爾的街道。她一邊前進一邊興致高昂地看著四周的建築。

「這裡的建築跟科薩克差很多呢。」

過去她唯一一次在市區閒晃的經驗是在科薩克，那次他們跟母親前去拜訪外公，而在某天下午伯爵帶著奧蕾妮亞在市區裡溜達了一個下午。對於大部分的時間都待在城堡中的奧蕾妮亞而言，那是個十分難得的回憶。

「這裡的建築的確與科薩克差很多，這和我們貝魯西亞王國的歷史有關。」伯爵開始解答奧蕾妮亞心中的疑問。「貝魯西亞王國是在奧馬哈曆三二〇年建立的。在那之前，作為王國前身的『貝魯西亞公國』其實是科薩克附近的一個聚落。他們先後消滅了南方的麥錫亞公國和洛爾公國，在三二〇年正式建國後才定都洛爾的。這些歷史妳應該都很清楚，不過妳知道為什麼我會講這一段歷史嗎？」

奧蕾妮亞停下腳步，看著周遭的建築物開始思考。不出幾秒鐘，她就露出了恍然大悟的表情。

「北方的建築風格和原本洛爾公國的建築風格嗎？」

「是這樣沒錯。」伯爵笑著說。「在那個時代，南方華美的建築風格一向備受羨慕，北方貝魯西亞公國冷硬單調的風格相較之下並不受歡迎。所以雖然貝魯西亞公國征服了南方，在建築和文化方面他們反而被南方同化，所以洛爾的建築風格和北方的科薩克有著蠻大的差異。」

奧蕾妮亞又觀察了一會兒，若有所思地說：「不過，感覺除了建築風格以外……還有其他的不同啊。」

「嗯？什麼地方的不同呢？」

「感覺這裡的街道比較有活力。就算這麼晚了，這裡還是有一些人在街上活動，也有不少商店開著呢。」

「這裡是商業區，跟住宅區或許不一樣吧。不過，洛爾的確是比科薩克更為熱鬧的城市。雖然科薩克是陸上貿易的要地，不過在這方面洛爾也不相上下，而且它的海上貿易則更為興盛——即使洛爾不靠海，靠著蘇瓦河的運輸，這裡還是最大的商品交易處。所以，妳講的活力大概就是這麼一回事：這裡的居民有更多與其他地方交流的機會，城市內的交流也比其他地方更加熱絡。」

「即使有了其他港口和城市出現，大家還是選在最熱鬧的地方進行交易……這算是習慣成自然嗎？」

「或許是如此吧——唉呀，前面怎麼了啊？」

巷子中傳來一陣陣斥喝聲，還有零星的幾聲慘叫，打破夜晚的寧靜。兩個穿著騎士團制服的人，正在對一個年輕男子猛力的拳打腳踢。在他們的旁邊，一個大木桶打翻在地上，裡面的酒全部灑了出來。

「你賣這什麼爛貨？這種東西好意思拿出來騙我們？」

「大人對不起，小的——」

那個男人被一腳踹開，痛得在地上打滾，但是兩個騎士似乎不打算這麼容易放過他。他們兩人看起來喝了不少酒，卻又沒有醉到走不動的程度，躺在地上的男人看來是有一頓好受了。

「賣這種東西也好意思出來開酒館，真的是不知廉恥啊！」

「我看店裡面其他的酒也是垃圾吧？不如我們一起幫你倒了吧，這種垃圾就別拿出來騙人了。」

躺在地上的男人一邊呻吟一邊努力地開口：「兩……兩位老爺，小的絕無詐欺，市面上的葡萄酒就是……」

「誰允許你開口說話的？」

又是一陣拳打腳踢，那個男人的頭被猛力地踩了好幾下，但是他的慘叫卻無法讓兩名騎士停手。看到這裡，奧蕾妮亞大概瞭解什麼事了。

——被打的男子大概是酒館的老闆，不知道和那兩個騎士起了什麼衝突，被從店裡面拖出來了吧。

巷子裡有幾間房子的門悄悄地打開，或許是好事的屋主想看看發生什麼事吧？不過，看清楚在巷子裡面發生的事情後，門又很快地關上。門口也有幾個酒客探出頭想要瞭解外面的狀況，但是沒有任何人上前幫忙，誰也不想想要淌這趟渾水。

「爸爸，這個……」

「這麼說來，妳大概也是第一次看到這種事情吧。雖然不是所有的騎士都這樣，不過不管在哪裡都有些騎士會這樣對待平民。在領地內我很嚴格地約束我的騎士們，不過其他地方的就……」

奧蕾妮亞愣了好幾秒，她垂下頭，再次開口時語氣中充滿了憤怒。

「怎麼能夠這樣子，這種事情——」

「奧蕾妮亞，我們的貴族制度就是這麼一件事情。」伯爵嘆息著說。「國王命令公爵、公爵管侯爵伯爵、我們又可以約束子爵男爵、子爵男爵控制著騎士們，騎士則對著平民作威作福。問題是，誰也不在乎這件事情。」

「這麼說來，平民一定很討厭貴族吧？」

「或許吧。」伯爵無奈地說。奧蕾妮亞立刻回頭看向梅爾茲。

「梅爾茲，你的想法是什麼？」

面對這個如此直接的問題，他猶豫了一下，才小心翼翼地回答：「我覺得伯爵大人對我真的很好，能在伯爵家工作真的很幸福……但是，除了伯爵以外，我遇到過的大部分貴族都很看不起平民們，更別說我們這種人。看看眼前的那個騎士……平民怎麼可能會喜歡這樣的人呢。」

沉默了一下後，伯爵無奈地說：「我還是去幫一下那個倒楣的老闆好了，不然他被這兩個人活活打死就麻煩了。」

他大步向前，走到了那兩個人後面，開口道：「兩位先生，他已經快被你們打死了，不管他做了什麼，先停手一下吧。」

「你什麼東西，憑什麼說——」

在看到伯爵的打扮後，那個騎士硬生生把自己的下半句話吞了回去。就算喝了不少酒，他還是敏銳的意識到自己面前的這個對象地位可能不低。他換了個禮貌一些的口氣，帶著警戒的眼光打量著伯爵問道：「請問你是哪位？」

「我是艾德溫伯爵。」伯爵再次掏出家徽。「希望兩位看在我的面子上放他一馬。不然他被你們打得這麼慘，假如你們不小心打死他，之後也會有點麻煩吧。」

「伯爵大人說的是。」那兩個騎士慌忙點頭。「反正我們也給他一頓教訓了，那麼今天就這樣吧，祝伯爵有個愉快的夜晚。」

伯爵看著兩人慌忙離去的背影，嘆了口氣後回頭看著那個剛被痛毆一頓的酒店老闆。他正費力地要從地上爬起來。

「老闆，我只能幫到這樣了。」伯爵淡淡地說。「下次別去招惹他們……跟他們講道理是講不通的。」

「伯爵大人，感謝您的大恩大德，我一定……」

「不用了，你趕快去找醫生吧。」

這個插曲並沒有耽誤他們太久的時間。與原本預料的時間差不多，他們在接近十點的時候回到了家。

「逛了這一趟，有什麼感想嗎？」伯爵在沙發上坐下後半開玩笑地問。對他來說，與奧蕾妮亞討論這些事情一直都是十分不錯的體驗，奧蕾妮亞的領悟力和觀察力都十分驚人，常常能提出讓他耳目一新的觀點。

這次也不例外，奧蕾妮亞思考了一下後回答：「我覺得，這座城市的活力，不見得是一件好事情。」

「什麼意思呢？」伯爵用探詢的目光看著她，她遲疑了一下才開口解釋自己的想法：「剛剛父親說市民的活力代表著他們的交流更為熱絡，不過這種積極的交流可能代表他們更能交換資訊、有更多的知識，這樣的他們會不會更討厭王國政府和貴族給予的種種限制呢？」

「妳的意思是，活力的另外一面就是更為叛逆的精神，更有可能對現狀感到不滿，是這樣嗎？」

奧蕾妮亞不太確定地點了點頭。看了今天騎士們痛打酒館經營者的模樣後，她總覺得貴族和平民間扭曲的關係配上洛爾人的活力，會是個讓情勢更加不安的因素，但她也不知道自己的想法到底有什麼樣的根據。

「我倒是沒這麼想過，不過這又有什麼關係呢？」

「我也說不上來……或許，在加稅的時候，容易引起比其他地方更劇烈的不滿吧。像是暴動之類的。」

「我覺得妳或許想太多了。」伯爵淡淡地說：「雖然我覺得加稅會引起問題，不過我覺得引發暴動的機率並不高就是了。再怎麼說，我國還從沒發生過這種大規模的暴亂呢。」

奧蕾妮亞並沒有反駁伯爵說的話，但是她的眼神卻清楚地說明了她並不相信伯爵說的話。伯爵也注意到了這點，嘆了口氣說：「無論如何，這次我非常希望妳的想法是錯的……」

沉默了一下後，伯爵起身說：「時候不早了，妳也該去休息囉。」

他走上樓，而奧蕾妮亞則到浴室簡單的梳洗一下後便回到房間，由於一整晚的宴會和剛剛長距離的行走，十分疲憊的奧蕾妮亞沒花多少功夫就進入了夢鄉。

然而，就在這個夜晚，關於加稅的消息卻在貴族和官僚們都不知道的情況下，慢慢地在城市裡傳開來。

說來諷刺，這件事情會洩漏出去正是因為艾德溫伯爵和兩位公爵在宴會上的談話。他們的討論內容被一旁的侍者聽到，而這個多嘴的侍者則在廚房聊天時把這些話說了出去。不過，事後並沒有人追查消息是這樣散佈出去的，因為在消息傳開之後帶來的劇變，讓任何人都沒有餘力去回想消息到底怎麼洩漏的。

一開始，消息如同蛇一樣在城市裡慢慢匍匐著，然後像是長了腳一樣到處擴散，最後簡直如同飛鳥一樣迅速地傳到了其他的城鎮。

「你有聽說要加稅嗎？」

「是啊，剛剛從水果店的老闆那裡聽到這個消息了。該怎麼辦啊……」

「今年的收成差成這樣，根本付不出稅金啊！他們要逼死我們嗎！」

「有沒有可能消息是錯誤的？說不定根本沒有這回事。」

伴隨著加稅的消息，各式各樣的傳言在城市中瘋狂流傳。短短兩天之內，各種亂七八糟的傳聞已經多到足以使記憶力最超群的人也暈頭轉向。有人說加稅是因為北方的維吉亞共和國突然發動攻擊，有人說西方的絲綢商人惹到了大貴族才造成了加稅的結果，還有人說這一切只是因為國王準備要興建新的行宮。這些滿天飛的流言，讓整個情勢變得更加混沌。

這天晚上，「埃迪爾的號角」生意好的不得了。在這種時刻，眾人總是希望有個地方可以打聽消息，抱著這種心態的酒客讓酒館今天生意興隆。

「真的斯要加遂嗎？」一個醉鬼口齒不清地詢問坐在他旁邊的商人，那個商人憂鬱地點了點頭，一口喝光了面前的啤酒。

「那麼要加遂都少有丁島嗎？」那個醉鬼一邊問一邊搖搖晃晃地站起來。

「聽說稅率要加倍啊！」對桌一個身形魁梧的男人用力拍了一下桌子，震得他面前的酒杯都打翻了。他大罵：「幹搬運工已經有夠辛苦了，還要加稅，要我們怎麼活啊！」

這句話讓酒館中的的人們群情激憤，不少人跟著大聲地叫罵。大家早已被繁瑣的特別稅弄得疲累不堪，現在聽到要加稅的消息，實在是讓人憤怒不已。

「狗娘養的政府！假如國王和那群貴族不要這麼奢侈，哪需要繳那麼多稅金！」

「誰付得出來啊！今年收成這麼差，稅金還要變高是怎麼樣？」

「兩個禮拜後就要繳納稅金了欸，誰來得及變出錢啊！」

在一片罵聲之中，克雷靜靜地坐在吧台前面。他平常並不常與這些喝醉的酒客交流，不過赫頓還是覺得在大家討論這些事情的時候他一句話都沒說實在是有點奇怪。

「今天生意特別好啊。」赫頓一面端給他第二杯酒一面說道。「這杯算我請你的。你怎麼這麼安靜啊？」

「我沒心情說話。」他一把抓起赫頓端上來的酒，一飲而盡。

「你怎麼了？」赫頓察覺到他似乎有點不對勁。克雷垂著頭，低聲地說：「這次……完蛋了。我會付不出稅金。」

說這句話的時候他的表情淡然的簡直有點冷漠，但是赫頓仍從他的聲音中聽到了深沈的絕望。

「欸欸，怎麼了？雖然稅金一口氣調高了一倍，你也不至於這樣吧？」

「前一陣子小孩生病了，病了好幾個月。為了看醫生，把積蓄都花光了。」

赫頓很明白繳不出稅的下場是什麼。稅務官員都是群毫無耐心的人，大筆一揮就能夠把欠稅者的土地和房屋拿來抵稅，讓他們只能落得流落街頭的下場。而假如為了償清稅金而找放貸人借款，沈重到讓人喘不過氣的債務一樣會緩緩地把債務人逼上絕路。

「那……怎麼辦？」

克雷搖了搖頭。「我不知道。」

在旁邊，酒館的客人們仍大聲地抨擊這個政策。旁邊的一個農夫激動地大罵。「今年收成很差，我根本付不出錢啊。操他媽的白癡官員，到底是誰訂出這個十年才能修改稅金金額的制度啊。」

「上個月大水讓我的田地毀了一半。難道那些貴族以為我們每年都風調雨順嗎？這制度已經夠爛了還要加稅？」

酒館中的其他人也大聲咒罵，哀嘆不絕於耳。交不出加倍稅金的並不是只有克雷一個人，有些人在生意上恰好遇到困難，有的人田地收成不如預期，也有些人是剛丟了工作，他們根本沒辦法面對突如其來的加稅。而且由於這次繳納稅金的期限就迫在眉睫，就算要找親朋好友借錢或用其他手段調度資金也根本來不及。

在不知不覺中，討論的方向改變了。

「我們去抗議吧！」

「過幾天找人一起去光榮廣場吧，說不定加稅還是有機會取消的。」

光榮廣場是內城北門外的一個大廣場，是平民們常去集會、閒聊的地點。由於政府官員的政令宣傳也常常在該地方舉行，所以到光榮廣場表達不滿一直被平民視為與政府溝通的管道之一。聽到這個意見，立刻有人表達贊同。

「對啊，我們去找宰相大人陳情吧。假如是他的話，一定會聽我們的意見的。」

「我不覺得有用。」

這個反對的意見立刻被眾人壓過去，大家七嘴八舌地在酒館中鼓噪著。

「別這麼悲觀啊。」

「宰相大人一向理解我們這些平民的處境，他一定會說服國王的！」

「對啊，加稅這點子大概都是那群該死的貴族搞出來的，宰相大人一定能夠改變吧？」

在眾人的議論中，克雷沒有多說什麼，只是悶悶地喝面前的酒。

其他的客人也紛紛表示贊同。在這樣又憤怒又帶著一點希望的矛盾情緒中，隨著時間越來越晚，客人也慢慢離開。到最後，剩下了獨自坐在櫃臺前面的克雷和打掃著酒館的赫頓。

「去抗議什麼的，一點用都不會有的。」克雷又喝光了一杯酒，低聲說道。

「欸，喝夠了吧？我可不想把醉倒的你送回去。」

「我還沒喝醉。」克雷冷靜地說。赫頓看了他一眼，雖然他滿臉通紅，但是雙眼卻顯得炯炯有神。

「你要回去了嗎？路上小心，我可不想再把你抬去醫生那裡一次啦。」

克雷搖了搖頭。「我要多坐一下。」

赫頓聳了聳肩，繼續整理著杯盤狼藉的桌子。在這一片沉默中，克雷突然開口問了一個問題。

「我問你，假如你想要在城內引起暴動，趁機攻進內城，你會怎麼做？」

赫頓沒有立刻回答，他走到門前，把門鎖了起來，然後把所有的窗戶全部拉了起來，然後才走回吧台。

「你果然喝醉了。要講這種話前，該注意一下四周。」

「現在你把窗戶都關起來了，回答我吧。」

「你這個問題是認真的嗎？」赫頓倒了兩杯水，把其中一杯推倒了克雷前面。克雷接過後喝了一口，靜靜地說：「我是認真的。」

「那麼，我可以告訴你，現在還太早。」赫頓低聲說。

「所以你的意思是一切都要等到加稅的消息正式公布以後？」

「沒錯。」赫頓露出了豪邁的笑容。與先前那個滿臉笑容的迎接客人、卑躬屈膝的面對稅務官的神情完全不同，現在他的臉上散發著自信、豪爽的光彩。「雖然現在群眾已經很不滿，但還不夠。」

「我同意你的看法，等到這個不滿真正的變成了憤怒，才是我們採取行動最好的時間。不過這跟我的問題沒有關係，我想知道的是，在真正要發起行動的時候，你會怎麼做？」

赫頓毫不猶豫地說出了他的想法，彷彿他早已準備好這個問題的答案。

「最優先的事情當然是鼓動足夠的民眾，最好在發生一定程度的混亂後才展開行動。而我們能採取的步驟也很單純：集合熱情的群眾先行佔領至少一個軍事要地，然後跟警備兵展開正面的對決。」

「為什麼不直接進攻內城？」

「在沒有組織以前，進攻內城過於困難。」赫頓冷靜地分析。「假如真的發生動亂，而我們剛好又處於能夠行動的位置，那麼我們要做的事情絕對不是直接往內城衝，而是先控制住外城，然後組織這群市民，這樣才有辦法對內城發動進攻。」

「你覺得這樣有勝算嗎？」

「很難說，不過不是零。」赫頓開始解釋他的想法。「洛爾的警備隊總共有三萬人，但是市民卻有超過三十萬人。只要能夠激起所有人的抵抗意識，我們絕對有勝算。」

「那麼，你口中的軍事要地是什麼？」

他露出了意味深長的笑容，壓低了音量，開始解釋自己的計畫。

夜逐漸深了，外面街道上已經沒有任何的人，不過長談的兩人早已忘了時間，完全沉浸於討論之中。雖然兩人在這之前早已多次討論過這問題了，但是這還是他們第一次覺得自己看見希望的曙光。在前幾天還被認為完全沒可能成功的這個夢想，在此刻終於出現了一絲能化為現實的機會。

第五章　光榮廣場事件

七月六號，百人會議再次召開了。

大多數的貴族們依然輕鬆地聊著天，對他們來說，向平民加稅的議題實在算不上什麼重要的事情。就算宰相在會議一開始就嚴肅地提出了消息走漏這件事，貴族們卻仍不以為意。

「有一件非常重要的事情要在會議開始前先告訴各位。可能要加稅的消息已經傳開了，許多的平民都已經知道這件事情了。」

「知道就知道，又怎麼樣？」

「對啊，反正他們遲早都會知道的。」

看到大多數的貴族都沒有意識到這件事情的嚴重性，布里斯頓不由得在心中暗罵他們的愚蠢。他繼續說：「本來，我是打算在這次徵稅結束後才公布這件事情。但是現在消息已經提早傳開，對我們來說是個不好的消息。」

「什麼時候被知道很重要嗎？」歐利希司公爵懶洋洋地問。

「現在離這次徵稅沒剩多久時間，萬一讓人以為這次就要提高稅率，那絕對會引起民眾的恐慌與憤怒。就算我們事後向民眾解釋，但是散布出去的傳言就有極大的殺傷力。」

就算講到這份上，還是沒幾個人能領悟這句話的意思。眼看大家都用懷疑的目光看著他，布里斯頓只好無奈地說：「現在討論消息怎麼走漏也無濟於事，我們趕快進入今天的主題吧。」

——傳言就有極大的殺傷力。

聽到這句話，艾德溫伯爵的腦海裡慢慢地把這件事情與奧蕾妮亞的擔憂連在了一起。

——雖然年底才要加稅，不過這個謠言還是可能引起民眾的誤會。而在洛爾這個活力特別旺盛的情況，這樣的誤會會引起更大的反應嗎……

由於沈浸在自己的思緒中，接下來會議討論的內容，他一個字都沒聽進耳裡。直到察覺有人拍了拍他的肩膀，他才回過神。

「欸，你今天真安靜。」雷米伯爵向他搭話。

「事情已經沒有我能插手的餘地了吧。」伯爵嘆了口氣。

「這麼說也沒錯啦。」雷米看了會場一眼，語氣中難掩他的失望。「沒有人在乎這些事情，經過了一個禮拜後，加稅的議案反而更容易地被定下來了。」

好幾個強力支持加稅的貴族正高聲討論著加稅的額度，而宰相則再也懶得掩飾他臉上的失望，礙於職責他沒辦法默不作聲，不過伯爵看看得出來他已經放棄說服其他人了。

「總覺得這次的事情好像不太妙啊……不過，大多數貴族們似乎沒有感覺就是了。」

「不太妙是指哪一方面？」

「我們的稅率已經超過兩百年沒有調整了吧？假如因為這次戰爭而調整稅率，恐怕會引起人民不滿吧。說不定會引起暴動呢。」

「喂喂，我們可是魔法師呢。」雷米帶著略微傻眼的表情搖了搖頭。「假如連這種暴動都阻止不了的話，那我們也不用當貴族啦。」

「這麼說也是。」伯爵露出了苦笑，他雖然希望自己跟雷米一樣樂觀，但是奧蕾妮亞帶給他的想法卻始終無法消散。「不過，還是希望不要鬧出事情最好，鬧出事情的話誰也沒辦法預料會怎麼發展啊。」

然而，就連艾德溫伯爵本人也低估了貴族們的衝動，以及這件事的嚴重性。

早上的會議結束後，在貴族們的強力要求下，宰相不得不在當天中午就讓下面的官員們公布加稅的消息。官員在城市中各處張貼佈告，吸引了圍觀的人群，識字的人大聲唸出了佈告內容給旁邊的群眾，這個消息幾乎不到一個小時就傳遍了整座城市。

雖然這個佈告消滅了一部分過於離譜的流言，卻澈底激起了市民的憤怒。無論是前幾天被各式各樣的傳聞搞得暈頭轉向的人，還是一廂情願地相信這一切都是胡說八道的人，現在全部被這個糟糕無比的消息給硬生生敲醒。

然而，在這一刻，有足夠敏銳度察覺事態變化的人卻沒有幾個。包括艾德溫伯爵在內的幾個貴族雖然有著不好的預感，卻沒有能想到局勢會惡化的如此之快。而宰相雖然有料到這樣的狀況，但是他也無能為力，只能看著事態在這一天之內不停地惡化。

事態就此一發不可收拾。

憤怒的民眾們聚在一起痛罵貴族與政府。店鋪老闆關起了門，商人收起了帳本，工匠放下了鐵鎚，就連家庭主婦都氣的跑到街上跟左鄰右舍大聲地抱怨。一時之間，整座城市幾乎停擺，聚在街上的民眾們包圍住官吏，氣勢洶洶地詢問為什麼稅制會進行調整，而不知所措的官員也沒辦法撫平群眾憤怒的情緒，讓這樣的狀況更加失控。

沒有人知道是誰最先提議的，不過「到光榮廣場去抗議吧」這樣的提議慢慢的傳了開來，在幾個小時內幾乎所有的市民都知道這件事情了。有少數悲觀的人抱持著「去了也是白搭」這樣的反對意見，不過還是有不少市民覺得不妨一試而聚集到了廣場，也有一些人打著看熱鬧的心態而來到了廣場。廣場的人潮就算入夜也沒有散去，到了第二天早上甚至擠的廣場水洩不通，到了這個時候，就算再遲鈍的人，也知道這件事情已經沒辦法輕易落幕了。

——看來我們真的低估了情況的緊張程度啊。

看著光榮廣場聚集的人民，艾德溫伯爵發現自己當初應該更重視奧蕾妮亞的意見。

——沒想到，還真的會變成這種情況，奧蕾妮亞的擔心不是沒有道理的……

光榮廣場一大早就聚集了大量的市民，讓那些對市民漠不關心的貴族們也開始感覺到不對勁了。就算是最不願意面對現實的貴族也被迫承認這樣狀況已經無法收拾。於是，一場緊急的會議在早上九點召開了，所有人在聚集在王城內的會議廳，昨天輕鬆慵懶的氣氛已經被緊張的現實抹煞殆盡。所有人都眼巴巴地看著宰相，希望他能提出解決的方法。

「還是取消加稅吧。要不然減低加稅金額也可以。」宰相面露無奈地看著貴族們。「不然，誰也處理不了這些平民。」

「我們不能退讓！不然，國王的威信就要掃地了！」歐利希司公爵大吼。

「既然公爵如此堅持，那麼就麻煩公爵出面與人民們交涉吧。」布里斯頓有些不懷好意地說道。

「宰相，你大概忘了我們選你出來是為了什麼吧？」菲利普公爵瞪了他一眼，很不高興地說。

布里斯頓覺得失望透頂。當初支持加稅的貴族都急著推卸責任，大聲嚷嚷著要他出去安撫民眾，而反對加稅的人則沉默不語。

「我說過我反對加稅了，但是既然各位強硬推行這個政策，那麼就應該由──」

「侯爵，別多說了，這件事情就交給你處理。」國王不耐煩地說。「加稅的決議維持不變，由你來說服那些人民吧，告訴他們我不會用大不敬的罪名懲罰他們，讓他們理解我的慈愛。」

布里斯頓在心中暗自嘆息。他對國王本來就沒有任何期待，亨洛爾四世是個無能平庸的國王。在平常他對這件事沒有任何的不滿，正因為國王無能又懶惰他才能一直大權在握。但是在這個關鍵時刻，布里斯頓覺得國王的無能恐怕會釀成大禍。

不過，他依然恭敬地點了點頭，他可沒有蠢到在這種場合把心中滿滿的不悅表現出來。雖然百般不情願，他現在也只能想辦法周旋了。

於是，在一個小時之後，布里斯頓侯爵帶著數位在人民間風評比較好的貴族們站上了光榮廣場的演講台。

──雖說是要推派風評比較好的貴族，不過這怎麼看都像是把責任推給反對加稅的貴族們啊。

布里斯頓心中不由得這麼想著。身邊這些貴族，幾乎都是當初在會議中反對加稅的人。

他的聲音透過魔法被擴大到能傳遍整個廣場的程度。他一開口，廣場頓時安靜了下來。

「我們能體會你們的心情，但是徵稅的這件事無法改變。」布里斯頓用十分溫和的聲音對著群眾說道。「即將來臨的這次徵收不會增加金額，稅金的調整會在年底的徵稅才進行。」

「這麼說，沒有要立刻加稅了嗎？」

「假如能延到十一月，說不定還籌得出錢啊……」

類似這樣的耳語，在群眾中小聲地傳開

——希望這樣就能解決。

但是他的期待很快就破滅了。不知道哪裡傳來了一個人的大吼：「交不出來的稅金就是交不出來啊！」

「我的果園已經被水災毀了，到年底還是長不出水果啊！」

「對啊，前一陣子的船難讓我們嚴重虧損，錢怎麼可能夠！」

剛才似乎要平靜下去的民眾，又開始激動了起來。

——果然是一件麻煩事。

「諸位市民，和艾基里歐的戰爭對我們的國庫而言是沈重的負擔，希望各位共體時艱，團結一致對抗敵人。」

「體諒什麼！為什麼不是體諒我們！」

「稅金還是交不出來！」

群眾的抗議聲越來越大。

「讓我們向國王請願！」

「請國王接見我們！」

「很遺憾，現在沒辦法答應諸位的這個要求。」宰相微微地拉高了音量。「國王陛下有要事在身，無法接見各位。」

「有什麼事比這件事情更重要！」

「叫國王出來！」

——慘了，這件事情已經壓不住了。

台上的其他貴族們似乎尚未察覺，但布里斯頓已經敏銳地瞭解現在的情況失控了。他立刻決定使出在政壇上打滾這麼多年，屢試不爽的招數：拖。

「各位的意見我們已經瞭解了，我會回去向國王稟報這件事情，在會議中重新進行討論。」

一瞬間，台下的聲音變小了。

——應該唬弄得過去吧。

他暗自鬆了一口氣。到目前為止，事態都還在他的預料之內。無論如何他都不希望在這個場合直接引起民眾的憤怒，只要能夠先拖延一陣子時間，讓民眾散去，就可以等他們的情緒慢慢平復。而且，他同時也可以在這段時間利用這次的事件來向其他人施壓，讓他們同意降低加稅的額度。

然而，一個突如其來的聲音打破了布里斯頓的如意算盤。

「答應我們不能加稅！」

這個聲音再次激起了民眾的情緒。民眾們彷彿大夢初醒般，意識到布里斯頓根本沒有給出任何的承諾。他們跟著大喊：「對！恢復原狀！不要加稅！」

「不答應就不要回去！」

「不要回去！」

廣場上民眾的吶喊震耳欲聾，剛剛平息下去的憤怒再次被點燃，這讓情況再次脫離了布里斯頓的掌控。

——不妙，繼續待在這群失控的群眾中間會有危險。

「各位市民，我們會在會議中妥善考慮你們的意見。」他說完後便轉身準備步下講台。就在這一刻，一個玻璃瓶飛了上來，砸到了旁邊的柱子。就算在吵雜的吶喊中，玻璃的破裂聲還是清晰可聞。

「不要離開！」

假如說原本激動的群眾只是一堆易燃的炸藥，這個玻璃瓶無疑就是點燃炸藥的火柴。而根據某些在現場的抗議者在許久以後的說法，這個丟向講台的玻璃瓶，就像是照亮黑夜的閃電一樣，是接下來讓整個貝魯西亞、甚至整個大陸東邊天翻地覆的開端。

憤怒的群眾們一邊怒吼一邊把手中能扔的東西全扔向演講台。一時之間，無數的石頭、瓶子、帽子、甚至是鞋子和棍棒都朝著演講台飛了過去。

「保護宰相！」衛隊隊長大吼，衛士們圍住了講台和旁邊的樓梯，一同展開了防禦魔法，保護台上的貴族們。這些衛士們的爵位都是最下級的騎士，是沒有封地的貴族。他們都是貴族家庭的小孩，因為各種理由而無法繼承家業，所以選擇加入騎士團接受嚴苛的魔法與戰技訓練，以求立下功績得到晉升。

憤怒的群眾見到這群衛士，頓時臉色大變。雖然侍衛只有十數名，但是在戰場上一個魔法師的戰鬥力可以抵上十個受過完整訓練的士兵，更別提對付這些連武器都沒拿過的市民了。

只不過，在短暫的掙扎後，這些民眾心中的憤怒壓過了他們的恐懼。

「可惡的魔法師！」

「不要以為你們是魔法師就了不起！」

「滾出來！別想逃走！」

他們把手中的東西一股腦地砸向侍衛們。然後，激動的群眾向衛士湧了過去，想要擠開他們衝到宰相身邊。

「狀況危險！」侍衛隊長高聲喊道。「展開鎮壓，保護宰相大人和其他貴族！」

聽到這句話，在衛士的保護下正要走進城門的宰相露出了慌張的神情。他慌忙轉身大吼：「不行！不能鎮壓！」

但是，他的命令慢了一步。

啪嚓。

廣場上的聲音瞬間消失了。民眾們退後了一步，驚恐地看著剛剛正在最前面跟侍衛們推擠的一個男人緩緩地倒下去。他的脖子被魔法乾淨俐落地切出了一個缺口，鮮血如同泉水一樣從傷口冒出。

「殺……殺人啦！」旁邊的人發出了慘叫。這聲叫聲讓群眾再次恢復行動，但是出乎衛士意料的，這些激動的市民們並沒有因為害怕而逃跑，被激怒的他們反而全部衝向侍衛們，光榮廣場頓時陷入了一片激烈的混亂。

七月七號這場被貴族們稱為「光榮廣場事件」的騷動，一直持續到當天下午才結束。最初只是騎士和市民的衝突，不過後來甚至連警備兵都被迫出動。關於有多少人受傷、多少人在這場衝突死亡都沒有確切的統計數字，在當天傍晚官員寫給國王看的報告中，只簡單地寫上了「出動騎士一百名與衛士五百名，衛士死亡五人，受傷兩百二十人，成功鎮壓混亂。」

而在市民之間，這次的事件則有個完全不同的名稱：「光榮廣場大屠殺」。根據一些參與了那場暴動的人在日後的說法，暴動中死亡的市民總數超過千人，在那天黃昏時整個光榮廣場都被鮮血染紅了。

夜幕漸漸低沉，這件事情卻沒有任何將要平靜下來的跡象。這件事情已經傳遍了整座城市，被從廣場趕跑的民眾逃回家中更讓各種不同版本的說法在城內流竄。而國王的一道命令更讓市民們陷入恐懼：他不顧宰相的勸阻，下令警備隊逮捕所有參與暴動的人。洛爾的警備隊和騎士們全部出動，開始拘捕所有跟早上的事件相關的人士。這讓整座城市陷入一片風聲鶴唳，有參與的人害怕自己被逮捕，而沒參與的人也擔心麻煩更進一步擴大，市民不安的心態讓國王這道命令反而起了反效果，不但沒能鎮壓混亂的擴散，反而讓市民們人人自危。城內各處都有零星的集會與抗議，不少暴徒也藉機在各處滋事，讓警備兵們得東奔西走到處抓捕嫌疑犯。

「埃迪爾的號角」今天一樣擠滿了客人。可是跟前幾天那種尖銳的憤怒不一樣，今天的客人們個個緊張兮兮，只敢小聲地交換著想法與消息。

「你有聽說嗎？警備隊們正挨家挨戶地抓人呢。」

「我知道啊，巷口賣水果的那個巴爾已經被抓走了。」

「不會吧！」一個剛進來的客人聽到那句話忍不住驚呼。「我很確定他什麼都沒做啊，我今天早上還有去他那邊買蘋果呢。」

聽到這句話，坐在旁邊的克雷大聲地說：「警備隊抓人不需要理由的。只要他們『覺得』你早上有去過光榮廣場，就會被抓走了。」

「這該怎麼辦啊？我該不會也被抓走吧？」

酒客們情緒越來越激動，音量也越來越大，他們一邊喝著啤酒一邊唉聲嘆氣，然後又不約而同地大罵著政府，再來又憂鬱地發著牢騷，持續重複著如此無意義的循環。

在這群又驚慌又憤怒的酒客之中，只有兩個人從頭到尾都保持著清醒。

克雷和赫頓敏感地察覺事情已經逐漸失控了，而這或許就是他們等待許久的時機。

「差不多了吧？這件事情鬧得夠大，民眾的憤怒已經足夠了。」克雷低聲地問。赫頓一邊倒酒一邊點了點頭。

「我覺得時機差不多了。說不定……有機會……」

於是，在停頓了一下後，克雷深深吸了一口氣，講出了決定命運的那句話。

「我們乾脆造反吧。」

酒館瞬間沉默了下來，所有人都用不可置信的眼光打量著他。

「你在開玩笑嗎？」

「沒有開玩笑。」克雷用力地說。「反正，就算不造反，我們也活不下去了。一旦被懷疑就會被警備隊抓走，就算逃過一劫，年底交不出稅金的時候還是會被抓去當奴隸。既然這樣，不如起來推翻這群人！」

這句話讓一些人顯得十分地猶豫。但是，幾個酒意正濃的傢伙在克雷這麼一說後就激動了起來，高聲附和：「說的正是！」

「沒錯！活不下去了！」

「把那些貪得無厭的傢伙趕下來！」

——成功了。只要能煽動一部分的人，就可以讓影響力快速擴散！

克雷和赫頓之所以要等待，就是要等到大家都稍有醉意的這一刻。現實的殘酷、貴族長久以來的壓迫、大屠殺引起的憤怒，再加上微微的酒意，這些情緒交織在一起慢慢形成了質變。而克雷的話語，則成了點燃憤怒的火星，讓大家心中燃起了熊熊怒火。

「殺了他們！不要繼續受那些人侮辱了！」

「推翻那些貴族！」

對著激動的群眾，克雷大聲地說：「讓我們一起推翻貴族吧！我們現在就行動，所有市民都會跟隨我們的！」

「等等，要衝哪裡？」有個比較清醒一點的人問道。這句話引起了眾人一陣議論，讓剛剛瘋狂的眾人又稍稍冷靜下來，有幾個人開始認真思考這個問題。

「直接進攻貝茲監獄。」

眾人轉頭看向說出這句話的赫頓，這句話再次讓所有人吃驚地合不攏嘴。

在洛爾城中有好幾座監獄，而貝茲監獄是其中最特別的一個。被關押在這裡的都不是普通的犯人，有的是作惡多端的殺人犯，有的是觸怒貴族而獲罪的官員或商人，有一些是惹惱國王的貴族，有的是背叛主人的騎士，更有不少是沒經過審判就被關起來的反政府份子。

由於關在裡面的人都不是簡單的角色，貝茲監獄有著各種神祕的傳說。有人說被關押的犯人其實在裡面過著舒服的日子，也有人說國家會在裡面進行殘忍的魔法實驗，這些傳言也加深了這座監獄的傳奇性。在後來街坊甚至流傳了一句話：只要能從貝茲監獄走出來的人，必定是個了不起的傢伙。不過，能夠活著從監獄走出來的人並不多，大多數的犯人會在裡面被監禁到死亡，甚至有些人也因為特殊原因被祕密處決了。而為了防止有人逃獄，監獄也布下了嚴密的防禦：光是駐守在那裡的士兵就超過一個大隊六百人，還有二十名騎士坐鎮，高規格的警備措施讓那裡成為了眾人避之唯恐不及的地方。

正因為如此，大家都覺得赫頓這提議實在荒謬地可笑。

「喂喂，這不是坦普老兄工作的地方嗎？那裡有一堆警備兵，說不定還有騎士，去那邊是自找死路吧？」一個人畏懼地說。

赫頓立刻反駁：「今天所有的警備兵和騎士應該都出動抓人了，監獄和兵營反而會成為防禦最空虛的地方。」

「可是……」

「這是個好地點。坦普熟悉環境，再加上那裡有軍械庫，攻下那裡就能拿到大批的武器！」赫頓用著不容質疑的語氣說道。「在軍事層面上他們現在防禦空虛，而在精神層面上，這個監獄就是現在專制壓迫的象徵，我們一定要攻下那裡，號召所有市民和我們一同推翻暴政！」

眾人露出似懂非懂的眼神看著他。赫頓的這番說明來得太突然，他們仍還沒能把剛剛那股熱血和赫頓提出的計畫連結在一起。

正當赫頓想要繼續嘗試說服他們時，酒店的門突然被用力地推開。一瞬間，整座酒館安靜了下來。

「唉唷，是騎士大人啊。」赫頓的表情在一瞬間就切換成了酒館老闆的樣子。「需要來幾杯上好的葡萄酒嗎？這是一〇〇三年的高級貨喔。」

「四十年的老酒嗎？真是好貨啊，但我們現在可沒空，布蘭德先生。」站在最前面的那名騎士冷冷地說道，他的身後跟了兩個拿著長矛的警備兵，長矛尖端閃耀的火光讓人覺得十分地不祥。

「那麼，騎士大人光臨我們這間小酒店有何貴幹呢？」

「我們在找一個叫做楊・瓦普的人，聽說他在你的酒店裡。」

眾人的目光一起聚集到這個名叫楊・瓦普的男子身上。他是個矮小的中年人，平日靠著幫人繕寫文件為生，在酒館裡的人緣十分不錯。突然聽到騎士指名要找他，他嚇得連桌上的酒都打翻了。

「銬上手銬。」騎士下令。兩個警備兵立刻拿起手銬走過去，抓住瓦普的手。

「等等等等，騎士大人，我我我我什麼也沒沒沒做啊！」

瓦普結結巴巴地大叫，但是騎士絲毫不理會他的哀求，一巴掌朝他的頭揮過去，他一個踉蹌撞到了桌腳，當場暈在地上。

赫頓和克雷互相使了個眼色。然後，赫頓出其不意地抓起菜刀，直接砍向騎士握著魔杖的右手。完全沒料到這個行動的騎士痛的大叫，手一鬆，魔杖從手中滑落。然後，克雷則直接把尖刀插進了騎士的胸膛。

「你——你們——」

「囉唆死了。」克雷冷冷地說，把刀用力推進去。

「——啊——啊！」騎士發出斷斷續續的慘叫，鮮血從口中緩緩地湧出。克雷把他用力一推，騎士癱軟地倒在了上，鮮血從他胸口汩汩流出。

「快動手啊！」不知道誰這麼大叫。平常作威作福的騎士現在成了躺在地上的屍體，地上的鮮血激發了酒客們的血性。他們衝向那兩個完全嚇呆的警衛兵，操起手邊的傢伙就是一陣猛打，甚至有人在這混亂中不小心被其他酒客打到掛彩。五分鐘以後他們才緩緩散開，那兩個警衛兵已經被活活打死了。

「現在大家都動手了，要逃也逃不成了。」

克雷的聲音這時顯得無比的殘酷。

「我們除了拼到底，沒有活下去的方法了！讓我們推翻他們吧！」

貝茲監獄是城市東側警備森嚴的大監獄，裡面關了超過五百名的犯人，光是駐守在監獄裡的騎士就有二十名，警備兵則超過六百人。

但是，這是平常的情況。

站在監獄石牆上的警備兵向外看著監獄外面的人群，簡直不敢相信自己的眼睛。

「暴民也太多了吧！」

聚集在外面的暴民超過了兩千人。他們舉著火把，手上拿著菜刀、斧頭、鋤頭、鐵鍬、鐵鎚這些亂七八糟的武器。雖然一看就知道是全部都是外行人，但是他們的人數和氣勢仍讓警備兵嚇得雙腿發軟。

留在監獄裡的，只有不到一百人的警備兵和兩名騎士。

「別慌張！他們不過是一群外行的平民！」留守的騎士大吼，努力提振大家的信心。「每個人拿上武器，守好自己的崗位，我們絕對不能被攻破！」

雖然只是在市區中的監獄，但是監獄的大小和設施幾乎可以媲美一座小型的城堡，因此騎士的喊話也不是沒有任何的根據。但是，看到外面聚集的群眾，士兵們仍心理發毛。

就在警備兵進行備戰時，城外的群眾們也緊鑼密鼓地進行進攻的準備。領導他們的人，就是克雷和赫頓。

「能湊到這麼多人真的是出乎意料之外。」赫頓露出了近乎讚嘆的神情。「沒想到你簡簡單單就能夠煽動這麼多的群眾。」

他們帶領著群眾走出酒館後，喧鬧的聲音吸引了四周的民眾來圍觀，要煽動這群憤怒的群眾出乎意料之外的容易。他們高喊著「打倒貴族」的口號，克雷高聲控訴著貴族與官僚們的貪婪暴虐，激動的市民紛紛加入他們的行列。人群像是滾雪球一樣地擴大，來到監獄前面時，就已經聚集了這個讓所有人都跌破眼鏡的人數了。

「我做的事情連煽動都稱不上。憤怒和我們聚集的人數足以打破市民心中的恐懼，藉此讓更多的人願意加入我們，僅此而已。現在的狀況就像是一場火災，但是燃料是貴族準備的，火是他們點的，我不過是吹了點風。」

「那麼，如何利用這場火勢，就是我的工作了。」赫頓冷靜地說，轉過頭對著摩拳擦掌的市民們大喊：「木匠們，按照剛剛的說明開始工作吧！其他人用門板掩護！」

上面的衛兵們不停的對著群眾放箭，但是群眾們用著從房屋拆下來的門板、馬車的車底這些東西擋在前面，雖然有不少的民眾掛了彩，卻奇蹟似地沒有人死亡。在他們的掩護下，一群礦工出身的市民來到了監獄的城牆正下方開始執行赫頓的命令，而木匠們則在後方進行工作。指導他們的是馬克・布列諾夫，他過去曾經在東方兵團中當到小隊長，退役後經營著一家小雜貨店為生。在他的指揮下，木匠們利用手邊有的器具和材料開始打造著攻城器械。

「目前看起來一切順利，城堡內的人數也跟我們估計的相去不遠。」赫頓冷靜地分析著目前的情勢，聲音中透露著按捺不住的興奮感。「老天是眷顧我們的。」

「假如從城門上面鑿孔倒熱油下來，那城牆下的礦工可就完蛋了。」克雷並沒有他這麼樂觀。不過赫頓拍了拍他的肩膀，指著城牆說道：「這座監獄不是為了防守的敵人進攻而存在的，所以它終究比不上真正的城堡，應該是沒有這種設施的。對我們而言，這實在是太幸運了。」

「坦普先生和布蘭德先生，又有一群志願的市民來了！」

「先讓他們幫忙運木頭。」赫頓立刻幫他們分配了任務。「假如還有多的人手，那就幫忙運一下水。其他沒事的人現在開始建立路障。每個路口各派一百人，多叫些泥水匠去！」

大家立刻按照赫頓所說的行動。對於毫不瞭解何為「作戰」的市民而言，赫頓一路上指揮他們對抗警衛兵、伏擊小規模的巡邏隊，現在井然有序地安排著進攻監獄，已經建立起所有人對他的信賴。所以，當他對眾人下達指示的時候，大家也都非常樂意服從他。

「老闆啊，還真的沒想到你那麼有一手呢。」一個左手受傷的農人一邊接受包紮一邊用讚嘆的神情看著赫頓。

「沒什麼，只是平時愛胡思亂想而已，現在剛好派上用場了。」赫頓一邊看著木匠們的工作一邊回答。現在木匠們的工作已經告一段落，就算在城牆上守軍射箭干擾的情況下，他們靠著人數眾多，花了不到十分鐘就架起了好幾台簡易的投石機，雖然外型十分克難，不過赫頓相信這一定可以發揮功能。

「我們這邊好了！」木工們大聲地說。「彈藥準備好了嗎？」

「這邊也沒問題了！」準備彈藥的人回答。他們先把布浸泡在從路上商店搬來的煤油中，然後用布裹住了石頭。在一切就緒後，他們點燃了火焰，然後把著火的石頭放到了投石機的籃子裡。

「數到三，用力拉！一——二——三！」

在群眾們大聲的吶喊中，負責操作的人一同用力地把繩子往下拉，燃燒的石塊劃過空中，有幾塊石塊撞在牆上，不過另外兩三塊則落在了警備兵的陣地中，上面頓時傳來了慘叫聲。

「下一輪！」

再一次的攻擊，又是好幾顆石頭打在城牆上，城頭的石塊開始鬆動。

「弓箭手，對準投石車攻擊！」指揮防守的騎士聲嘶力竭地喊著。「把操控投石車的人射死！」

「不，沒有用！」弓箭手一邊拚命地放箭一邊大叫，從剛剛開始他們就不停地放箭，但全部都是徒勞無功。「他們還是用門板擋著！到底哪來這麼多門板啊！」

「我們也放火吧！」另外一個士兵大吼。「燒掉他們的門板！」

「我來。」一騎士大聲地說。他短短詠唱了幾句咒語，走到石牆邊魔杖向下一指，火球從魔杖尖端噴出，飛向擋在投石車前面的門板。城牆上的士兵們大聲地歡呼，他們相信火球一定能夠把門板燒掉，然後他們就可以對躲在門板後面的那些人發起攻勢。

但是，他們預料中的事情並沒有發生。火球沒有如同他們想的一樣點燃門板，火焰碰到門板後無力地搖晃了幾下，然後就消失了。

「為什麼！」

他們等到的不是問題的答案，而是好幾個被反抗軍拋上來的燃燒石塊。火焰點燃了城牆上堆放的木箱，火焰開始向旁邊延燒。警備兵們手忙腳亂地想要撲滅火勢，而市民們則毫不客氣地繼續發動攻擊。

「你真是有先見之明。」

看著開始燃燒的城牆，克雷不由得用敬畏的眼神看著赫頓。赫頓則露出了鬆了一口氣的笑容，伸手抹去額頭上的汗水，緩緩地說：「我真的沒想到用浸水的布包住門板那麼有用。說實話，我也只是嘗試了一下在書上看到的方法而已。」

城牆上的騎士再次發射了火球，但是只有少數的幾片門板燒了起來，而且很快就被用水撲滅；弓箭手射出去的箭絕大多數也都被裹著布和牛皮的門板擋住，只有零星幾個市民中箭受傷。而隨著投石器不停地抛出燃燒的石頭，牆上的火勢越發地大了起來。

「我們好了！」在城牆下忙了好一會兒的礦工頭頭對著後面的人大喊。「炸藥呢？快點拿炸藥來啊！」

後面的人立刻拖著裝滿炸藥的木箱前進，他們舉著門板，擋住了城頭上飛下的箭矢，把炸藥扛到了城牆的下方。這些炸藥都是開挖礦坑時用的，他們前往監獄的路上，赫頓派人突襲了採礦公司的倉庫，打倒了倉庫的守衛，帶走了大量的炸藥，而現在這些炸藥派得上用場了。礦工們把炸藥塞入了他們剛剛在在大門和城牆下方挖出的洞中。而城牆上的士兵雖然急得跳腳，卻拿在城牆正下方的礦工們沒有任何的辦法。

「退後一點，要點火了！」

礦工們沿著城牆退到了五十公尺外，從洞中拉出了一條引長長的引信。然後，他們用手中的火炬點燃了引信。

十秒鐘後，伴隨著震耳欲聾的巨響，爆炸的威力撼動了整座監獄，四處飛散的碎石讓幾個站得比較近的礦工當場掛彩。等到煙塵散去後，市民們看到鐵門下面的地面已經被炸出了一個大洞，興奮地發出歡呼。相對的，城牆上的士兵心都涼了半截，但他們沒有任何直接攻擊城牆下的手段，只能在城頭乾著急。

「再填一次炸藥，這次填在門軸下面！」赫頓大吼，城牆下的礦工接到命令後立刻開始作業。

五分鐘後，第二次爆炸再次讓地面為之震動。地上被炸出了一個大坑，而鐵門的門軸這次撐不住了，下半截被炸斷，雖然鐵門本身沒被破壞，但是原本看來堅不可摧的監獄鐵門在門軸斷了一半後只能搖搖晃晃地掛在那裡。

「要第三次嗎？」

「不用了，用木頭撞！」

發現了大事不妙的騎士放棄了繼續守在城頭的打算，他率領了一群警備兵衝下來。而在同時，在赫頓大聲的命令下，牆外身強力壯的民眾們扛起一根粗大的原木，開始朝著鐵門前進。

「頂住！不能讓他們突破鐵門！」騎士聲嘶力竭地大喊，還站得起來的警備兵們排成一排，用力從裡面頂住了鐵門。他們都清楚只要這扇門一破，接下來就只有任人宰割的份了。但是，聽到城外響徹雲霄的吶喊，警備兵們的士氣幾乎蕩然無存。他們就連在城頭也沒辦法擊退暴動的民眾們，現在又怎麼可能用這樣的人數擋住這扇搖搖欲墜的城門呢？

而在城牆外則是完全不同的光景。赫頓對著抬起木頭的市民們喝道：「數到三，用力撞！」

在興奮的吶喊下，木頭第一次撞上鐵門，發出了沈重的聲響。

「開始搖晃了，再一次！」

巨大的原木再一次撞上鐵門。隨著一聲巨響，門軸被炸斷一半的鐵門再也承受不了撞擊，重重落到地面。就這樣，貝茲監獄在剛過午夜十二點沒多久時被憤怒的民眾們攻破了，從開始準備進攻到攻破鐵門的這一刻，只花了一個多小時而已。

比起破門的過程，進入監獄後的肉搏戰雖然很快就結束了，但是過程卻殘酷了無數倍。兩個騎士拼死地對市民展開反擊，火焰和風刃快速地殺死了衝在最前面的市民。後面的市民一時之間顯得有些退卻，不過赫頓立刻大喊：「他們根本沒有幾個人！全部前進！」

他這一吼，讓市民們決定繼續衝鋒。騎士拚命地放出魔法，但是造成的傷害卻不足以讓激動的市民再次停下腳步，只有最前面的幾個人在魔法的攻擊下倒下，其他人則一擁而上，和警備兵以及騎士展開了殘酷的肉搏戰。

雖然對手是一群沒有受過軍事訓練的群眾，不過警備兵還是沒能抵擋多久，漸漸地陷入了劣勢。數量眾多的市民瘋狂前進，很快就把警備兵的陣形衝散了，讓戰鬥變得益發血腥。

「我——我投降！請不要殺我！」

一個騎士被憤怒的群眾們逼到了牆角，他丟下武器大聲求饒，不過這句話沒能進到瘋狂的市民耳中。鋤頭、鏟子、菜刀如同雨點一般落到他身上，他的哀嚎聲沒能持續幾秒就消失了，在一陣亂刀下被砍成了一坨肉泥。

這樣的慘狀讓其他的警備兵嚇到了，看到投降的下場這麼慘，他們更加拚命地戰鬥。在他們的拼死抵抗下，市民中出現了不少犧牲者，但這卻更加激起了市民的怒火，每個倒下的警備兵都遭到了市民殘酷地報復。這樣的戰鬥在十五分鐘後終於結束了，將近一百個市民死亡，受傷的人更超過了三百人，但是市民數量優勢最終仍壓過了兩方經驗的差距。

在剛過午夜的十二點十三分，戰鬥終於結束了。僅存的十幾個警備兵拋下了武器投降，他們立刻就被殺紅了眼、滿面兇殘的市民們包圍。當他們發現同伴的屍體被憤怒的市民剁成了碎塊，士兵們忍不住雙腿顫抖，他們害怕等待自己的命運就跟那些被擊倒的同伴一樣。

看著陷入瘋狂的市民，赫頓也慌了起來。

——假如連投降的士兵都殺掉的話，這樣的影響太糟糕了！

「克雷，你想辦法讓他們冷靜下來吧。我可不想看到那群警備兵等等被活活打死！」他焦急地對著克雷說。沒想到，克雷冷淡地回答：「他們是罪有應得。」

「錯不在那群士兵，而在於上面那群貴族！」赫頓不自覺地提高了音量。「而且，假如我們現在在這邊殺了投降的警備兵，那麼以後每個警備兵都會拼了死命跟我們戰鬥！」

「不管怎麼說，他們都是自願當貴族的爪牙的。」克雷的聲音充滿了怨念。

赫頓忍不住搖了搖頭，他實在不想在這個時候和克雷爭辯，但是現在也只有克雷有能力說服這群市民。

「別在這個時候報復他們，把他們關到監獄裡就好了！拜託你去讓大家冷靜下來，叫他們趕快加強防禦工事，準備面對接下來的敵人吧！」

後半句話說服了克雷，他也明白現在讓市民休息面對接下來的戰鬥比報復這些士兵更為重要。

「好吧，我來讓他們冷靜下來。」

在克雷的勸說下，市民們放過了投降的那十幾名警備兵，他們全都被關進了監獄裡。不過，市民的瘋狂並沒有這麼快平息，激憤的民眾把兩個騎士被剁成碎塊的屍體從監獄城牆上拋出去洩憤，其他警備兵的屍體也被集中起來放火燒掉。

在這段期間，赫頓和克雷並沒有閒著。

市民襲擊監獄的這個消息已經在市區中傳開，激動和瘋狂的情緒也隨之在城市中散播。他們的成功讓其他不滿份子的活動更加激烈，這些人到處襲擊店家、攻擊政府的設施，讓城中的動亂越演越烈。另外，有不少滿腔熱血的市民想要加入他們，一些熱心人士則提供大量的食物或物資援助，甚至有不少想要看熱鬧的民眾聚集到這邊，而克雷和赫頓也打算好好利用這些資源和人力。他們此時儼然是民眾們的領袖，指揮市民們建立防禦工事，分批從監獄外面把物資運進來，這座監獄變成了他們的基地。

在赫頓的戰略構想中，第一步就是攻下貝茲監獄取得據點和武器，第二步是散播影響力，號召更多的人加入，並且讓他們在城市多處引起事端，使派出的鎮壓部隊忙得焦頭爛額。最後則是利用警備隊的混亂消滅他們，順勢進攻內城。因此，守住貝茲監獄是這一切的先決條件，假如連監獄都守不住，那麼接下來的一切也都免談了。

「布蘭德先生，西邊的市民傳來消息了！」

「什麼消息？」正在監督工匠們修繕城門的赫頓匆忙回過頭。那個人向他報告：「有士兵正靠近那裡！」

「有多少人？他們開始攻擊了嗎？」

「等等，我再去問一下……」

赫頓氣得用力跺腳。他幾乎想開口大罵，但轉念一想又壓住了這樣的衝動。

——他們是市民，不是軍人，會犯下這種錯誤也是沒辦法的……可是在這種關頭，這種錯誤可是要命的啊！

一想到這件事情，他就急忙叫了幾個正在休息的人，要他們把指示傳給在最前線的市民。

「回報狀況的時候要把所有的事情說清楚，來的人有多少，穿著什麼樣的制服，有什麼武器，全部都要告訴我！」

過了幾分鐘，剛剛帶來消息的那個市民匆匆忙忙地跑了回來。

「總……總共大概一百多個人！他們穿著警備兵的制服，準備要發動攻擊，前線的同伴已經逃回來了！」

「開始準備作戰！」赫頓對著四周大喊。「所有沒事的全部拿起武器跟我來，準備接應前線回來的同伴，讓我們給他們一個好看！」

民眾暴動的消息在晚間十一點二十五分才傳進王宮。消息傳到時，值夜班的聯絡官還以為這個消息不怎麼重要，僅僅派人通知了洛爾警備兵司令。直到貝茲監獄被攻破的消息在十二點半傳到，聯絡官才驚覺自己似乎已經誤事了，他趕忙派人通知宰相。

布里斯頓接到消息後匆匆忙忙地趕到了王宮，一聽到情報就知道大事不妙了。他立刻命令負責國王安全的侍衛隊長特瑞・波特子爵和管理整個洛爾城警備兵的警備兵司令亞當斯・索爾頓伯爵一同前往王宮，波特子爵立刻來到了王宮，不過正被城內混亂的狀況弄得焦頭爛額的索爾頓伯爵則在一個小時後才匆匆忙忙地趕到。

「鬧到這樣，太不像話了。」

在半夜被叫醒的國王滿面怒容，索爾頓一到，國王立刻開口斥責他們。

「不能再讓那群暴民為所欲為了，這樣我的威信會蕩然無存！今天之內就要解決問題！」

「啟稟陛下，這恐怕辦不到。」滿頭大汗的索爾頓伯爵露出了非常為難的表情，緊張地看著國王。「由於昨天早上的事件，現在城內到處都是混亂。要鎮壓會非常地花時間。」

「別管其他人了。」國王不耐煩地說。「先把那群佔領監獄的暴徒趕快全部抓起來吊死！」

「陛下，暴徒的人數據說還在持續增加。」宰相在索爾頓伯爵回答前搶先開口。他知道這個問題已經不是索爾頓的部隊能解決的，要處理這群暴民必須要從更根本的方向著手。「現在有越來越多的人加入他們，單純鎮壓恐怕起不了太大的作用。依臣下之見，應該先暫緩徵稅的實施以安撫人民才是。」

「假如因為他們暴動就退讓，王室的尊嚴就要蕩然無存了！」國王生氣地大吼，用力拍了一下桌子，憤怒的模樣讓老江湖的布里斯頓也嚇了一跳。「我絕不妥協！」

布里斯頓在心中暗罵國王的愚蠢，但是臉上仍裝出恭敬的表情試圖說服國王：「陛下英明，但是，暴動有越演越烈的跡象，光靠城內的警備兵恐怕不足以鎮壓暴動。」

索爾頓伯爵立刻接著說：「我們已經投入了大量的警備兵尋找早上在光榮廣場製造騷動的暴民，現在沒有辦法及時集中兵力消滅暴徒。剛剛我已經下令出動幾個小隊的士兵前往現場探查狀況，但是要集中全部的士兵，必須要等到明天早上。」

「不管如何，今天一定要解決。」國王不耐煩地說。「剩下的事就你們處理吧，我要回去休息了。」

看著國王離去的背影，布里斯頓重重地嘆了一口氣，轉身走出王宮，而波特子爵和索爾頓伯爵則慌張地跟在他身後。

「宰相大人，現在該怎麼辦？既然陛下要我們解決，我們……」

「還能怎麼辦？你不是派了一些人去打聽狀況嗎？就先等他們回報吧。」宰相不耐煩地對索爾頓說。「不過，我不覺得靠現在首都裡的警備兵能解決問題。我想，你比我更清楚首都這群警備兵的戰力有多靠不住吧。」

面對布里斯頓銳利冰冷的視線，索爾頓頓時冷汗直流。他當然十分清楚洛爾警備隊中貪污腐敗的事情，一旦真的要追究，他也沒有自信自己能完全跟一切腐敗貪污的傳言撇清關係。

「是……是的，」他結結巴巴地回答。「現在洛爾的駐軍只有……只有不到三萬人，而裝備的話，奇斯男爵……他……你知道的……」

「我沒有要追究這件事情的意思，我只是在分析現在的狀況。」宰相冷冷地說。「波特子爵，你從現在開始加強王城的防禦。索爾頓，你跟我到宰相府，我已經告訴聯絡官把所有的消息都送到那裡。」

說完後，布里斯頓便和索爾頓一起前往位於內城的宰相府。而在那邊等待他們的，則是派往貝茲監獄的小隊全軍覆沒的消息。

反抗者們的情緒在殲滅了那四個小隊的警備兵後興奮到了極點。

警備兵們在將近一點的時候抵達，立刻就發動進攻，正在建立障礙物的市民們立刻做鳥獸散，大家跑的跑逃的逃，拋下了施工到一半的掩體，甚至連武器都扔了。

「果然是一群烏合之眾，真不懂為什麼監獄的守軍會被打敗。」領軍的那個騎士不屑地看著眼前四處逃竄的群眾。而他的情緒也影響了麾下的士兵們，他們跟著大聲地嘲笑那群市民。

「進攻！把他們全部消滅！」

他率領著部隊開始追逐那群往監獄逃跑的市民，打算直接衝進監獄，消滅裡面的餘黨。看著監獄門口慌忙撤退的市民和破爛的鐵門，他絲毫沒想過這個任務有失敗的可能。

然後，就在他們衝進監獄的那一刻，震耳欲聾的殺喊聲讓他一瞬間反應不過來發生了什麼事。

「殺！殺光他們！」

在監獄等著他們的不是慌張失措的民眾，而是在赫頓的指揮下信心十足市民。他們早已拿好武器埋伏在監獄裡面。前面四處逃竄的市民全都是赫頓安排好的，目的就是要讓自信過度的警備兵展開追擊，然後來到他們準備好的舞台。

先前蹲伏在監獄牆上而沒被警備兵注意到的市民們一同站起，他們舉起剛從監獄的武器庫掠奪來的弓，無數箭矢從城牆上朝警備兵落下。這些市民很多根本沒碰過弓箭，但是壓倒性的人數和絕對有利的位置輕鬆的彌補了技術的差距。騎士連魔法都來不及詠唱就中箭了，全身上下被射得跟刺蝟一樣，僵硬地倒臥在自己的血泊之中。他的部下轉身要跑，卻發現剛剛四處逃竄的市民現在拿著菜刀堵在監獄的外面，面露兇光地看著他們。

這場戰鬥甚至結束的比攻破監獄大門後的戰鬥還要快。太過鬆懈大意的警備兵完全不是市民的對手，不到二十分鐘，這四個小隊的士兵已經全軍覆沒，屍體塞滿了監獄的大門。已經以反抗軍自居的市民們把他們的屍體搬到監獄外面，一把火燒得乾乾淨淨。

這場勝利讓市民瘋狂的情緒像燎原大火一樣地快速蔓延。消息幾乎花不到兩個小時就已經傳遍全城。假如說在攻陷貝茲監獄後仍有一些不滿王國政府的市民對起來反抗政府這件事情感到遲疑，擊敗警備兵的消息則把他們的猶豫蒸發殆盡，讓他們終於做出了決定。大量的人力和湧入的物資讓他們的勢力快速增強，而赫頓和克雷則把這些志願者分成了許多的小隊，讓整個反抗軍有了初步的組織。除此之外，沒有直接加入他們的市民也提供了許多無形的幫助，這些市民會偷偷幫忙通風報信、故意把路堵起來阻礙警備兵的前進、甚至用錯誤的消息誤導警備兵。到了太陽升起的時候，洛爾城的東邊幾乎已經完全脫離政府的控制了。而在洛爾的其他區域，四處的暴動也讓警備兵們焦頭爛額。

在這種情況下，就算布里斯頓再不情願，他也不得不命令索爾頓伯爵派出軍隊。

「接下來只能靠你了。」布里斯頓無奈地對著索爾頓說。「無論之後的事情怎麼樣，現在都得先鎮壓這場暴動。」

索爾頓也知道自己別無選擇，只能硬著頭皮處理這團亂局。他開始調度洛爾城內的警備兵，少部分的部隊繼續留守外城城門，有一萬人調進內城以防萬一，其他人全部都向東區移動。但是由於市區內各處都有騷動，再加上部分暗中支持反抗軍的市民們用各種方法搗亂，讓警備應白白浪費了不少時間。等到警備兵全面集結完成時已經接近下午三點了。然後，索爾頓將這一萬五千名的警備兵和約五百名的騎士分成三隊，從三個方向開始向貝茲監獄前進。

警備兵全面集結的消息傳到聚集在貝茲監獄的人們耳裡時，讓不少人從狂熱的氣氛中醒了過來。他們在當初攻進監獄時大多是憑著一股熱血而行動，壓根兒沒有考慮到後面的發展。政府正式派兵鎮壓的消息讓他們內心開始動搖。不過克雷和赫頓已經預料到了這一點。他們站上了監獄的城牆，下面惶恐不安的眾人視立刻聚集在已經被當成革命領袖的兩人身上。

「為什麼我們要感到害怕？」

環視了下面的人群一圈，克雷大聲地繼續說：「全部的市民都支持我們，警備兵有什麼好怕的？別忘了，我們有三十萬的市民，他們只有不到三萬、素質參差不齊的警備兵！」

這句話讓下面民眾的不安稍稍減低了一點，有些人發出了贊同的吶喊。

「只要擁有著市民的支持，整座洛爾城對於他們而言，可是不折不扣的『敵境』！整座城市都是他們的敵人！」

「可是，假如他們包圍監獄，我們要怎麼逃出去呢？」一個年輕的礦工大聲地問。

克雷轉頭看著赫頓。赫頓向前踏了一步，大聲地說：「作戰計畫已經準備好了。請各個小隊長前來報到，其他人到時候按照隊長的命令行動。請各位放心，我一定會帶領各位擊敗警備兵。」

雖然仍有些不安，但是克雷和赫頓的說明稍稍讓市民的恐慌平靜下來。在前一夜帶領他們攻進監獄、擊退警備兵的兩人在市民心中已經有著十足的份量，而兩人表現出來的自信，多少安撫了市民的緊張。

赫頓回到監獄的大廳時，小隊長們已經在那裡集合了。他們的眼神摻雜著害怕與期待，期望赫頓能夠提出一個讓他們獲得勝利的方法。

「我們不會執著在貝茲監獄。」

赫頓用這句話當作開場白，讓所有人都一頭霧水。然後，他平靜地開始解釋自己的作戰計畫，他用某個經營書店的市民提供的地圖標出了每個小隊的位置，詳細解釋每個部隊的任務。

他說明的時間沒有太久，大約二十分鐘就講完了整個作戰計畫了。在他說完後，在場的所有人都確定了一件事：眼前這個人，可能是最有才華的將領，或是最恐怖的賭徒，亦或是兩者兼具。

警備兵部隊在三點集結完畢之後就開始向監獄前進。考量到反抗軍們已經取得了監獄裡的武器，強行進攻監獄可能會損失慘重，他決定調動為數不多的砲兵部隊前來支援，準備直接用火砲轟開貝茲監獄的城門。

但是部隊推進的過程卻是困難重重，要拖著大砲在城內行軍本來就是麻煩的事情，而反抗軍們一路上設下的路障大幅地拖延他們行軍的速度，原本計畫一個小時就能抵達貝茲監獄，沒想到最後花了三個小時才走完。

「我還是想不通那群暴徒是怎麼攻下監獄的。」在行軍過程中，索爾頓伯爵的副官皮昂子爵如此說道。

「我也想不通。」索爾頓伯爵十分苦惱地說。「就算監獄裡的部分士兵被派出去，也不該這麼容易被攻下啊。」

「監獄裡有人逃出來嗎？」

「沒有，看來全部被那群暴徒殺死了。」

「真的被那群傢伙擺了一道。」皮恩低聲咒罵。「原來那群人昨天在光榮廣場惹是生非，就是為這件事佈局。」

索爾頓伯爵搔了搔頭，說：「我倒不這麼覺得，昨天的事件看起來不像是個縝密的計畫。要不然，早上的暴動中死掉的人也太多了一點。」

到了夕陽即將西下的時刻，警備兵總算就定位了。貝茲監獄在西方、南方和北方各有一扇大門，昨天反抗軍們攻破的是西方的門，索爾頓也決定以西方作為進攻的主力。他把指揮部設在距離監獄四個路口的地方，然後命令士兵繼續推進。等到三路的士兵都就定位了後，他下令砲兵們全部集中到西方的大道上。

「城頭完全沒人啊，大概是懼怕大砲的威力了吧。」皮昂子爵一面用望遠鏡看著城頭一面說道。

但是就在他話剛說完時，好幾個燃燒的石塊從監獄的石牆後面飛了出來，落在前面的警備兵們中間。被擊中的士兵連慘叫都來不及就當場死亡，附近的人則是衣服著了火，讓士兵們騷動了起來。

「原來他們還做得出這種東西，看來在攻擊監獄的時候大概也用上了吧。」索爾頓思索了一會兒後，下達進攻令：「砲兵前進，只要把城門轟開就好。」

砲兵們把兩尊大砲從他們停下的地方推到距離大門約一百公尺左右的距離。摸不著頭緒的皮昂提出了疑問：「為什麼要推這麼過去？從這邊開火不就好了？」

「準頭不夠。」索爾頓無奈地回答。「從這邊發射會轟到監獄外牆，到時候修繕很麻煩的。」

城牆內再次飛出了好幾塊石塊。可能是因為無法用目視瞄準的原因，這次的石塊沒有擊中士兵，正好落在部隊跟砲兵的中間。

「開砲！」

砲兵們同時點燃了三門大砲的引信。五秒鐘後，大砲發出了巨響，鐵彈紮實地轟在了早上反抗軍勉強裝上的鐵門上，鐵門承受不了這一波砲擊，在一聲巨響中落在了地上。
然後，出乎索爾頓和皮昂兩人意料之外的事情發生了。
後面的士兵突然起了一陣騷動，喧鬧聲讓兩人不由得皺起了眉頭。
「發生什麼事了？」皮昂大聲地問。
一名傳令兵立刻跑過去打聽狀況。幾分鐘後，他面有難色地回報：「長官，我們好像遇到突襲了。」
「說什麼傻話，敵人只能從城門衝出來——」
話沒說完，一陣震耳欲聾的爆炸聲讓他和索爾頓一瞬間以為有人在他們身邊點燃了大砲。然後，他們看到旁邊飄起了一陣濃煙，而士兵則陷入了一陣混亂。
他們立刻就知道發生什麼事情了。一個小隊長慌慌張張的跑來，大聲地慘叫：「長官，我——我們中計了！那群暴徒在旁邊的房子裡面堆滿了火藥和木材！」
警備兵完全中了赫頓的計謀。他們一抵達就展開進攻，卻沒有注意到旁邊的房子就是赫頓安排的陷阱。赫頓在戰鬥開始前就先撤離了市民，在房屋中放置了火藥和各種可以燃燒的物品，然後再用投石車拋出石塊引燃炸藥，讓警備兵陷入一片火海。然而，他的計策還不止如此。
正當索爾頓和皮昂正想要重整部隊秩序的時候，更後方的部隊突然也起了騷動。這突如其來的混亂再次讓兩人慌了手腳。不過，這次他們很快就知道了原因。
旁邊一間民宅的門突然打開，七八個穿著盔甲、手持武器的人衝了出來，對著士兵就是一陣猛砍。他們的襲擊毫無預兆，沒有心理準備的士兵連武器都來不及舉起就被砍倒，短短幾秒鐘已經有十幾個士兵倒在地上了。接下來有更多拿著武器的市民從兩旁的房子湧出，大街上頓時成為反抗軍和警備兵混戰的場所。

一個灰頭土臉的傳令兵從遠處跑過來，慌張地對著索爾頓伯爵說：「長官，南路軍遭到反抗軍的突襲，損傷慘重，請求支援——」

索爾頓在心中痛罵自己的愚蠢和敵人的狡猾。原本他認為反抗軍們會守在監獄裡面，依靠城牆來抵抗警備兵進攻，但他完全沒料到反抗軍竟然會採用這麼大膽的策略，混入市民中進行突擊。

「北路軍撤退！西路軍轉往南邊進行支援！」

但是，想要撤退可沒有這麼容易，現在的戰局已經完全脫離警備兵的掌控。埋伏在民宅中的市民們從四面八方湧出，警備兵們根本還搞不清楚哪裡有敵人衝出來，隊伍就被市民們截成好幾段。甚至連當初冷眼看著警備兵通過的市民們，現在也有人拿起武器加入戰鬥。這讓警備兵有如驚弓之鳥，任何一個市民在他們眼中看來都有可能是敵人。

這場街道上的混戰持續半個小時後，警備兵們已經陷入完全的劣勢，不停惡化的戰況和一個個倒下的戰友，讓他們自己都不相信這場戰鬥有獲勝的可能。雖然和第一次拿起武器的市民相比警備兵還是比較有經驗，但是現在的狀況還是讓他們慌了手腳。面對不知道會從哪裡衝出來、源源不絕、幾乎不要命的敵人，再加上狹窄的地形，警備兵的組織澈底被打亂，經過訓練卻沒有前線經驗的他們不知道如何在這種混戰的狀況下發揮戰鬥力，從頭到尾都在進行毫無戰術的戰鬥。

這正是赫頓希望達到的目的：藉由混戰和巷道錯綜複雜的地形，讓警備部隊沒有辦法發揮組織的效能而陷入混亂。而這樣的成效也十分顯著，在一開始反抗軍的突襲就砍死很多措手不及的警備兵，有些士兵退守到旁邊房子裡卻被憤怒的民眾活活燒死，還有些人根本是被其他士兵踐踏至死的。

到了晚間八點，警備兵的全面潰敗看起來已經是板上釘釘般的事實，索爾頓伯爵不得不下令全面撤退。

不過戰鬥卻不是這麼容易結束的，許多被包圍在窄巷中的士兵根本沒有接到命令，仍在負隅頑抗；也有不少士兵雖然收到撤退的命令，卻被困在包圍中出不去。但是，索爾頓並沒有打算救出這些被包圍的士兵。

正確來說，是已經顧不上這些士兵了。

索爾頓光是要一邊指揮部隊撤退一邊應付反抗軍的襲擊就已經非常地勉強，根本沒有餘力去救出那些被包圍的同袍們，他只好選擇讓那些陷入包圍的友軍自生自滅了。但是，當這個指揮官和外圍部隊都已經撤退、拋下他們不管的消息傳到了那些被包圍士兵的耳中後，卻產生了意料之外的反應。

「我不幹了！我要投降！」一名士兵氣憤地大叫，他把手中的盾牌和武器丟到地上。這個動作不但讓他的長官和同袍愣住，就連正在戰鬥中的市民也愣住了，紛紛停下攻擊看著他。

幾秒之後，他身邊的士兵們也紛紛附和他的話，把自己的盾牌和頭盔丟到了地上，表達自己沒有戰鬥的意願了。

「你們反了嗎！」身為騎士的大隊長氣憤地大吼。但就在他舉起魔杖時，他身旁的一個士兵一聲不吭地拿劍用力地刺向他的胸膛，完全沒料到士兵竟然敢對自己下手的隊長瞪大眼睛，他張開口還想要說些什麼，但是從口中湧出來的卻不是話語而是鮮血。

那個士兵放開手，讓這個原本是他們長官的男人倒臥在他自己的血泊中，然後轉頭對著舉著武器楞在一旁的市民們說道：「讓我們加入吧，我們不想再幫這種爛長官賣命了。」

「我早就受不了這些貴族的粗魯對待了，他們一有不爽就把我們這些士兵當出氣桶，我們也是人啊！」

「武器和盔甲都快壞了都還強迫我們繼續用，就伙食費也被上面的王八蛋污走了，讓我們只能吃那些連馬飼料都不如的東西！」

這樣的情況就像骨牌一樣快速擴散。當士兵們知道自己已經被長官放棄後，他們也放棄了他們的長官。軍隊中貴族與士兵累積已久的矛盾終於爆發，士兵當場丟下武器，甚至不少人倒戈加入反抗軍，痛恨貴族長官的士兵們再也不想壓抑自己不滿。有些對士兵比較好的騎士逃過了一劫，只被五花大綁關入牢裡，其他平常壓榨士兵的長官就沒那麼幸運了，他們的頭顱被當成了士兵加入反抗軍的見面禮。就這樣，有一大群的警備兵選擇加入反抗軍的行列，洛爾城的外城在七月八日這場戰鬥後幾乎全部落入了反抗軍的控制中。

警備兵慘敗、部分士兵倒戈的消息很快就傳開了，這件事的效應不啻於在一鍋滾燙的油中倒入一大杯水。原本仍有不少民眾對警備兵心懷畏懼，這下都把恐懼拋到了九霄雲外。他們紛紛拿起了手邊任何能當武器的東西，一群群地聚了起來。一些比較衝動的民眾襲擊了守衛城門的衛兵，不到百名的衛兵完全擋不住瘋狂的群眾，外城的四座城門很快都落入了市民們的掌控中。警備兵的兵營也遭到襲擊，市民殺了所有還想要抵抗的士兵，掠奪了大量的武器，甚至還有不少的警備兵也乾脆脫下了軍服加入了反抗軍的行列。到這個時刻，政府軍在外城的戰力幾乎已經分崩離析，只剩下索爾頓伯爵手中不到一萬人的部隊。

晚上十點時，正在集結敗兵準備再戰的索爾頓，突然接到了國王的命令。

「什麼？立刻帶軍隊進入內城佈防？」

他不可置信地看著傳令官帶來的那紙命令。考慮一下後，他立刻隻身入城，打算晉見國王，說服他取消命令。沒想到他趕到王宮後得到的回答卻是國王已經就寢，不再接見任何人。

他決心要搞清楚到底發生了什麼事，便急急忙忙地趕到宰相府。

「宰相大人，你能說服國王收回命令嗎？」

「沒辦法。」布里斯頓臉上完全掩不住他的疲倦與失望。「這是國王的命令，我已經和他爭執了很久還是沒辦法說服他，你現在來找我也沒用的。」

索爾頓還想爭辯，布里斯頓用有些厭煩的語氣對他說：「趕快執行命令吧。國王對你的失敗非常生氣，就連我也沒辦法說服他再給你一個機會。」

灰頭土臉的索爾頓一時說不出話來，好不容易才擠出一句話：「那……那麼，需要封閉城門嗎？」

「城門的部分，現在已經把指揮權交給波特子爵了。在你的部隊撤進內城後就會封鎖城門。然後，明天會召開緊急會議指定元帥。」

貝魯西亞王國並沒有常設元帥一職，一向是在戰爭的時候才選舉元帥。索爾頓也明白在選出了元帥後，自己就得交出指揮權。不過，在這個時間點，他沒有餘力為這件事感到不滿。

「屬下立刻去把軍隊撤進來。」

說完後，他就立刻離開了宰相府，前往城外軍隊集結的地方，下達了撤退的命令。

第六章　向北的旅程

警備兵戰敗的消息讓外城的平民們陷入了瘋狂，在內城卻帶來了截然不同的影響。

這個消息讓內城的居民們人心惶惶，能居住在內城的人大多是生活環境比較優渥的人，包括不少大商人、礦場或農場的主人，或是在公務機關工作的行政人員。而由於百人會議的舉行，不少在城內有房子的貴族也居住在這。前一天城外民眾暴動的消息，讓他們不得不開始擔心自己的身家財產甚至是性命安全。而警備兵戰敗的消息，更讓他們驚慌失措。

「小姐，大事不好了！」

聽到房門外的大叫，奧蕾妮亞走出了房間，看到了驚慌的管家站在外面。她轉頭看了一下房間的時鐘。

——才八點喔。我還以為，事情的發生會再更晚一點……

「外——外城發生了——」

「外城的暴動失控了，是嗎？」

「原來小姐已經知道這件事了啊？」

奧蕾妮亞神色凝重地點點頭。

早在會議還沒有結論的時候，她就已經想到了這件事情，而昨天伯爵帶回了光榮廣場發生暴動的消息後，更讓她確信這樣的狀況遲早會發生。唯一在她預料之外的就是狀況惡化的速度，她沒料到警備兵竟然這麼快就敗下陣來。

——可是，就算我想到了，就算我猜到了會發生什麼事情……又有什麼用？

她從不曾像現在這樣這麼痛恨自己的無力。

——在這個世界上，沒有力量的預言家只會被人家當成異端、烏鴉嘴，連自己都拯救不了……

在這一刻，奧蕾妮亞被迫體認到這個殘忍的事實：即使自己能夠看透事情的發展、就算猜到了未來的走向，但是只要沒有人相信她，她就無法改變任何事情。

——我沒辦法阻止事情的發生，爸爸也沒有辦法……

「小姐，狀況緊急，內城的其他人都在逃命了，小姐也趕快離開吧。」管家緊張地催促她。

沉默了幾秒後，她低聲地說：「把所有的人叫到大廳。」

「沒問題，小姐。」

「另外，有沒有父親的消息？」

「沒有……伯爵大人今天早上接到通知後，就沒有回來過了。」

「好的，謝謝你。趕快集合所有的人——所有的僕人們。」

五分鐘後，奧蕾妮亞換好了衣服，走進了客廳。大約有一半的僕人已經到達了。她看了所有人一眼，視線不經意地和站在角落的梅爾茲對上了，他藍色的眼珠中透露著他的不安和惶恐。

沒有等多久，僕人就到齊了。她清了清喉嚨，開口說：「各位，應該都知道現在發生什麼事情了吧。」
「是的，小姐。」所有人一同回答道。
「那麼，趕快逃吧。」
「咦？」
這個過於突然的發言讓所有的僕人都愣住了。
她看了所有人一眼，清楚地說：「城門應該很快就要封鎖了，大家在城門封鎖前趕快離開，要去哪裡隨便你們，請千萬要注意自己的安全。這件事情我會對伯爵和夫人負責的，請大家趕快走吧。」
僕人們對她的話議論紛紛。不過，既然奧蕾妮亞都說出了她會負責，僕人們沒有猶豫太久就做出了選擇，向她行禮後便一個個走出客廳。奧蕾妮亞沒多說什麼，也轉身離開了客廳，準備走回自己的房間。
她的侍女希爾娜匆匆地跟了上來，問道：「小姐，妳不離開嗎？」
「我……要等爸爸。」
「小姐，妳自己都說城門很快就要關閉了，不趕快出城嗎？」
她停下腳步，有些為難地搖了搖頭。
另一個比較重的腳步從後面接近，然後梅爾茲的緊張的聲音從背後傳來。「伯爵小姐，妳在之前就已經思考過會發生什麼事情了嗎？」
「我想過……可是，我原本以為這只是最糟糕的狀況……沒想到這麼快就發生了呢。」她小聲地說。

「那麼，伯爵小姐真的不打算離開嗎？」

她猶豫了一下，搖了搖頭。

在確定了她的想法後，梅爾茲轉過頭對希爾娜說：「小姐不走的話，我們就留下來等到她走吧。」

希爾娜無言地點了點頭。看到兩人的反應，奧蕾妮亞慌張地說：「不用，不用陪我，你們應該要趕快逃——」

「伯爵大人應該一時半刻還不會回來喔。小姐，妳打算一直等下去嗎？」希爾娜的語氣顯得十分嚴厲，奧蕾妮亞從來沒聽她這麼說過話。她顫抖著，不知道該怎麼回答兩人的質問。

「小姐，這狀況再拖下去可能就會被困在城裡了。」梅爾茲也提醒她。

「不行，爸爸……」

「伯爵大人能保護自己的，小姐。」希爾娜無禮地打斷了奧蕾妮亞的話，這舉動連她自己都嚇了一跳。「請趕快跟我們離開吧！」

「我會連累到你們的！」奧蕾妮亞悲痛地大叫。「你們只是一般人，而我卻是讓那群市民們厭惡的貴族，假如你們跟我一起被抓到，也會出事的！」

這時，急促的腳步聲響起，管家跑過來，慌忙地大叫：「小姐，剛剛聽到外面的傳言，宰相準備要下令封鎖城門了！」

「伯爵小姐，請恕我無禮。」梅爾茲又向前走了一步，絲毫沒有要退讓的樣子。「假如妳在這邊等到伯爵回來，我們大概也來不及離開了。小姐不離開，我會打昏小姐帶著妳逃走的。」

面對管家的消息和梅爾茲的威脅，奧蕾妮亞終於屈服了。

「好……好吧，我們現在離開……」

「我去整理小姐的行李。」希爾娜立刻說道。不過，奧蕾妮亞搖了搖頭說：「不用了，我帶著一些錢，這就夠了。假如要離開的話……我們就快一點吧。」

內城的市區裡擠滿著逃難的人潮，每個人都想要早一步離開內城。街道越是接近城門就越混亂，人們互相推擠，生怕自己慢了一步被留在城內，在這狀況下，隨意一點推擠都會演變成爭執。

「讓開！我是侯爵！」

「誰管你是什麼！」

「你——你這是大不敬！看我怎麼處罰你！」

慘叫聲響起，跟隨在侯爵身旁的騎士用劍柄擊向了那個人的腹部，那個人痛得在地上打滾。原本逃難的人群們紛紛停下腳步注意這起騷動。

「可惡，一個貴族在囂張什麼？明明只是群連平民都打不贏的廢物。」

如此不屑的耳語在人群中傳播開來，侯爵的臉色也越來越難看。

「別管他們，我們趕快擠過去……」奧蕾妮亞小聲地說。這時，旁邊的一個人不小心撞了她一下，她腳步一個不穩就跌倒了。梅爾茲趕忙舉著雙手擋住差點要踩到她的人，希爾娜則伸手拉她起來。

「抱歉，沒注意到——」

「小姐，快走吧。」希爾娜催促她。「趕快出城吧。」

他們一路跌跌撞撞地走到了內城的北門，在這裡的人簡直已經毫無秩序，激烈的推擠讓大家幾乎要打了起來。城門的警備兵準備關閉城門，卻被逃難的人們擋住了。

「快點離開城門！奉宰相的命令，城門準備關閉！」警備兵在人群中聲嘶力竭地大吼。就在奧蕾妮亞一行人走出城門後不久，警備兵終於找到了一個機會，伴隨著一聲巨響，警備兵拉上了內城的鐵門。

「其實不用這麼急的。」奧蕾妮亞低語。「現在沒有必要急著關閉城門……」

「為什麼呢？」希爾娜和梅爾茲不解地看著她。「為了防止暴民衝進來，這不是很合理的嗎？」

「那些反抗軍，不會這麼快衝進內城的。」

「為什麼呢？」

就在奧蕾妮亞正要回答時，擁擠的人潮差點把他們擠散，他們費了好一番功夫才拉住彼此，在一棟民宅外面站穩了腳步。奧蕾妮亞喘了好幾口氣後，才繼續剛剛說到一半的話題。

「既然關上城門，那就代表宰相要把所有的部隊撤進城內……也就是說，完全放棄主動作戰的機會。」

希爾娜仍然一臉茫然地看著她，不過梅爾茲突然「啊！」的一聲，露出了恍然大悟的表情。看到他的反應，奧蕾妮亞露出了一個疲倦的笑容，問道：「你想到了什麼呢？」

「我想……因為反抗的市民們很多，在發動進攻之前，他們需要花時間整合內部，或是討論接下來的行動，所以警備隊應該不用急著在這時候就撤退，小姐是這樣想的嗎？」

「是的。所以，市民沒有辦法那麼快有動作的……宰相實在不該浪費這個機會才對。」

希爾娜仍然一頭霧水，她疑惑地問：「不過，現在關起城門也沒什麼不好的吧？可以提早進行準備啊。」

「假如趁著這段時間讓警備兵再次發動攻擊，或許還是有擊敗市民的可能吧。不過……一切都太遲了。」

他們繼續前進，離開了內城後，他們才見識到了真正的混亂。根據日後某些人的形容，這簡直就像一場充斥著鮮血與烈火的祭典，失控的民眾沈浸在這樣的氣氛中，他們推倒了國王的雕像，砸毀了那些平常和貴族們過從甚密的商家、放火燒毀了公司的倉庫和政府的建築、甚至不放過逃命的人們。那些倉皇逃命的人們中，只要衣著比較華麗就會被民眾攔下來一頓毒打，被活活打死的也不在少數。

奧蕾妮亞他們也好幾次差點捲入這場混亂。在驚險地躲過了一群明顯是喝醉的民眾以後，奧蕾妮亞突然拉著另外兩個人閃進一條空無一人的小巷裡。

「等我一下，我忘了一件事情。」她壓低聲音說，伸手從隨身背著的小包包抽出了魔杖。她緩緩地唸著咒語，另外兩人只能一頭霧水地看著她。

這段咒語的長度不短，她花了一兩分鐘後才完成了詠唱。然後，她用魔杖在三個人的頭頂各點了一下。

「小姐，這魔法是做什麼的？」梅爾茲在她收起魔杖後才好奇地詢問。她小聲地說：「這個咒語可以讓我們不要被其他人注意到。我想，在現在的情況下這樣做應該比較安全。」

「這個效果能持續多久呢？」希爾娜問道。

「我也說不准……我想，可能會有一個小時左右吧。」

梅爾茲在心裡估計了一下，不太確定地說：「我想，一個小時可能不夠我們走出去。」

「那就等到走一段路後我施加一次魔法好了。這麼說來，梅爾茲你認得這裡的路嗎？」

「有出來幫老爺跑腿過，所以認得這裡的路，小姐。」

奧蕾妮亞立刻露出了笑容。「太好了，我和希爾娜都不認得呢。等等就讓你帶路了，我們儘量向北邊前進吧。」

「不過，我不認得出了城以後的道路。」他有些尷尬地說。奧蕾妮亞搖了搖頭，說道：「沒關係，先出了城比較重要。」

在施加了能夠讓他們躲開眾人視線的魔法後，他們前進的過程一開始的確是順利了不少，但是走了一陣子，他們很快就發現這個魔法並不是完全沒有副作用的。用魔法讓其他人注意不到他們，就代表其他人在撞上他們以前都不會注意到他們的存在。

「只好靠我們自己小心了。」奧蕾妮亞有些後悔地說道。她的反應總是比梅爾茲和希爾娜慢了一些，在路上已經被人家撞倒了四次。

「小姐，再加油一下就行了，我們離北門只需要再走半個小時就可以到了。」梅爾茲說。

背後傳來響亮低沈的鐘聲，讓他們知道現在已經晚上十二點了。就算外城已經陷入了一片混亂，打鐘的人依然盡忠職守。平常到了這個時間街上應該是一片寧靜，但是現在街上的人潮完全沒有減少的跡象，大部分的市民都朝著與他們相反的方向移動。

「他們全部都是要去進攻內城的嗎？」希爾娜擔憂地看著人群。奧蕾妮亞點了點頭，無奈地說：「我想是的……不過，內城的城門關起來了，看來這事情恐怕會僵持很久。」

「先別討論這個，我們應該先想一下離開城門後怎麼辦，畢竟總不能讓小姐在路邊過夜吧。」

「其實……我沒有考慮過出城以後的問題。」奧蕾妮亞小聲地說。「不然，我們還是儘量往北邊走，走遠一點……」

「怎麼可能啊！小姐妳現在看起來都快走不動了，不要太勉強自己啊！」梅爾茲激動地說。

「而且，從這裡要回到我們的領地恐怕有一千公里，小姐怎麼可能走得完——」

希爾娜拍了梅爾茲一下，打斷了他激動的話語。她說：「我的伯伯家在北邊的雷因普爾村，我們可以去那裡暫時借住一晚，再來思考接下來該怎麼辦。」

「希爾娜，那裡大概多遠呢？」

「走路的話，出了城後大概還要一個小時吧。」

「嗯，那麼就先這樣吧……」奧蕾妮亞有氣無力地回答，希爾娜擔心地問道：「小姐，妳沒力氣了吧？」

「不，我還可以走。」

這個謊話實在是拙劣無比。她的連身裙已經被汗水浸濕，而雙腿也不停地顫抖。

雖然前幾天也曾經從城外走回來過，但是那個狀況和今天完全不一樣，逃難的混亂和人群的推擠讓她早已精疲力竭。可是，就算雙腿幾乎不聽使喚，就算眼皮已經沈重得隨時都會閉起來，她還是不願就此停下腳步。

「可是——」

「繼續走吧。」她用不容兩人反駁的口氣說道。無奈之下，希爾娜只好扶著她繼續前進。

到達雷因普爾村的時候已經接近午夜兩點了。不過，就算已經到了深夜，村莊的街上卻不尋常地聚滿了人。這一整天洛爾城內發生的事情已經傳到了村莊中，村民們聽到消息後都無法平靜下來。他們一方面非常厭惡加稅，另一方面卻又擔心這次市民們的反抗會給村莊帶來災難，這種矛盾的心態與不安全感讓村民們直到現在都還街上，期待著有人能夠帶來更進一步的消息。

「希爾娜，妳逃出來了嗎？妳不是在一個貴族家裡工作嗎？」一個老婆婆認出了希爾娜，用著沙啞的口音向她搭話。

「老爺說我們可以先離開，所以大家都趕快逃出來了。蘿莎婆婆妳怎麼現在都還醒著呢？」

「唉，大家都很擔心，睡不著啊。」老婆婆嘆了一口氣。「現在城裡面的狀況怎麼了？」

「城裡面現在很亂，不少人都急著離開呢。」

「是嗎，那真糟糕啊……這邊這兩位又是誰呢？」

「他們是我的同伴。」希爾娜說道，同時對兩人使了個眼色。

「能安全離開真是太好了。希爾娜，妳的伯母還沒睡喔，我剛剛才和她見過面呢。」

「謝謝妳，蘿莎婆婆。」

說完後，她就帶著另外兩人繼續前進。她伯父的房子在村莊的西邊，離村莊大街有一段距離，他們又走了快十分鐘才到。他們的窗戶也十分反常地亮著。

「妳的伯父家有誰呢？」奧蕾妮亞小聲地問，不過希爾娜注意到她的聲音似乎十分地緊張。

「現在應該只有我的伯父和伯母。我的堂哥在科薩克工作，應該不在家。」她說。「小姐不用擔心，他們是可以信任的人。」

她伸手敲了敲木門。門打開後，一個約莫五十歲的中年人探出頭來，憂心忡忡的他看到希爾娜時鬆了一口氣，不過看到她身邊的另外兩個人後，再次露出了警戒的神情。

「早上聽到城內暴動的消息，我們就有想過妳可能會逃出來，能夠沒事實在太好了。」

「我們差一點就要趕不上，現在內城的城門已經關起來了。」她說。「伯伯，能夠讓我們先在這裡待一個晚上嗎？」

他打量了三個人一下，視線在奧蕾妮亞身上多停留了幾秒後，才回答：「沒問題。」

然後，他轉過頭對著室內大喊：「瑪莎，希爾娜帶著兩個人來了！我們快點準備點吃的吧。」

「她沒事嗎？太好了！」屋內另外一個聲音高興地回答。「查理，你先招待他們，我來煮湯！」

「好了，趕快進來吧。」查理帶著他們走到屋內，客廳一下子擠進這麼多人讓空間顯得十分擁擠。等三個人都在木桌旁坐下後，他的視線在奧蕾妮亞身上停留了幾秒後轉向希爾娜，有些緊張地說：「介紹一下這兩位吧，希爾娜。」

「這位是梅爾茲・艾姆修斯，是和我一起在伯爵家工作的人。而這位則是艾德溫伯爵的千金，奧蕾妮亞・艾德溫小姐。」

「伯爵小姐，我……我們家的環境和食……食物可能無法讓您滿意。」查理結結巴巴地向她搭話。剛剛在門外他就已經覺得眼前這位少女的身分一定不低，希爾娜的介紹更是讓他惶恐不安，這還是他第一次和一位貴族說話。

奧蕾妮亞低下頭，說道：「先生，請不用顧慮這些事情。我現在不是貴族，只是個逃難的旅人而已。很感謝您願意讓我們在這裡過夜。」

別說查理了，就連梅爾茲和希爾娜也沒料到她會這麼說，三個人呆呆地看著她。

過了好幾秒，最先回過神的查理才再次開口，舌頭就像打結了一樣。

「就……就算伯爵小姐這麼說，伯……伯爵小姐在晚上大駕光臨，我們……」

「伯伯，光是您願意讓我們進來我就很感激你們了。」她小聲地說。「半夜來打擾你們已經讓我十分過意不去，請不用多費心。」

「是嗎，那……那麼，你們先休息一下，我……去看看食物準備得如何了。」

查理離開後，兩人轉頭看向奧蕾妮亞，眼神透露著他們的驚訝。希爾娜低聲地說：「小姐……」

「你們也一樣喔。」奧蕾妮亞輕輕地打斷了她的話。「你們不需要繼續把我當成貴族、或是你們的主人了。我們現在就是一起逃難的同伴。」

「妳是認真的嗎，小姐？」梅爾茲花了好一番功夫才從口中擠出這句話。

看著兩人的神情，奧蕾妮亞露出了一個疲倦的笑容，她平靜地說：「我是認真的。我不是一時興起或是有什麼高貴的情操，我只是做出了一個很現實的判斷——在這個時候，貴族的身分能給我的幫忙遠遠比不上你們兩位。」

稍微停頓了一下後，她再次開口，語氣變得更為低沈。

「而且，從這次革命以後……這個國家，再也不需要貴族了。」

梅爾茲和希爾娜楞楞地看著她。在這一瞬間，他們覺得奧蕾妮亞銳利而悠遠的眼神注視的不是他們兩人，而是更加遙遠的未來，彷彿這一刻她和他們身處在完全不同的世界。

「各位，茶好了。」查理和瑪莎端著茶出來，打斷了他們片刻的安靜。「湯還要等一下。」

「晚上還這樣麻煩您，十分地抱歉。」奧蕾妮亞接過熱茶的時候低頭說道。

「沒關係……伯爵小姐，你們接下來有什麼打算？」

「我們想要往北走。」

「嗯，聽說這一陣子往北的北洛爾大道還算平靜。」查理一邊整理桌子一邊說。「不過，跨過歐努特河以後的狀況我就不清楚了。」

「謝謝你，李茲先生。不過，我們還有一個問題……在村莊裡有沒有方法可以買到馬匹呢？」

「這我就不知道了，小姐。」查理有些苦惱地搔了搔頭。「我們家只有牛，而且是負責耕田的……」

「那麼，村莊裡有人有驢子嗎？可以的話，我想要買一匹驢子。」

「我可以幫你們問問看。」查理說完後就走出了房子，留下在廚房煮湯的瑪莎和他們三個人。

梅爾茲打量了一下四周，確定瑪莎還在忙以後，用極低的聲音問：「小姐，妳帶了多少的錢在身上？

「我帶了五十枚金幣。」

這個數目讓梅爾茲和希爾娜大吃一驚，過了幾秒後，梅爾茲有些緊張地說：「那個……恕我無禮，我建議以後關於錢的事情讓我和希爾娜來談。小姐沒有與人交涉的經驗，恐怕會被有心人士大賺一筆。而且……輕易地表明自己有錢是很危險的。」

奧蕾妮亞搔了搔頭，她發現自己的確沒有考慮過這樣的問題。

「嗯，那麼就照你說的做吧，以後就麻煩你和希爾娜了。」她疲倦地說。喝光了杯中的茶後，她就在桌子上趴下。她幾乎是剛趴下就睡著了，臉上的神情變得十分平靜，規律的呼吸讓另外兩人確定她已經熟睡。希爾娜默默地起身，從自己隨身帶著的小包行李中取出了一件布衣，披在她的身上。

「唉呀，伯爵小姐睡著了。」瑪莎端出熱騰騰的湯，輕輕地放在桌上。「你們喝完湯也先休息一下，等查理回來再叫醒小姐吧。」

希爾娜和梅爾茲兩人都同意瑪莎的意見。雖然兩人體力比奧蕾妮亞好上不少，但是經過一個晚上的長距離行走也都有些吃不消。喝完湯後兩人也在桌子上趴下，沒過多久也進入了夢鄉。

過了半個小時以後，瑪莎輕輕地搖醒了他們三個人。

「查理回來了，你們出去一下吧。」

奧蕾妮亞揉了揉眼睛，要站起來時卻發現雙腿痛的動都動不了。希爾娜伸手扶她起來，三個人一起走出去。查理和一個滿頭白髮的老者站在外面。

「小姐，瓦內先生有一匹馬，或許妳可以和他談談。」

那個老人咳了一聲後便開始和他們討價還價，聲音顯得十分滑頭。「唉呀，我這匹馬可不便宜啊，當年牠可是曾經上過戰場的戰馬呢。在牠的主人戰死了以後一直由我照顧，偶爾讓牠拉一下馬車，我可是照顧得很小心啊。」

梅爾茲看了一眼牠身上的毛，就確定這個老人正在胡說八道。

「瓦內先生，看在我的面子上，能不能算個比較便宜的價錢呢？」

「就算你這麼說……照顧這匹馬花了我不少的錢啊。看在你的份上，就算二十奧流司金幣吧。」

聽到這個價錢，梅爾茲完全無法掩飾他的驚訝與憤怒。一奧流司金幣等於十奈特銀幣，一奈特銀幣又等於一百亞西銅幣。二十奧流司金幣，幾乎是三四個平民一年的收入。雖然戰馬就是如此昂貴，但是眼前這匹老馬明顯不值這個價錢。

——這個老傢伙明顯就是看準我們是外地人，準備要獅子大開口！

希爾娜看來也忍不住了，她面露難色地說道：「這個價錢，實在太貴了呢。」

「小姐，這匹馬養得很辛苦啊！因為牠曾經是戰馬，給牠的草料都是最高級的喔。」

那匹瘦骨嶙峋、毛髮斑駁的馬，怎麼看都看不出來飼養得很辛苦。但是，梅爾茲和希爾娜兩人自有打算。

「伯伯……對不起，我們的錢不夠。」梅爾茲垂著頭說道。奧蕾妮亞還來不及露出驚訝的反應，希爾娜就輕輕地拉了一下她的衣角。

「嗯……看在查理的份上，是可以算你們便宜一些啦，十六奧流司如何？」

「能再便宜一點嗎？」希爾娜用懇求的眼神看著瓦內先生。被一個年輕可愛的女孩用這種眼神看著，瓦內也顯得有些不自在，他勉強開口說：「可是……實在不行啊，這個價錢……」

這次換梅爾茲輕輕的拉著奧蕾妮亞的衣角。直到此刻，奧蕾妮亞終於明白了兩人在幹什麼。她向前踏了一步，臉上的表情顯得十分悲戚無助，美麗但柔弱的臉龐此刻顯得如此地惹人憐愛。

「那個……我們還要回到北方，實在是沒有多的錢呢……拜託您了，希望可以更便宜一點……」

瓦內再也熬不住他們的請求，他重重地咳了一下，用力地說：「好……好啦，就算你們十二奧流司！這是底線了！」

希爾娜和梅爾茲兩人表情一瞬間亮了起來，希爾娜立刻說：「我們去裡面拿一下錢。」然後，她在奧蕾妮亞來得及做出反應前，就拉著她走進屋內。

「我把錢包帶在身上啊。」奧蕾妮亞一臉困惑地說道。希爾娜低聲地回答：「我們剛剛跟那個老傢伙說我們帶的錢不夠，當著他的面拿出錢包也太不好意思了。不過，小姐剛剛的演技真的不錯。」

「我明白你們想要壓低價錢，所以我也配合了……不過，這樣子真的好嗎，我們是不是不該騙他呢？」

梅爾茲露出了非常不高興的表情開始分析：「雖然我不是很熟悉每一種馬匹的價格，但是我很確定那匹老馬就算是十奧流司金幣都嫌太多。我們開十二金幣的價錢已經很給他面子了。」

「嗯……好吧。不過，只有一匹馬的話，我們該怎麼行動呢？應該不可能三個人都騎上去吧？」

「我們三個人輪流上去休息，另外兩個人就在旁邊跟著走。」梅爾茲說。「雖然這樣不會比較快，不過至少能節省體力。」

「這方法不錯呢。」奧蕾妮亞一面掏出金幣一面說道。然後，她拿著金幣走出去，對著瓦內說道：「謝謝您，瓦內伯伯。」

「唉，要賣掉這匹馬，我還真是捨不得啊。」他一面將轡繩交到奧蕾妮亞手上一面裝模作樣地說道。查理拍了拍他的肩膀，說道：「瓦內，來喝杯茶再回去吧。」

「不用了，已經半夜三點了啊。」他打了個大哈欠說道。「你也該休息了吧，不管加不加稅，田還是得種啊。」

瓦內離開後，查理對著三個人說：「你們也去休息吧，我們只有一間空房間，就請你們將就了。」

他帶著他們走到那間房間，房裡只有一張床，三人尷尬地互看一眼，梅爾茲立刻說：「我去睡客廳好了。」

「你明天不會沒精神嗎？」

「小姐，別擔心。」他對著奧蕾妮亞露出了疲倦的微笑。「我已經習慣了。」

「那麼，晚安囉。」

梅爾茲離開房間後，希爾娜看了看那張床，猶豫了一會兒後說：「我也去睡客廳好了。」

「這張床擠得下。」

「咦？可是，我不應該和小姐——」

在她還來不及說完時，奧蕾妮亞就坐到了床上，拉著她一起坐下。

「這裡是妳伯父家，妳沒地方睡也太奇怪了吧。」

「對不起，走了那麼久的路，我身上都是汗……」

「我也是全身大汗呢。」奧蕾妮亞說完就躺下去了。希爾娜只好照她說的躺在她身邊，奧蕾妮亞輕輕地把頭靠在她肩上。過沒多久，希爾娜就感覺到她的呼吸變得十分平穩。

——小姐真的是累壞了，一下子就睡著了呢。

——今天走的距離對小姐來說果然還是太長，明天讓小姐騎馬，我們跟著好了。

過了沒多久，希爾娜也慢慢地進入了夢鄉。

第二天早上，兩人一起在早上七點的時候被瑪莎叫醒。

「剛剛燒好了三盆水，你們可以趕快去洗澡了。」她匆匆忙忙地說。「查理已經出門了，要找他的話要去田裡，然後我要去準備你們的早餐了。」

「伯母，謝謝。」希爾娜說完後就拉著一臉睡意的奧蕾妮亞走出房間。他們家的浴室只是房子後面空地上的一棟小木屋，小屋前有著煮水用的大鐵架，下面堆著帶著餘燼的木材。

「小姐，必須先麻煩妳穿我的舊衣服了，逃出來的時候我只夠帶這些。」

「嗯，好的……」奧蕾妮亞迷迷糊糊地說，跟著希爾娜走進了小木屋。

二十分鐘後，她們從浴室走了出來，洗了澡後奧蕾妮亞總算是清醒了。希爾娜的衣服對她來說還算是合身，穿上來後，她看起來沒那麼像是貴族了，反而像個美麗的鄉村少女。

「真的是舒服多了……不過，接下來幾天可能就沒機會洗澡了吧。」她有點難過地說。

走回客廳時，梅爾茲依然趴在客廳的桌子上。於是希爾娜輕輕地搖醒了他。

「喂，先去洗個澡。」希爾娜指著外面說，梅爾茲點了點頭，搖搖晃晃地走出去。十五分鐘後，他抱著一團濕答答的衣服走回來。

「我把你們兩個的衣服也洗好了，能晾在哪裡？」

「謝謝你，我們先把它晾在後院吧。」

就在兩人晾衣服的時候，瑪莎剛好端著一鍋燉飯走出來。她對奧蕾妮亞說：「小姐，我也要去田裡幫忙了，等等你們自己吃早餐吧。」

「謝謝您，伯母。我想……我們可能等一下就會離開了。」

「咦？這麼快嗎？」瑪莎吃驚地看著她。剛曬完衣服從後院走回來的希爾娜和梅爾茲剛好聽到這句話，兩人都吃了一驚，異口同聲地問：「我們不在這裡多待幾天嗎？」

「我們不清楚現在城裡的狀況，我覺得……不要在這裡待太久比較好。」

「好吧，你們什麼時候要離開呢？」

奧蕾妮亞看向另外兩人，希爾娜立刻說：「我們離開前還得先做一些準備，小姐能不能等到衣服晾乾了再走呢？我可以在這段時間張羅一些食物。」

「嗯，那就照妳說的吧，辛苦了。」

梅爾茲也表示了同意。看到三個人決定了，瑪莎在希爾娜的額頭上親了一下，然後淡淡地說：
「查理那邊我會幫你們轉達的。祝你們一路順利。」
「伯母，那麼我們可以帶一點麵包和布走嗎？」
「沒問題喔。」瑪莎爽快地同意，然就走出門了。她剛關上門，奧蕾妮亞立刻小聲地說：「這樣子也太對不起妳的伯父伯母，我們怎麼能這樣亂拿東西——」
「假如小姐覺得過意不去，就留一點錢在桌上吧。我們趕快吃完，要開始收拾東西了。」
希爾娜說完就大口地吃起了眼前的頓飯，接著變開始整理行李。她動作很快，在另外兩人剛吃完時她就已經整理好要帶走的東西，包括一些麵包，三個皮袋的水，還有兩張很大的布。
「為什麼要帶布呢？」奧蕾妮亞疑惑地看著那兩塊布，布的長度甚至比梅爾茲的身高還高。希爾娜一邊把布捲起來一邊說：「需要休息的時候可以把布鋪在地上坐著，假如需要露營的話也可以拿來當臨時帳棚。」
「原來如此啊。這樣的話……我看一下……」
她從包包裡面拿出了一枚金幣放在桌上。看到這個動作，另外兩人都大驚失色。
「再——再怎麼說，也不用那麼多錢啊！」希爾娜大叫。「這樣子伯母會嚇到的！」
「小姐，一奧流司金幣可能夠一般家庭生活兩三個月了。就我們拿的這些份量而言，大概一枚奈特銀幣就已經非常多了。」
「這樣真的不會太少嗎？」完全對價格沒概念的奧蕾妮亞疑惑地看著那枚金幣。希爾娜伸手把金幣放回了奧蕾妮亞手中的小皮袋，同時說道：「小姐不瞭解價錢，一枚銀幣已經算很多了。小姐假如給金幣他們一定嚇到，畢竟一般人一年根本沒幾次機會看到金幣。」

「嗯……果然，以後要買東西還要拜託你們了，我真的不懂價錢，看來我得學習的東西真的很多呢……」

烈日下衣服曬得非常快，到了十點半左右就已經幾乎完全乾了。他們收拾好行李後就來到了後院，昨天買的馬匹正拴在欄杆上，有氣無力地咀嚼著地上的草。

「小姐，妳先騎馬吧。」梅爾茲解開了拴繩，提起了韁繩說道。那匹老馬用鼻子吐了一口氣，步履闌珊地走到奧蕾妮亞的面前。奧蕾妮亞顯得有些猶豫，不過希爾娜一把把她推到馬的旁邊。

「小姐妳體力最差，先在馬上面休息一下。」

在兩人的堅持下，奧蕾妮亞扶著希爾娜踏上了馬蹬，翻過馬背準備從梅爾茲手上接過韁繩。不過，梅爾茲搖了搖頭說：「雖然小姐會騎馬，但是這匹馬不知道有沒有經過訓練，還是讓我牽著韁繩走吧。」

奧蕾妮亞無言地點頭，三人便沿著昨天進入村莊的中央大道向北方前進了。過了一夜，他們仍感覺到村民還是籠罩在緊張的氣氛之中。雖然不少人都已經去田裡工作了，但是村莊的大街上仍有不少的人在交談著，他們憂慮地看著洛爾的方向，劇變和混亂的消息讓他們都對未來感到極度的不安。

「不知道洛爾現在的狀況怎麼樣呢。」梅爾茲有些憂慮地說。聽到他的話，奧蕾妮亞低聲說出她的推測：「既然昨天已經封閉內城的城門，那反抗軍的集結應該會很順利，現在可能已經包圍內城準備進攻了。」

「反抗軍能夠攻破內城嗎？」

「我想，反抗軍會贏。」

聽到奧蕾妮亞的斷言，梅爾茲不禁瞪大了眼睛。

「真……真的嗎？只不過是市民組成的反抗軍，真的能夠攻破內城嗎？」

「最精銳的兵力全部駐守國界，根本不可能趕到。洛爾附近的城堡大概只能找到小規模的騎士團，而其他城市的警備兵……我想，至少要十天以上才能來到洛爾，應該是撐不到那個時候吧。」

「單靠洛爾城的士兵沒辦法守住嗎？」

「不可能。」奧蕾妮亞斷然地說。

「就算警備兵昨天輸了，也不至於如此沒有勝算吧？」梅爾茲訝異地問她。聽到這個問題，奧蕾妮亞沉默了一會才再次開口，她神情顯得十分地憤怒。

「還記得那天去參加奇斯男爵的晚宴吧。那天晚上，爸爸告訴我奇斯男爵就是洛爾警備隊的後勤負責人，而他則利用這個職務中飽私囊，過著如此奢華的生活……這樣的一支軍隊怎麼可能打仗？」

她頓了一下，繼續說道：「昨天警備兵的慘敗已經證實了這一點，然後警備兵也沒有立刻發動第二次攻擊，反而給了反抗軍們整合的時間，現在的警備兵就算有騎士們的協助也不可能擋不住人數眾多的反抗軍了。」

「那麼，難道連撐個十幾天等到援軍來到的可能都沒有嗎？」

奧蕾妮亞露出沮喪的神情搖了搖頭。「外城的城牆有很多大砲，但是內城的城牆上沒有。只要反抗軍使用那些大砲，一定能擊破內城的城門的。」

「內城被攻破的話，還留在城內的貴族們或是國王會怎麼樣啊？」希爾娜害怕地問。

「誰知道呢……只能說，這是貴族們自討苦吃。」

聽到一向溫和善良的奧蕾妮亞竟然說出了如此尖銳的話語，兩人都吃了一驚。不過，奧蕾妮亞沒有注意到兩人的神色，她再次開口時聲音中充滿著責難的意味：「說不定，這對貝魯西亞是一件好事。假如貴族執迷不悟、堅持要把沒有意義的戰爭進行下去，恐怕會對國家造成更大的傷害吧。」

直到此時，她才注意到兩人的神色，她一瞬間露出了懊悔的表情，小聲地說：「我說了不該說的話呢。」

「不，小姐，沒關係的——我們不會洩漏任何一個字。」

「謝謝你們……」她小聲地說，決定轉換個話題。「你們認得接下來的路嗎？」

希爾娜和梅爾茲對看一眼，兩人一起搖頭。

「你們是第一次來到洛爾嗎？」

梅爾茲點了點頭，不過希爾娜說：「這是我第三次來，所以我認得伯父家在哪裡。」

「我也是第三次來，可是我還是不認得路呢。」

伯爵和伯爵夫人過去每年冬天都會到洛爾一次，不過奧蕾妮亞因為身體虛弱，常常只能留在家裡。梅爾茲是第一次到洛爾，而希爾娜雖然過去曾到雷因普爾村兩次，卻也不太認得路該怎麼走。

「沿著北洛爾大道一路向北走的話，應該不會迷路吧。」梅爾茲無奈地說。

「希望如此呢。不過，假如我們經過大一點的城鎮，或許可以找一份地圖，這樣就不用擔心了。」

離開村莊後，他們沿著大道一路前進。這一帶是一望無際的草原，偶爾在路邊可以看到一兩戶人家，有時也在遠處看到一小片樹林。大道上只有零零星星的行人，偶爾也有馬車從她們身邊呼嘯而過。

旅途的頭一兩個小時還算順利，但是正午的烈日很快就讓他們熱得無法招架。

「我們要不要休息一下呢……」

最先受不了的是希爾娜，她的衣服早已被汗水浸濕了。騎在馬上的奧蕾妮亞有些不好意思地說道：「該換妳騎馬了。」

「不，我不用騎馬，只是……好熱啊。」

「我們要不要再多走一點，找個驛站休息？」梅爾茲提出了這個主意。貝魯西亞王國的大道中，每隔十到二十公里就會有一個驛站，提供執行公務的騎士或是貴族在路中休息的場所。不過，奧蕾妮亞搖了搖頭：「我們看起來這麼狼狽，驛站的管理員應該不會讓我們進去吧。」

「這麼說也是。」梅爾茲無奈地說。然後，他指著路旁的一片小樹林說道：「那麼，我們去旁邊的樹林休息一下如何？」

另外兩人立刻同意了他的提議，於是他們一同轉向離開大道。走進了樹林後，他們終於擺脫烈日的照耀，三人終於能喘一口氣。希爾娜把帶來的布鋪好，然後拿出了早上帶走的麵包。

「我們要省著吃，先把容易壞的土司開始吃。」她放了兩片吐司在奧蕾妮亞面前，又拿出了一塊硬麵包撕成兩半，把其中一半遞給了梅爾茲。他們大口大口地啃著麵包，一個早上的行走讓他們飢腸轆轆。

最先吃完的是梅爾茲。他站起來說：「我去看看樹上有沒有什麼果實。」

過了十分鐘後，走了回來，手上抱著四五顆碩大的黃色果實。

「我忘記這個叫做什麼名字了。」他有些為難地說。「不過以前我吃過這個，很好吃。」

奧蕾妮亞露出有些懷疑的眼光打量著眼前的水果，轉頭問希爾娜：「這個……真的可以吃嗎？」

「我不知道，我沒看過呢。」

梅爾茲拿起其中一顆咬了一口，伴隨著清脆的聲響，幾滴液體飛濺而出。不過，他露出了有些不滿的表情說：「感覺不夠甜，印象中小時候吃的比較甜。」

奧蕾妮亞打量了一會兒，「是北方的水果嗎？你以前住在維吉亞共和國吧？」

「嗯，雖然在家裡沒有吃過，不過以前夏天去山上玩的時候常常爬到樹上摘下來吃。」

她看了手裡的水果一會，謹慎地咬了一小口。「喀嚓」一聲，大量汁液從果肉流出來，硬脆的口感和帶著淡淡甜味的汁液刺激著奧蕾妮亞的味蕾，她發現自己對於這個感覺十分地熟悉。

「這是梨子吧？」

梅爾茲露出了恍然大悟的表情。「嗯嗯，是梨子沒錯，我已經好久沒看過這種水果了。」

「原來小姐吃過啊！」希爾娜露出了微微驚訝的表情。「剛剛怎麼沒認出來呢？」

奧蕾妮亞紅著臉，小聲地回答：「家裡面吃的都是已經削皮、切好的……」

希爾娜忍不住笑了出來。她接過梅爾茲遞給她的梨子，一邊咬著一邊問：「為什麼你說以前在家裡沒吃過呢？」

「爸爸說這種水果很貴。不過山上有幾棵梨樹，我們常常去偷吃。」

「真是奇怪，明明是你們國家的東西，你們卻吃不起。」

「這是常有的事情喔。」希爾娜對奧蕾妮亞說道。「我們家養了雞和豬，不過這些牲畜是要拿去賣的，我們只有在特殊節日才能吃雞蛋還有豬肉。」

「對不起……這些事情我都不知道。」

希爾娜和梅爾茲尷尬地互看一眼，梅爾茲便說：「小姐不用在意，這些事情——」

「我想，我應該要多瞭解這些事情。」奧蕾妮亞搖了搖頭，制止了梅爾茲繼續說下去。「希望你們多跟我說一些這種事情——我想，在這段期間，我也得瞭解平民的生活才行。」

十分鐘後他們吃完了手上的麵包。奧蕾妮亞和梅爾茲兩人顯然都沒吃飽，他們露出意猶未盡的表情看著籃子裡剩下的麵包。

「不行。」希爾娜在他們開口前就搶先一步說道。「我們不知道下次補充食物會是什麼時候，我們要省著吃。」

「好吧……」梅爾茲不由得露出失望的表情，他的食量比另外兩人大，這些麵包根本吃不飽。

「我再去樹林裡找一下水果好了。」

「順便找一下有沒有水源喔，我們的水也不太夠了。」希爾娜提醒他，他點了點頭就再次走進樹林的深處。過了約十分鐘後，他抱著好幾顆梨子走回來。
「我沒找到水源。我們先多吃一些梨子吧，我把樹上的梨子全摘下來了。」
於是，在出發之前，每個人又都吃了兩顆梨子，然後希爾娜把剩下的四顆放進籃子裡。
要走出樹林的時候，三個人不約而同地抬起頭，猶豫地看著高掛在天空中的太陽。一想要在這酷暑的天氣中再次走到陽光下，他們都有些猶豫。
「太陽還是很大呢……」
梅爾茲瞇著眼睛看向遠方，過了幾秒後他說：「往北走一段路還有樹林，我們可以走到那邊再休息。」
「真的嗎？我看不到呢。」奧蕾妮亞也瞇起眼睛用力地看，但是她什麼都沒看到。
「我確定有。」
「不是海市蜃樓嗎？」
「不是。」梅爾茲自信地說。「我眼睛很好，那邊有一片樹林。」
「那麼我們繼續前進吧，希望那片樹林不要太遠。」希爾娜半信半疑地看著他。
於是，他們在陽光下繼續前進。這段路上他們一個人都沒有碰到，似乎沒有人想要在這樣的烈日下行動。結果他們又花一個小時，才走到梅爾茲口中的那片樹林。
「我……我不行了。我們……多休息一下吧。」奧蕾妮亞一進入樹林就直接靠在樹幹上，有氣無力地說。
一路上背著行李的梅爾茲沒多說什麼就平躺在草地上。直到此時奧蕾妮亞才注意到這件事，她擔憂地在他身邊蹲下，說：「我都沒注意到你一直背著行李呢。接下來就把行李綁到馬背上，然後讓你騎馬吧。」

「不……不用了。」梅爾茲吐出一口熱氣候緩緩地說。「我休息一下還可以繼續走。」

「不過我和希爾娜都已經騎過了——」

「沒關係的，我只是需要散熱一下而已。」

聽到散熱這兩個字，奧蕾妮亞彷彿突然想起什麼似的用力拍了自己頭一下。

「我都忘了……虧我還是個魔法師啊。」

她掏出了魔杖，低聲念了一小段咒語後揮下了魔杖。一陣涼爽乾燥的空氣吹過他們身邊。一瞬間，梅爾茲就覺得身體的燥熱冷卻了不少，他露出了舒服的表情，閉上眼睛說道：「謝謝小姐，這陣風實在太舒服了。」

「等等我邊走邊用魔法變出涼風好了。」她開心地說。

「那麼，小姐能變出水嗎？我們的水壺快要空掉了。」希爾娜邊說邊拿出了裝水的皮囊，由於一路上流了許多汗，他們幾乎快把早上出門裝的水都喝光了。奧蕾妮亞立刻接過了皮囊，念了咒語後魔杖的尖端流出了清水，沒幾秒就裝滿了袋子。

「這樣舒服多了。假如在這個溫度下，我還可以走很久。」梅爾茲的聲音聽起來已經恢復了活力。「我小時候常常在山上跑來跑去，體力還不錯。不過，我實在受不了這麼熱的天氣。」

奧蕾妮亞點點頭，長年待在領地的她也受不了南方這悶熱潮濕的天氣。

「那麼，我們慢一點再出發好不好？等到太陽小一點。」梅爾茲提議。「就算小姐用了魔法，正午的陽光還是很麻煩吧。」

她思索了一下說：「我們在這裡多休息一個小時如何呢？」

梅爾茲和希爾娜立刻點頭，他們在樹下休息，看著太陽從頭頂慢慢地向西邊降下。他們決定出發的時候，從太陽的高度判斷，已經接近下午三點了。

「大概多久會天黑呢？」奧蕾妮亞看著在他們右方的太陽問道。梅爾茲估計了一下後回答：「這個季節的話應該還有三個小時左右。」

「三個小時啊……下一個問題，就是我們能不能在這段時間內找到村莊了。」

「不過，在村落能不能找得到地方住也是個問題啊。」梅爾茲略顯緊張地說。「壞人比野獸更可怕，假如找不到足夠安全的旅舍，那麼在荒郊野外過夜恐怕還比較安全。」

他們繼續向北前進，太陽沒有正午的時候那麼熾熱，而奧蕾妮亞不時用魔法變出了冷空氣，讓他們的行動快了不少。在太陽即將落入西方的山脈後面時，眼力最好的梅爾茲終於看到了遠處的村莊。

「我看到村莊了。」他對另外兩人說。「我們等等進去找一下有沒有旅舍。」

希爾娜立刻轉頭叮囑坐在馬上的奧蕾妮亞：「小姐要小心不要被其他人看到妳帶了那麼多錢，尤其不能給其他人看到妳帶著金幣，不然非常危險。」

奧蕾妮亞點點頭，她在包包裡面翻找了一陣，掏出了一把銅幣和銀幣交給希爾娜：「接下來的花費就給妳處理吧，這些錢夠用嗎？」

「一定夠用的，小姐。」

他們又走了超過半個小時才進入村莊，這時候太陽已經隱沒到山脈的後頭，天空幾乎完全暗了下來。這座村落的規模十分地大，甚至超越了一般的小鎮，稱之為小城市也不為過。他們很容易地就找到了旅店，裡面的客人大多是南來北往的商人，一個晚上的價格只要二十亞西銅幣。讓奧蕾妮亞進了房間後，梅爾茲和希爾娜立刻分頭行動，梅爾茲去打聽哪裡有販賣馬匹，希爾娜則去街上還沒關門的的店家採購食物。她只花了五亞西，買回來的食物份量多得讓另外兩人都看傻了眼。

「因為他們要打烊了，所以賣的特別便宜。」她向另外兩人解釋。「我還多跟他們要了一點肉。」

「買這麼多不會壞掉嗎？」奧蕾妮亞疑惑地看著滿桌的食物。

「不會。這些容易壞掉的就是等一下晚餐和明天早餐吃掉。」她把培根、燻雞肉和一些軟麵包從袋子裡拿出來。然後，她指著布袋裡的其他食物說：「這些硬麵包可以再放久一點，所以就帶到路上吃。」

奧蕾妮亞露出佩服的神情。「我開始想請妳來擔任管家了。看來一路上我們的飲食都可以交給妳打理了。」

然後，她轉向梅爾茲，問道：「梅爾茲，你有從老闆那邊問到什麼東西嗎？」

「旅舍老闆告訴我最近沒有誰在拍賣馬匹。」梅爾茲失望地回答。「據說，這附近的馬匹前一陣子都被一個貴族買走了，所以現在都找不到。不過，我倒是聽說這裡有個圖書館，小姐之前說過想要去找地圖吧？」

「有圖書館嗎？太好了！」奧蕾妮亞眼睛一亮。「那麼，明天早上我們就去圖書館吧。馬的部分……也只能明天再說了。」

這時，梅爾茲突然想起來老闆剛剛說的另一句話。

「對了，剛剛老闆說有人在賣驢子。假如我們買不到馬的話，或許驢子也是不錯的選擇。」

奧蕾妮亞點點頭，露出了笑容：「那麼，明天早上我們就一口氣解決兩件事情吧。」

他們很快地吃完了希爾娜準備的食物，梅爾茲從旅舍外的井裡打了兩桶水進來，簡單地沖了一下身體、洗好衣服後，奧蕾妮亞搖搖晃晃地在床上躺下，幾乎是一碰到枕頭就睡著了。

「看來小姐應該是受不了這樣的運動量。」梅爾茲嘆了一口氣。「假如能買到驢子的話，還是讓小姐整天騎馬好了。」

「我也這麼覺得。梅爾茲，你也早點休息吧。」

「我該睡哪啊……」

他環視了房間一圈，房間非常狹窄，除了桌椅和床鋪以外幾乎沒有多餘的空間。

「希爾娜，妳和小姐睡吧，我睡地上就好了。」

兩人躡手躡腳地把椅子和桌子搬開，深怕吵醒了已經入睡的奧蕾妮亞。他們兩人躺下來後，很快地也進入了夢鄉。

——讓小姐多睡一下好了。

希爾娜是第二天早上最早醒來的人。她小心地伸手拉開窗簾，窗外的太陽才剛從地平線升起沒多久。

她伸個懶腰，確定了奧蕾妮亞仍在熟睡後，準備要下床準備早餐。然後，她感覺自己踩到了一個軟軟的東西。

「唉唷！」

躺在地上的梅爾茲發出了慘叫，她這才發現自己剛剛直接踩到了他的臉上。

「對——對不起！」

奧蕾妮亞也因為這聲慘叫而驚醒。她迷糊地看著兩個人，等她搞清楚情況後，她也忍不住笑了出來。

「下次找一間大一點的房間吧。」她一邊笑一邊說。「梅爾茲，你的鼻子沒怎麼樣吧？」

「還好，因為她還沒有用力踩下來。」他揉揉自己的鼻子說道。「下次可以用溫柔一點的方式叫醒我……」

希爾娜紅著臉把他拉起來，說道：「我先來準備早餐。」

他們的早餐就是昨天剛買的軟麵包和燻雞肉，吃完後他們又一人吃了一個昨天摘下的梨子。用餐結束後他們開始整理行李，看著昨夜洗完後仍沒有晾乾的衣服，希爾娜苦惱地說：「看來我們得提著這些衣服走了，這些衣服不能塞進包包裡面呢。」

「讓我來吧。」

奧蕾妮亞掏出魔杖指著衣服，魔杖尖端持續噴出溫暖乾燥的空氣。沒幾分鐘，濕答答的衣服就變得乾燥無比。

「以後能用魔法解決的事情就告訴我吧，這樣可以省下不少功夫。」

「一直使用魔法，小姐不會累嗎？」

奧蕾妮亞搖了搖頭。「其實還好，這些算是簡單的魔法，其實不會消耗太多魔力。然後——我說過了，不用再稱呼我小姐了，直接叫我的名字吧，梅爾茲。」

「好……好的，奧蕾妮亞小姐。」

「妳也一樣喔，希爾娜。我說過了，我們是一起逃難的伙伴，而且在這樣的狀況下我也不希望讓人家知道我是貴族，所以自在地和我說話吧。」

他們收拾好行李後，就先前往市場找到梅爾茲昨天打聽到販賣驢子的商人。很幸運地，他剛好有兩匹驢子，他們只花一奧流司又三奈特就把兩頭驢子都買了下來。雖然這個價錢還是有點貴，但還在他們能接受的範圍內。然後，他們牽著驢子來到了在市鎮中心的圖書館。那間圖書館的規模不大，不過古樸的建築透露著圖書館已經有著很長一段的歷史。他們很快就找到了他們想要找的東西：在圖書館的一角，有一整排櫃子放著各式各樣的地圖。

找出了一疊的地圖後，奧蕾妮亞花了三亞西在圖書館的櫃臺買了一疊羊皮紙和炭筆。她在羊皮紙上描繪著地圖，花了一個小時左右才完成，這個完成品讓另外兩人讚嘆不已。

「奧蕾妮亞小姐，妳的地圖簡直可以拿去賣錢了。」

奧蕾妮亞不但畫得和原本的地圖幾乎沒有誤差，也沒忘記把重要的資訊標上去。公路和城市自然是重點，其他的河流、山區、森林、村莊、甚至是距離都沒有遺漏。

「有了驢子和地圖，接下來的旅程應該會比較順利吧。」奧蕾妮亞露出了微笑，另外兩人顯然也有同感。

「那麼，我們來規劃一下這幾天的行程吧——」

接下來的五天，他們的行程變得順利許多。因為有著驢子代步，他們在炎熱的夏日正午可以不用休息那麼久。在路上，他們每過兩三個小時就會停下來休息一下，經過河邊時也會稍稍停留，讓驢子和馬喝些水。而在拿到地圖以後，他們可以更精準地計算路程，避免了晚上露宿野外的情況。

不過，旅途沒有像他們希望的一樣，一直一帆風順。他們在第五天遇上了麻煩。

那天早上他們出發的時間比前幾天稍晚了一些，太陽即將落下時，他們還離預定的目標有約十公里左右。

「從這裡到麥錫亞的路上似乎沒有任何小鎮呢。」奧蕾妮亞靠著夕陽的餘光看著地圖，估算接下來的行程。「我們可能還需要再走一個小時左右吧。」

「這樣到了麥錫亞不會太晚嗎？」

「應該沒問題。麥錫亞是一座規模很大的城市，就算晚了一點，應該也能找到旅店。」

太陽漸漸地隱沒在山脈的後頭，四周越來越暗，而月亮又還沒從東邊升上來。他們連路都幾乎要看不清楚了，梅爾茲忍不住問道：「奧蕾妮亞小姐，我們要不要點個火把？」

「在黑夜中點火不會引來什麼動物之類的嗎？」

「我想應該不會——」

話說到一半，遠處傳來的一陣吼聲劃破了寂靜的黑夜。

「停住！不准動！」

聲音從他們右邊不遠處傳來，從草叢的聲音和突然出現的腳步聲，梅爾茲推測對方人數應該將近十個。一個人粗野的叫聲傳來：「不准動，留下你們的錢！」

「是——是強盜！」希爾娜尖叫。會在夜裡遇上強盜，是三個人都沒有預料到的狀況，這讓他們頓時方寸大亂。

奧蕾妮亞慌忙說：「別理他們，我們摸黑前進！」

「停下來！不然我們要射箭了！」

「小姐——」

慌張的奧蕾妮亞沒有聽到梅爾茲的叫喊，她用力地一甩韁繩，馬匹開始快步前進。另外兩人正想跟上的時候，就聽到了拉動弓弦聲音，以及箭矢破空而過的咻咻聲。然後，在前面的梅爾茲聽到奧蕾妮亞發出了一聲慘叫。

「小姐！奧蕾妮亞小姐！」梅爾茲慌張地跳下驢子，趕到奧蕾妮亞身邊。她的左手臂被一支箭劃過，傷口正流著血，身邊的地面還插了三四支箭。

在他們還來不及採取任何行動時，又有好幾枝箭飛過來。奧蕾妮亞的馬發出了一聲哀鳴，牠為牠的主人擋住了好幾支箭，然後就倒在主人的身旁。

「梅爾茲，讓開！」奧蕾妮亞急切地用受傷的左手推開了擋在她前面想要保護她的梅爾茲，她抽出了魔杖，短短的念了幾句咒語後，他們的四周出現了一圈泛著淡綠色光暈的屏障，像泡泡一樣包住他們。

「這……這可以爭取一點時間。接下來，就要祈禱對方沒有魔法師了。」奧蕾妮亞痛苦地說，梅爾茲在她身邊跪下，按住她手臂上的傷口，希爾娜則立刻拿了一塊布纏在她的手臂上。她又念了一段咒語，朝著聲音的方向射出了一個小小的光球。幾秒鐘後光球在空中炸開，散發出耀眼的白光。藉著這陣白光，他們終於看見埋伏在那邊的人的身影。看到那群人頭上的圓頂草帽，奧蕾妮亞立刻認出了他們是什麼人。

「土爾人！」她失聲驚叫道。

土爾人是居住在貝魯西亞王國山岳地帶的一個民族，他們的勢力範圍遍及北方的歐努特山脈和南方的斯拉恩山脈。貝魯西亞王國、北方的維吉亞共和國還是西方的艾基里歐王國都曾多次嘗試進攻山區，想要澈底征服土爾人，或是把他們全部趕出境外，但是沒有任何一個國家成功，他們總是因為不熟悉山區的地勢，而被土爾人打的落花流水。

「假如是這個人數的話還好，只怕還有其他人……」奧蕾妮亞一面摀著傷口自言自語。

又有好幾支箭飛過來，在光線的照明下，這次的準度比剛剛準多了。箭矢撞在奧蕾妮亞設下的屏障上，發出清脆的聲響後就彈向了旁邊。

土爾人靠著狩獵為生，以優秀弓箭手聞名奧馬哈大陸，他們就連在黑夜中都有一定的準頭。奧蕾妮亞照亮了四周後等於為他們提供了個明顯的目標，箭矢叮噹噹地敲在奧蕾妮亞設下的屏障上。在黑夜中屏障搖曳不定的綠光看起來十分地虛弱，梅爾茲和希爾娜兩人覺得這屏障好像隨時都會被擊潰。

「該——該怎麼辦？」希爾娜慌張地問。

思考了幾秒鐘後，奧蕾妮亞做出了決定。

「我來試試看。」

她勉強地站起來，念了幾句咒語，一揮魔杖，一團小火球飛出去，落在那群人中間。火球似乎點著了某樣東西，那群人起了陣騷動。

「我的力量只能做到這種程度。」她失望地說道。「我不擅長這種魔法——不過，這樣已經夠了。」

剛剛的火焰似乎激怒了那群人，再一次的射擊失效後，他們拿起刀槍衝了過來。

「小姐，我們手無寸鐵——」

「安靜。」奧蕾妮亞打斷了慌張的梅爾茲。她舉起魔杖，緩緩地唸著咒語，眼睛仍直直盯著朝他們衝過來的土爾人，仔細地估算彼此的距離。

梅爾茲覺得自己的心臟幾乎快停了。

距離不停地縮短，從一百公尺，五十公尺，三十公尺，直到剩下十公尺、對方已經舉起武器的時候，奧蕾妮亞完成了咒語的詠唱，把魔杖向地上一指。

那瞬間，梅爾茲覺得自己頭一暈，彷彿自己的魂魄和力氣都在一瞬間被抽走了，雙腿一軟無力地跪在地上。他用眼角餘光看到希爾娜也不自然地跪了下來，只有奧蕾妮亞一人站著。

而那些土爾人受到的衝擊顯然遠遠超過他們。

奧蕾妮亞施放咒語的那一刻，跑到一半的土爾人像是斷線的木偶一樣停止行動，亂七八糟地跌成一團，武器也七零八落地掉在地上。

看到自己的魔法成功了，奧蕾妮亞鬆了一口氣，連忙把梅爾茲和希爾娜拉起來，她滿懷歉意地看著他們：「對不起，我範圍沒有控制好。」

「不，奧蕾妮亞小姐實在太厲害了——不過，這到底是什麼一回事啊……」梅爾茲虛弱地說，他覺得自己的腳步仍有些不穩，似乎還沒完全從剛剛的魔法中恢復過來。

「這個魔法可以讓範圍內的人全部暈眩，大概能持續二十分鐘吧。不過這個魔法的範圍非常地小，所以我只能讓他們衝過來後才使用。」

她看著自己的傷口，猶豫了一下後舉起魔杖，杖尖抵著傷口，緩緩地唸著咒語。魔杖的尖端發出綠色的光芒，不過，在另外兩人看來，傷口似乎沒有好轉的跡象。

「妳可以治好傷口嗎？」

「不太行，我不擅長這個咒語，我能做到的只有緊急止血而已。」

希爾娜重新幫她包紮傷口，而梅爾茲則轉頭看著地上東倒西歪的土爾人，問道：「我們現在該怎麼辦呢？該怎麼處理他們？總不能殺了他們吧……」

「我們把他們身上的東西拿走吧。」希爾娜提議。「既然他們是強盜，那麼拿走他們搶劫的東西應該沒問題吧。」

奧蕾妮亞搖了搖頭。「我們不需要他們搶來的東西。我們把他們的武器拿走就好了。」

於是，他們把強盜身上的刀、劍和弓箭都拿走。梅爾茲從中挑了一把拿起來比較順手的劍別在身上，還帶走了一把弓和一袋箭，然後把其他的武器都丟在了附近的樹林中。

由於奧蕾妮亞騎的馬死了，在剩下的路程中奧蕾妮亞和希爾娜一起騎一匹驢子。雖然奧蕾妮亞一開始有些擔心被追上，不過走了好一段距離後都沒有看見他們的蹤影，奧蕾妮亞就慢慢放下警戒心了。他們接下來又走了一個多小時，終於抵達了麥錫亞。

「好大的城市啊。」

這是梅爾茲看到麥錫亞外牆的第一個感想。與之前在路上夜宿的村莊或小鎮不同，麥錫亞的城牆聳立在他們的眼前，規模不下於洛爾的外城。縱然夜已全黑，城門卻沒有關閉，火炬和火把照亮了城門四周，站崗的衛兵們在門前喝叱著打算入城的旅客好好排隊。

「原來麥錫亞是這麼大的城市嗎？它看起和科薩克或是洛爾差不多大呢！」

「麥錫亞是座大城市。」奧蕾妮亞對另外兩人解釋。「這座城市的規模和科薩克、戈馬、甚至是洛爾差不了多少。不過，它的特別之處在於它並不是貴族的領地，而是一個自治城市。」

「自治城市是什麼呢？」梅爾茲好奇地問，他完全沒有這方面的知識。奧蕾妮亞在自己的記憶裡搜尋一番後，有些不確定地回答：「印象中，麥錫亞過去只是座小城鎮，因為在南北往來的要道上所以規模逐漸擴張。規模擴大後雖然有貴族想要將這裡納入領地，卻受到市民激烈地抗議。最後這裡被國王訂為王國直屬的城市，市民會選出自治議會，議會選出市長，和國王派遣的代表官一同管理這座城市。」

「看起來好熱鬧，就算到了夜間還是好多人呢。」

一般的村莊到了晚上，幾乎沒有人會在街道上走動，而麥錫亞的夜晚則熱鬧得不得了。有許多的店家點燃了火把，經營著夜晚的生意，路邊也還有一些小販向往來的旅人兜售商品。小旅店幾乎都客滿了，他們花了一個小時，才找到一家一樓是酒館的旅舍。雖然老闆用懷疑的眼光打量他們，不過最後仍同意讓他們住進來。

「真是沒料到這裡這麼熱鬧，剛剛聽老闆說，這裡的房間幾乎每天晚上都客滿。」剛剛和老闆交涉的希爾娜在進到房間後忍不住大吐苦水。

「的確，之前我們沒有在這裡停留過，所以都不知道這裡原來麥錫亞的人潮這麼多啊。」

他們放下行李後，梅爾茲立刻問道：「小姐，妳的傷口現在如何了？」

奧蕾妮亞解開纏在傷口上的布。在魔法的加持下，傷口已經止血了，不過她的魔法沒辦法在這麼短的時間內就讓傷口完全復原，鮮紅的傷口在她白皙的皮膚上格外顯眼。

「我的魔法只能做到這樣了。」她失望地說。

「奧蕾妮亞小姐，妳先去洗澡吧，等等洗完身體後趕快包紮一下傷口。」

「等一下。」

奧蕾妮亞拿著魔杖走到門口，其他兩人都摸不清楚她想要做什麼。她念了一段很長的咒語後，在門上面敲了一下。兩人瞬間感覺一股溫暖的能量瞬間流過自己的身體。

「這是什麼啊？」

面對疑惑的兩人，她說：「這是一個結界，當我們在房間裡的時候沒有其他人能走進來，除非對方是個很厲害的魔法師。」

「怎麼今天突然這樣做呢？前幾天妳都沒有使用這樣的魔法吧。」

「今天是在大城市，人比較多，我不太放心。」她的語氣中隱含著微微的不安。她進去浴室後，而希爾娜則開始整理他們的行李，當奧蕾妮亞洗完澡後，希爾娜讓梅爾茲先進去，然後她打開

了剛剛在找旅舍的途中向路邊攤販買的藥膏

「真可惜，藥膏開了以後只能用三天呢。」她看著剩下的一大塊藥膏，惋惜地說。把藥抹在奧蕾妮亞的傷口上時，她忍不住輕輕發出一聲哀鳴。

「忍耐一下，這應該是有用的。」

「我知道，可是手臂有種燙燙的感覺……」

擦完藥後，奧蕾妮亞舉起手臂，稍微動了一下，苦笑著說：

「還能動，看來應該不是什麼大問題，我的運氣還蠻好的呢。」

在梅爾茲洗澡的期間，她們把房間整理了一下。他們的房間是這間旅舍中最昂貴的房間之一，雖然只有一張床，不過旁邊有一張長沙發，所以睡覺的問題也解決了。

「我們去下面的酒館吃晚餐吧。」等到梅爾茲出來後，希爾娜立刻這麼提議。梅爾茲沒什麼意見，不過奧蕾妮亞對這個提議卻有點猶豫。

「酒館的環境是不是很危險？」

看到她的眼神，梅爾茲瞬間理解了原因。他問道：「小姐是不是沒有去過酒館呢？」

奧蕾妮亞有些緊張地點了點頭。看到她的反應，梅爾茲也有些傷腦筋。小時候他曾經到村莊的酒吧中玩耍，不過那時的記憶已經非常淡薄了，他也不確定他們現在進去酒館是不是個安全的提議。

「不過，在酒館常常可以聽到一些小道消息。」希爾娜突然這麼說。「說不定在酒館裡，我們可以打聽到現在洛爾的消息。」

這句話讓奧蕾妮亞的表情有了明顯的變化。

「真的嗎？」

「有可能，在酒館的閒聊有時候會聽到一些資訊。」

看到她的神情，梅爾茲知道她已經快被說服了。於是，他說：「那麼，我把剛剛拿到的劍配在身上。有帶武器的話，其他人應該不會有非分之想了吧。」

「那……好吧，我們到酒館吃晚餐吧。」

酒館裡面門庭若市，住宿的旅客和城市的居民把位子都佔滿了。這些酒客們一面喝著酒一面討論著洛爾發生的事情，發生革命的事情在這裡早已傳開了。不過，奧蕾妮亞很快就察覺到這些酒館的客人們對於王國政府似乎也沒有多大的支持，他的的情緒反而像是正等著看好戲一樣，用著戲謔的語氣聊著加稅、暴動和貴族們。

他們等了好一會才等到一張角落的空桌子。就在他們剛坐下點完餐沒多久，一個剛進酒館、滿頭大汗的男子走到他們桌前問道：「請問能和你們坐一桌嗎？」

梅爾茲和希爾娜看向奧蕾妮亞，她猶豫了一下，點了點頭。

「真是太感謝了，小姐。」那個人重重地在桌子另一邊坐下，伸手抹去額頭斗大的汗珠。「在大熱天騎馬騎了一整天，這裡還熱鬧得找不到地方休息，真的是要人命啊。」

「我們也是今天才剛到麥錫亞。」梅爾茲說。「你是從哪裡來的？」

「我從洛爾花了三天趕到這裡。」他回答，立刻察覺眼前的三個人一瞬間變了臉色。

「我們也是從洛邇來的，有什麼新消息嗎？」奧蕾妮亞急切地問。看著她著急的模樣，那個人想了一下後說：「這故事有點長啊。我先叫一杯酒，再慢慢地講吧。」

等了幾分鐘，老闆把男子點的葡萄酒和他們的晚餐一起送上桌。那個人喝了一大口酒後，緩緩地說：「我先自我介紹一下。我叫做拉普特・蓋伊，是個專門做穀物交易的商人。」

他看著奧蕾妮亞他們，而他們則是一頭霧水地回望他。見到三個人都沒有開口的打算，他臉上瞬間顯得有些不悅。

「看你們的年紀，你們是第一次來到酒吧嗎？」他不太客氣地質問。奧蕾妮亞被他的語氣嚇到，只能楞楞地點了點頭。

「當人家自報姓名的時候，你們也該講出自己的名字，這是酒館的規矩。」蓋伊說完後盯著他們，卻見到他們三人有些尷尬地互看，過了好幾秒，奧蕾妮亞才小聲地說：「抱歉……我可以不要說出自己的名字嗎？」

「好吧，偶爾也會遇到這種人。」蓋伊冷笑著說。「你們看起來活像是從哪裡逃出來的……我有猜錯嗎？」

他們立刻點頭。「我們是從洛爾逃出來的。」

蓋伊輕輕笑了一聲，臉上露出的表情混雜著幾分的同情，讓奧蕾妮亞感到有些不對勁。

「假如是一般狀況，我就不會告訴你們任何東西了。不過，現在跟你們這群小鬼計較也很奇怪。」

他又喝了一口酒，問道：「你們是什麼時候離開洛爾的？」

「我們是七月八號離開的。」奧蕾妮亞立刻回答。

「所以，你們是在內城封鎖的那一天離開的。看來你們還不知道洛爾的內城已經被攻破了。」

三個人都吃了一驚。不過，吃驚的不只是他們，旁邊聽到他們對話的酒客紛紛轉過頭，酒館中傳出此起彼落的驚呼。

「老兄，你不是在開玩笑吧？洛爾內城真的被攻陷了？」隔壁桌的一個壯漢粗魯地問道。這下換成蓋伊露出訝異的表情，他問：「難道你們都不知道這件事情嗎？」

「不，我們完全不知道這件事情。」

「我想你大概是內城被攻破後最快從洛爾趕到這裡的人吧，前幾天陸陸續續來的人都只告訴我們洛爾發生了革命啦。」

「這樣說也不對啊。就算我是最快騎馬趕到的，可是政府不是有那套魔法的……呃，什麼名字啊……」

「雙面鏡。」奧蕾妮亞低聲地說。

「對對，就是那套魔法通訊系統！政府有那套系統，這裡應該早就知道消息了啊，該不會是市長知道了卻沒公布吧？」

這個消息讓酒館中的市民們一陣譁然。當他們大聲嚷嚷著的時候，蓋伊轉回來繼續對著奧蕾妮亞說：「七月八號那天我在外城找了個安全的地方躲了起來，直到七月十一號內城被攻破的時候，我才趁著那陣混亂逃離開。」

「果然被攻破了呢……」奧蕾妮亞低聲地說，聲音中剩下空洞的絕望。不過，蓋伊並沒有注意她的表情和聲音有什麼異狀，他繼續說：「聽說在攻城戰中不少大貴族和騎士都戰死了，有少數人逃了出來，剩下的好像都被抓起來了，不知道什麼時候會被處——。」

直到此刻，他才發現奧蕾妮亞的臉色一片慘白。

「看來妳也是有苦衷的啊，小姐。」蓋伊低聲地說。他把杯中的酒一飲而盡，說：「我就不繼續打擾你們了。」

他起身離開後，奧蕾妮亞茫然地看著桌上的菜。

「被處決了呢……」

「小姐，別那麼悲觀，說不定伯爵沒有事的。」希爾娜試圖安慰她，但是就連她自己也沒辦法相信這句話。

奧蕾妮亞一語不發地站起來，付了餐錢之後，她搖搖晃晃地走回房間。

第七章　洛爾陷落

無論對誰來說，洛爾內城的陷落都太快了一些。

七月八號的夜間，索爾頓按照命令封閉內城的城門後，立刻開始重整內城的防禦機制。在先前的戰鬥中，陣亡與投降的士兵加起來逼近兩萬，他可以運用的戰力只剩下一萬人出頭。到了接近天明的時刻，他完成了兵力的部署，警備兵們在內城的城牆上就定位。

索爾頓在城牆上看著城牆外慢慢集結的反抗軍，忍不住為昨天晚上接到的命令感到懊惱。

——這五六個小時等於是白白浪費了。

雖然昨天與反抗軍的戰鬥是慘敗收場，但是他認為那時候的局勢並不到無法挽回的地步。假如半夜再次對反抗軍發動突襲，警備兵未必不能戰勝。而就算不攻擊集結的士兵，警備兵也可以壓制城內其他地方的暴動，阻止暴民的集結。但是那道進城布防的命令讓這一切可能化為烏有，整個晚上索爾頓都不能有更進一步的動作，只能在城牆上看著城外的暴民們從四散的小團體慢慢地集結成有組織的反抗軍。

在早上八點，國王終於召開了御前會議。參加會議的除了宰相、索爾頓伯爵還有波特子爵外，國王還召集了菲利普、歐利希司和莫西亞這三位長年待在邊境帶領軍隊、現在還留在城內的公爵參加會議。

「請各位發表一下對於現況的看法。」國王懶洋洋地說。

索爾頓很想要開口，但是由於與會的還有三位公爵，他不敢率先發言。

「我們一定要狠狠教訓一頓這些平民。」歐利希司第一個跳出來說話。「立刻用『雙面鏡』通知附近的軍隊，要求他們支援首都！」

「雙面鏡」是貝魯西亞王國建立的魔法通訊系統。由於王國幅員廣闊遙遠，靠信差傳訊實在曠日廢時，國王波爾瓦三世與王國中負責魔法訓練、研究的最高魔法研究所合作，建立了這一套系統。這套系統由布置在各地、施加了魔法的鏡子組成，讓使用者可以透過鏡子聯絡王國內的任何一面鏡子。「雙面鏡」目前僅供貴族們、重要官員以及軍隊使用，是最快速的通訊方式。

「支援的命令已經發佈了。」索爾頓謹慎地說。「錫恩和莫涅斯都有派出了援軍，不過……預計還要六到八天左右才會趕到。」

「那麼，現在的問題就是如何撐過這段時間。」布里斯頓緩緩地說。「我認為，試著跟叛軍溝通也是一種方法。」

「宰相大人，難道你覺得我們要向那群賤民妥協？」歐利希司尖銳地質問。布里斯頓嘆了口氣，不耐煩地回答：「不管用什麼方法，我們都得把時間拖延。無論是欺騙、安撫都無所謂，等到援軍的到來才是最重要的。」

「那群賤民就算能攻下監獄、打敗索爾頓伯爵，也不可能攻下這座城！」

歐利希司公爵如此狂妄的發言，在索爾頓耳裡聽來十分不是滋味。雖然內城的城牆的確十分地堅固，而對手又是一群沒受過軍事訓練的人民，但是他卻不像歐利希司這麼有信心。

「我覺得很難說。」他委婉地說，一聽到他的話，歐利希司立刻瞪了他一眼：「敗給那群烏合之眾後，你連自信都沒了嗎？還真是可悲啊！」

「公爵，我覺得索爾頓伯爵說的也有幾分道理。」一直沒開口的莫西亞公爵出面緩頰。「假如叛軍把外城城牆上的火砲搬過來，對著內城進行砲擊，我不知道我們能夠防守多久。別忘了，內城的城牆上連一尊火砲都沒有。」

這下歐利希司也說不出話來了。會議陷入了一片凝重的靜默。

對這樣毫無意義的討論感到不耐煩的布里斯頓忍不住再次開口：「諸位，我強烈建議考慮一下跟叛軍談判的可能性——」

沒想到，這次打斷他的不是歐利希司公爵，而是剛剛一直沒說話的國王。

「我們絕對不會和叛軍妥協。不要讓我再聽到這樣的話。」亨洛爾四世靠在椅背上，面帶不屑，懶洋洋地說。

這讓布里斯頓簡直快抓狂了。

——真的是白癡，到了這刻都還是這種想法……

「陛下，在現在的情勢下，和——」

「夠了，布里斯頓。你再說一次，我就把你免職！」

聽到亨洛爾四世撂下了狠話，布里斯頓也沒辦法繼續爭執了。他只好強忍著怒火說：「既然陛下意思如此，那麼我們現在的首要任務就是建立好防禦體制。請問哪一位願意擔任總指揮官？」

「假如各位沒有意見的話，我願意擔任指揮官。」莫西亞公爵說。沒有人對此有不同意見，他們很快地分配了每個人的任務，索爾頓伯爵擔任北方的指揮，波特子爵負責南方，菲利普和歐利希司公爵則分別負責東方和西方的防禦。在早上十點，內城的防禦系統已經完全就定位。

反抗軍們並沒有急著對內城進攻。對於赫頓和克雷而言，他們首要任務是重新編組反抗軍。當他們擊敗了索爾頓的警備隊以後，幾乎所有的市民都陷入了狂熱的氛圍。無數的市民加入他們，附近村落聽到消息後也有民眾趕進城內加入反抗軍。再加上那些選擇倒戈的警備兵，反抗軍的質與量都有了飛躍性的增加。赫頓花了一整個晚上編組這些新加入的人，將他們分配到各個部隊中，而克雷則集合了其他不願拿起武器的市民，建立一個專責調度物資的組織。

對他們而言，雖然人數是他們的優勢，但是讓毫無組織的人力不停加入反而會多出更多的麻煩。因此就算浪費時間，他們也得先完成編組。不過，警備兵在這段時間內完全沒有發動攻勢，對他們來說就是意料之外的好運了。

「他們沒有趁夜發動反攻，給了我們這段寶貴的時間。」赫頓對於敵人的行為感到十分地高興。他自信地說：「到了現在，我們已經做好了準備，他們就算想反攻也來不及了。」

「我相信你。你覺得我們需要花多久才能攻下內城？」

「兩天。」赫頓篤定地說。聽到這個答案，克雷忍不住懷疑他的朋友實在是自信過頭了，他追問：「在有很多騎士駐守的情況下，也只需要兩天？」

「對，兩天就夠了。」赫頓自信地回答。「就算敵人有魔法師，我們可以在兩天內攻破內城。」

在赫頓的指揮之下，反抗軍在四座城門外面集結，他們一直維持在弓箭的射程範圍外，所以守軍也拿他們沒有辦法。整個早上反抗軍並沒有發動攻勢，他們一邊建立掩體一邊搭起了一座又一座的投石機，而城牆上的士兵只能在上面急得乾瞪眼。

當天下午，市民開始有行動了。

在守軍的注視下，他們搬來一個個木桶，把木桶放到了投石機上，用力地向城牆上拋。

「敵人攻擊！小心！」

警備兵們紛紛閃避，那些木桶有的落在城牆上頭，也有一些飛過頭掉到了城牆內。砸在牆上的木桶裂開來，沒有對城牆造成任何的傷害，也沒有任何的警備兵受傷。但是當他們看見從木桶裡噴出來的東西，紛紛驚慌地大叫。

「是火藥！全部都是火藥！」

「不，不止，還有硫磺和煤油！」

下一刻，反抗軍又展開了第二波攻擊，這次被拋上來的是已經點燃的木塊。著火的木塊落在城頭，立刻點燃了剛剛拋上來的各種易燃物。城牆上剎時成為一片火海，火勢甚至延燒到城內的房屋。

「救……救命啊！」一個軍服著火的士兵發出恐怖的慘叫，在牆頭打滾試圖撲滅軍服上的火焰。

「水！我要水！誰來幫我撲滅這個火啊！」

但是，沒有人對他伸出援手，每個人都慌亂地逃命，在悽慘的哀嚎中，他的皮膚逐漸潰爛，先是在火焰的灼燒中冒出水泡，露出了下面的肌肉，最後甚至看到了骨頭，直到他連哀嚎的聲音都發不出來為止。

而逃命的士兵也不一定能活下來，火焰阻礙了他們的移動，甚至有人因為互相推擠而不慎從城牆上墜落。這陣混亂讓軍官急得直跳腳，他們大聲地命令士兵冷靜，要他們趕快用沙子撲滅煤油造成的火災。不過，在士兵們滅火的同時，反抗軍又拋出了一堆裝滿火藥與硫磺的木桶，火勢又繼續燒了起來。

「光是滅火沒有用！所有騎士快點使用風魔法把桶子吹走！」匆匆忙忙趕到城頭上的菲利普公爵立刻下了這道命令。他集結了那些正在試圖阻止士兵後退的騎士們，一同對著木桶使用了風魔法，木桶在空中飛到一半就被吹歪了，落在了城牆的外面，而接下來的幾波攻擊也是如此。到這幾次攻勢失敗了，城外的反抗軍似乎顯得有些消沈，他們並沒有繼續發動攻擊，兩方就這樣大眼瞪小眼了超過一個小時。

到了下午四點左右，負責偵察的騎士再次發現了敵人有所動靜，反抗軍又開始準備投石機了。他們立刻通知其他的騎士，所有的人都在城牆上就位，一同對著飛來的物體施放風魔法。

然而，這次風魔法並沒有奏效，魔法只微微的改變了物體飛行的軌道，沒能把它們吹走。

「是——是石頭！」

巨大的石塊落城牆上，幾個倒楣的士兵直接被命中，當場被砸成肉泥，而其他的石塊在城頭砸出了一個個凹洞。正當騎士和守軍們想要修補城牆的時候，城底下再次發動攻擊——這次，他們拋上來的又是火藥桶和燃燒的木塊，城頭好幾個地方再次燒了起來。

在接下來的十幾個小時之中，反抗軍一直重複著同樣的事情，就算太陽下山了也沒影響到他們的攻勢。他們沒有向城牆發起任何的衝鋒，只是不停地把石塊、燃木和火藥桶拋上城頭。城牆上的騎士們為此疲於奔命，他們得用風魔法把炸藥桶和木塊吹走，又得和士兵一同修補被石塊砸中的地方或是撲滅火災。

而城牆下的反抗軍則顯得有餘裕多了。由於他們人手充足，他們甚至可讓操作投石機以及準備火藥和木桶的市民們輪流去後方休息。而克雷安排的後勤人員們則從警備兵放棄的軍營和倉庫中搬來了大量的火藥，他們根本不用擔心物資不足，只需要把火藥桶和石塊一股腦地往城頭拋上去。

這樣的結果也讓城牆上的守軍和牆下的反抗軍有著截然不同的氣氛：反抗軍的市民們一邊發動攻擊一邊有說有笑地聊著天，而城牆上的士兵則是徹夜無法闔眼，被敵人毫無間斷的攻擊搞得疲憊不堪。

「內城的城牆上沒有足夠的設施，光是守在城頭上我們根本沒辦法對敵人造成傷害。」菲利普公爵在夜間的作戰會議中提出了他的意見。「我們不能光守在城內，我們得主動出城反擊。」

他的想法很快就得到其他人的一致贊同。反抗軍在四個方向都用投石機不停地騷擾，雖然一時半刻反抗軍還無法突破城牆，但是城內的守軍早已被他們搞得精疲力竭，所有人都同意該設法為現狀找個突破口。

於是，他們在反抗軍毫不間斷的騷擾中悄悄地調度軍隊，集結了五百名騎士，由菲利普和歐利希司兩位公爵指揮。他們選擇從西側發動反擊，在太陽即將升起的那一刻，他們打開城門，朝著反抗軍的陣地發起衝鋒。

「殺！衝破他們的包圍！」

在這場戰鬥中，騎士們展現了他們可怕的威力。就算對手是老練的士兵，騎士也有以一擋十的戰鬥力，而對付這群根本沒有受過軍事訓練的市民就不用說了。除此之外，反抗軍還要承受著正對陽光的劣勢，騎士們像秋風掃落葉一樣衝進了反抗軍的陣地，放出了火焰與強風，狠狠地撕裂了他們的陣形，讓反抗軍頓時陷入一陣混亂。

「擋住他們！」反抗軍的一名隊長聲嘶力竭地大喊，他過去是警備隊的一名小隊長，現在則受赫頓之託負責指揮這一區的反抗軍。雖然他知道魔法師的騎士團究竟有多麼可怕的破壞力，但他還是得硬著頭皮想辦法抵擋敵人。他集結部隊，想從後方對騎士們發動反擊，但是敵人僅僅讓一小部分的騎士掉頭就輕易地衝散了這群士兵。騎士們一手舉著盾牌一手拿著魔杖，放出一個又一個的魔法，魔法所到之處鮮血四濺，沒有戰鬥經驗的市民被這個景象嚇壞了，轉身拔腿就跑。

「回來，全部回來，不要逃跑——」

他沒能說出後半句話。一名騎士衝過他身邊，魔杖一揮，風魔法輕易貫穿了他的胸膛。他張開嘴巴，吐出的卻不是命令而是鮮血，然後緩緩地倒在血泊之中。看見指揮官都陣亡了，市民們完全喪失戰鬥的意志，他們丟盔棄甲倉皇逃跑，那一區的攻城器具全數遭到破壞，騎士們幾乎就要突破反抗軍的包圍網了。

但是，他們終究還是差了那麼一點點。

「東方城門被攻破了！」

傳令兵把這消息告訴菲利普的時候，菲利普一度懷疑自己的耳朵出了問題。不過，傳令兵的下一句話就讓他瞭解了情況的嚴重性。

「東方的反抗軍部署了好多門大砲，他們用大砲轟開了城門！」

——他們果然從城牆上把大砲都搬來了！

他和歐利希司公爵簡短地討論一下後就決定撤退，畢竟就算他們衝破了包圍網，假如東側的防線完全失守，那麼反抗軍還是可以長驅直入進攻王城。

他們急忙率領部隊掉頭，而反抗軍則抓準這個時機進行反擊。這下子輪到騎士們受苦了，他們得一邊應付反擊一邊撤退，過程中陣亡和受傷的人數比衝鋒的時候還多。在整場戰鬥中，他們殺了超過一千五百名的反抗軍，卻也損失了將近一百人。其中絕大多數都是在撤退的時候受到攻擊而陣亡的。不過，現在他們沒有任何的餘裕為這樣的事情感到惋惜，他們得趕緊支援東側的城牆。

東方的反抗軍會在同一個時間發動攻擊純屬巧合。

在前一天，赫頓和克雷就派出了許多市民負責拆卸外城牆頭上的火砲。拆卸和搬運都花了非常久的時間，直到凌晨他們才把從外城拆下來的二十多門大砲拖到了陣地，開始進行部署。

但是他們並沒有辦法立刻用這些大砲發動進攻。幾個曾經擔任砲兵的警備兵警告赫頓千萬不能讓沒有經驗的人發射大砲。他們強調大砲的操作比投石機複雜和危險，尤其是裝填和點燃火藥容易發生意外。在他們的建議之下，赫頓找來了志願的市民和沒有操作過大砲的警備兵，在離內城有一段距離的一個小廣場，由過去曾在前線服役、現在在警備隊擔任大隊長的亞隆•郝斯頓和有經驗的士兵一同教導民眾使用火砲的方法。

「動作快一點啊。」他們訓練半個小時後赫頓有些不耐煩地對著亞隆抱怨。「我希望能在黑夜中發動攻擊。」

「布蘭德先生，這個急不得啊，這些市民——」

他的話說到一半，旁邊傳來了一聲巨響，讓赫頓嚇得跳起來。他轉過頭，看見幾十公尺外一門大砲的砲管噴出了火焰，有兩個市民當場被炸得血肉模糊，還有好幾個人受傷，旁邊的士兵急忙上去照顧傷患。

「看到了吧。讓不會操作的人亂弄，很容易就會炸膛的，至少讓他們學會基本裝填火藥和點火的方法吧。」

看到了這個畫面，赫頓再也不敢繼續催促他們。士兵持續地教導這些市民，過程中又發生了好幾次炸膛的意外。直到即將天亮時，亞隆才向赫頓報告這些市民算是勉強學會如何使用大砲了。

「現在這些人至少不會每次點火就把自己炸個稀八爛。」他聳聳肩無奈地說，「至於距離計算和瞄準的精準度就不能強求了，那種東西不是一兩天就能學會的。」

「太好了。」利用剛剛的空檔小歇一會的赫頓仍顯得有些疲倦，從攻陷貝茲監獄到現在他幾乎沒有時間休息，好不容易才利用部署火砲的這幾個小時休息了一下。「那麼，接下來的砲擊指揮就交給你，目標就是轟開城門。」

「沒問題，布蘭德先生。」

在黎明時分，城牆上的士兵終於藉著曙光看見已經部署在東側的二十幾門大砲。這下他們也慌了手腳，就算還是有一些魔法師留守在東方，但是光靠著這些魔法師的力量也不足以擋住大砲的轟擊。

「點火！離開大砲！」亞隆大聲地下令。市民們用火炬點燃了引線，然後全部退得遠遠的。伴隨著震耳欲聾的砲響，鉛製的彈丸從砲管口噴出，大約有半數的砲彈歪向了旁邊的城牆或是提早著地，不過剩下的彈丸敲在內城厚重的鐵門上，光是一輪砲擊就讓鐵門扭曲變形了。

「潑水冷卻，清理砲管後重新裝填火藥！」

五分鐘後，操作大砲的市民們重新瞄準並裝填著火藥，在亞隆的命令下一同發射。雖然駐守在城牆上的魔法師用魔法在空中架設了空氣屏障，在大砲前面卻如同不存在一般。砲彈再次命中了城門，其中一扇門被打得搖搖欲墜，好像隨時都會掉下來。

魔法師和士兵們搶修到一半，第三輪砲擊來了，這下，城門再也扛不住火砲的威力，兩扇鐵門在一陣巨響中落到地上。

「發動攻擊！」赫頓終於下達了第一次的進攻命令。「按照剛剛的命令，全軍前進！」

一隊隊的反抗軍在號角聲中向前推進。城牆上的弓箭手們終於有了表現的機會，反抗軍一踏入射程他們就立刻放箭。不過反抗軍也對此有所準備，一部分的步兵舉起盾牌掩護身後的弓箭手反擊，其他士兵則高舉著盾牌前進。與此同時，操縱著投石車的反抗軍也不停地發動攻勢，試圖壓制城牆上的守軍。反抗軍的步兵們就這樣緩緩向前推進，而城內也派了一隊警備兵鎮守在城門口，準備與靠近的反抗軍展開肉搏。

就在這一刻，菲利普公爵帶著騎士趕回東側的城門。一看這狀況，他當機立斷，命令所有駐守在城牆上的魔法師集中力量修復城牆，然後他率領著騎兵，對著正在推進的反抗軍發起了攻擊。

一路前進的反抗軍沒有料到敵人的騎士出現得這麼快。他們慌張地後退，不過人的速度終究比不上馬的速度，面對騎士的衝擊和城牆上弓箭手的壓制，反抗軍的陣形很快地被衝散，步兵和弓箭手顧不得隊伍，拔腿就跑。

「繼續進攻！直接攻入敵人的砲兵陣地，摧毀他們！」公爵大吼，帶著騎兵向前衝鋒，而反抗軍的士兵則向著兩邊逃開。

不過，騎士們並沒能如此輕易地衝擊砲兵陣地。赫頓調來了其他士兵，在砲兵陣地前面列好了陣勢。他們緊張地舉著長槍，準備面對騎士的衝鋒。

「突破他們！」

騎士們高舉著魔杖，他們射出了一個又一個魔法，而在前面佈陣的士兵則陷入慌亂。他們對騎士的畏懼讓他們在正面面對騎士時十分容易動搖，騎士們眼看就要能夠突破陣地了。

然而，就在這時，騎士們聽到背後傳出了殺喊聲。

「進攻！我們包圍他們了！」

騎士們驚訝地發現敵人不知不覺地從後面包圍了他們，他們怎麼想都想不透反抗軍怎麼在這幾分鐘繞到他們身後。弓箭手不停放箭，這下子換騎士們陷入慌亂了。

菲利普公爵愣了好幾秒，才弄明白敵人到底是怎麼出現在他們背後的。

——他們不是繞過去的，他們是原本就在我們的後面！

——這些士兵就是剛剛被我們衝散的反抗軍，他們假裝逃跑，在我們以為突破他們後，又在我們的背後重新集結，包圍我們！

菲利普終於瞭解他和其他的貴族們都低估敵人的能力了。反抗軍的指揮者在部隊被攻破後，反過來利用被攻破的部隊繞到騎士們的後方，這個短時間的判斷實在非常驚人，讓久經沙場的菲利普也渾身冷汗，現在他與騎士們反而陷入了極為危險的境地。

——就算這些市民是一群烏合之眾，帶領他們的人也一定不簡單！

「全部人掉頭！我們被包圍了！」

在一陣混亂之中，騎士們試圖掉頭，卻遭到了反抗軍的痛擊，他們現在成了被包圍的一方。他們費了好一番功夫才突破後方的敵人，退回城內。在這場混戰中，他們雖然殺了超過五百名敵人，卻又損失了將近一百名騎士。最重要的是，他們沒能破壞敵人的大砲，城門還是暴露在敵人的威脅下。

城內的守軍們陷入了一片愁雲慘霧，騎士們吃驚讓他們發現自己嚴重地低估了敵人。而且，兩百名騎士的損失對於他們也是個很不好的消息，這讓已經十分吃緊的人手變得更加不足了。現在，他們得在如此低迷的氣氛之下，繼續抵抗反抗軍的進攻。

反抗軍的領袖們並沒有時間沈醉於一場小勝利。雖然這場戰鬥對於整體戰局沒有太大的影響，他們還是損失了好幾百人，被迫暫停進攻的腳步。他們得花時間照顧傷員、重整被破壞的陣地。

而另外一個理由，則是一個出乎意料的訪客。在戰鬥結束的幾個小時後，一個意想不到的人被帶到反抗軍的指揮部。

「不知道兩位認不認識我？」那名青年在被帶進指揮中心後，露出了大膽無畏的笑容，朗聲朝兩人問道。克雷和赫頓一時之間被他的氣勢震懾住了，互看了一眼，一同搖了搖頭。他們對這個人的臉有印象，卻想不起來自己在哪裡看過他。

「抱歉，我應該看過你，可是我想不起來你是哪位。」

「看來是我太過自信了。」那個青年露出了狡黠的笑容。「那麼，就讓我自我介紹一下吧——我是奧薩・加布雷，洛爾城的大主教。拜你們今天早上的攻擊所賜，我總算能溜出內城，和你們取得聯繫。」

直到此時，兩人才把眼前這個開朗的年輕人，與每次重要節日都會在廣場上主持祈禱會的那張莊嚴肅穆的面孔連在一起。雖然赫頓和克雷都不是那種每個禮拜都會上教堂的虔誠信徒，但是兩人都十分清楚這個人代表的份量。

奧薩・加布雷的身分是亞盧波爾教在貝魯西亞的大主教。亞盧波爾教是在奧馬哈大陸東方最受敬重、影響力最大的宗教，他們敬拜象徵公正無私的密司特神與博愛慈悲的蜜絲女神，位於艾基里歐和貝魯西亞兩國交界的米爾維亞城則被稱為「聖城」。

亞盧波爾教的領導者是最高主教，其下是擁有投票權、掌握教會各種決議的紫衣主教，以及由他們組成的紫衣主教會議。再下面則是分別管理三個國家的教士的三名大主教，他們掌控著國家內的教會組織，連國王都要敬他們三分。再下面一層則是以各個大城市為中心的教區主教，最底層則是村莊或小城市中的教士。雖然貝魯西亞王國並沒有明確定義國教，不過亞盧波爾教信徒的總數是國內最多的，教會對貝魯西亞有舉足輕重的影響力，貝魯西亞政府和貴族們也都明白和他們保持良好關係的重要性。因此，教士們和教會享有稅金禮遇，有些農民甚至願意放棄自耕農的身分而依附在教會之下，藉此避開繁重的稅金。

而現在，代表著這股力量的大主教，就站在他們兩人面前。

「主教閣下，請問您來到我們這邊有什麼事情？」克雷露出警戒的神情。與他相反地，加布雷顯得十分輕鬆：「兩位不用緊張，我是來和你們商量條件的。我也十分瞭解現在的狀況。」

「主教閣下，你是貴族們派來的使者嗎？」

「哈哈，當然不是。」加布雷朗聲大笑。「我和那些頑固不知變通的貴族不同，我十分瞭解現在的狀況。另外，不用那麼拘謹，直接稱呼我的名字就行了。」

「所以，您前來的目的是什麼呢？主教閣下？」兩人仍堅持用原本的稱呼。

「這個嘛……我是來送上我的支持的。我可以表態支持你們發起的革命，以及你們即將創立的政府。」

看到兩人吃驚的神情，加布雷輕笑了兩聲，繼續說：「關於這件事情，我已經和最高主教閣下聯絡過了。主教閣下同意我的意見，而只要你們的革命能夠成功，其他幾個城市的主教也都會同時表態支持。」

他口中的最高主教，就是亞盧波爾教的最高領袖。最高主教居住在艾基里歐和貝魯西亞兩國邊界的「聖城」米爾維亞，管理著遍佈兩國的宗教組織，是亞盧波爾教的最高領袖。克雷和赫頓從沒想過教士們會站在他們這一邊。沒想到，現在貝魯西亞的大主教竟然親自出現在他們前面，還對他們的行動表示支持。

「亞盧波爾教的兩位主神——密司特神代表的是公正，而蜜絲女神則象徵著博愛。」加布雷一本正經地說。「所以，我能提供給你們的幫助，就是告訴所有的市民和士兵你們的舉動是受到神的祝福的。」

不過，克雷和赫頓並沒有任何一絲喜悅的神情。他們兩人都瞭解，加布雷的話只說了一半。

——這世界上不會有平白無故的幫助。

——他從內城冒著危險出來與我們會面，就竟是想要向我們提出什麼樣的條件？

果然，加布雷接下來神情一變，雖然臉上仍掛著和剛剛一模一樣的笑容，但是剛剛輕鬆的氣氛完全消失無蹤。

「相應的，我也希望你們在未來答應我的要求。我的要求很簡單：希望你們在攻破內城以後，保護所有的教堂和宗教人員。同時，在日後繼續保護教會的所有權益。」

聽到這句話，克雷立刻說：「請讓我們商量一下。」

於是，加布雷被士兵帶出帳棚，克雷和赫頓則苦惱地看著彼此。

「大主教說要保護一切權益——也就是說，我們得繼續維持教會可以佔有土地，教士們不用納稅也不用服役這些特權。」克雷的聲音透露出他的焦躁。「當然能得到教會的支持是非常有利的一件事情，但是要付出這麼多的代價，我們的革命還有意義嗎？」

「我從來沒有想過這個問題。」赫頓苦惱地說。「不過，假如我們同意教會保有全部的特權，那麼……感覺會出問題的。」

「我也有同感。教會名下有著大筆的土地與佃農，光是這筆土地的收入就很可觀了。他們本來就是特權階級，假如我們維持與原本一樣的保障，那麼教會人士就和過去的貴族沒兩樣，這可不是我們希望的。」

赫頓皺著眉頭說：「不過問題在於他是大主教欽，他的支持給我們的幫助說不定還勝過千軍萬馬。我們總不能拒絕他吧？」

「但我們不可能全盤接受他的條件。我們得談判才行。」

他們又討論了好一會細節，克雷才讓士兵帶加布雷回到營帳內。加布雷一進來，克雷就開口說道：「主教閣下，我們接下來絕對會保障教會人士的人身安全，也會避免在戰鬥中波及教會。」

加布雷輕輕地點了點頭，不過他沒有立刻開口，而是饒有興致地打量著兩人，彷彿對於他們接下來要說的話了然於心。這樣凝重的沉默持續了好幾秒，率先打破靜默的是赫頓。

「不過，關於教會與教士權力的部分，我想我們沒辦法全盤接受。」

「我明白了，你們對於現在教會與教士的某些權利有著疑慮。」加布雷流暢地說著，彷彿他早已料到兩人會提到這件事。「那麼，你們對哪些權利有著疑慮？」

「我想，我們可以答應維持教士們的不用服勞役和兵役的權利。但是，在稅金的部分……」

「啊，果然是萬惡的金錢啊。」加布雷露出了誇張的笑容。「雖然金錢引誘無數人墮落到邪惡之中，卻是維持社會不可或缺的一部分。就算我們是神的僕人，可以為神奉獻一切，我們還是需要金錢啊。」

「主教閣下，我們無意對於教會收到的捐獻課稅。不過，教會持有的土地以及這些土地帶來的收益，實在是一筆很高的金額。」

「你說的很有道理，這部分我們可以妥協。」加布雷連一瞬間的遲疑都沒有就同意了克雷的提議，反而讓兩人有些措手不及。「教會的土地收益原本是完全免稅，以後就調整成正常稅率的一半吧。不過，希望你們也能答應讓教會保留所有的土地，這樣的條件你們意下如何？」

加布雷的態度實在太過乾脆，反而讓他們楞了好一會兒，赫頓才問道：「教會的其他人不會有意見嗎？」

「當然會有，不過我會負責說服其他人。」加布雷微笑著回答。「就我個人而言，我可以理解不做出這種程度的妥協無法確保教會的安全。」

然後，他表情一變，露出了狡猾的笑容：「不過，為了說服其他人，我還得在另外一件事情上得到你們的承諾，那就是對教會人員課徵的稅金維持現行與貴族相同的百分之五。」

「對教會課稅無所謂，動到教士個人就不行了。」克雷忍不住出言諷刺。「教士終究還是人啊。」

「沒錯，我們是神明的牧羊人，但我們依然是凡人，只不過是代為傳達神的旨意而已。很高興你們能把我同樣當成一個凡人來討論這件事情。」

克雷沉默了好一會兒後，有些不情願地說：「那麼，就這樣達成協議吧。教士的稅率維持不變，而教會收入稅率則從零提高為平民的一半。」

「非常感謝兩位，你們真是出乎我的意料。」加布雷顯得非常地滿意。「沒想到反抗軍的領導人是這麼通情理的人。那麼，就讓我談談我打算如何協助兩位吧——」

北門外的光榮廣場現在已經成了反抗軍大本營的所在地。雖然克雷和赫頓把進攻主力設在東側，不過北側依然聚集了數量可觀的反抗軍，他們在廣場架起了無數的投石車和帳棚，也設下了防禦工事，後勤的調度也都在這裡執行，這個平日平民集會的場所現在成為了戰場，充滿著肅殺的氣氛。

正因為如此，當身著教袍的加布雷出現時，城外的市民們感到無比驚訝。他們紛紛放下手上的武器，楞楞地看著加布雷在克雷的陪同下穿過人群，登上了講台。城牆上的守軍也被這件事情嚇了一跳，他們慌忙派人通知宰相。

「加布雷大主教什麼時候跑出去的！」聽到消息的宰相火冒三丈，立刻把教會人員找來質問。但是，被他找來的教會負責人吶吶地回答：「我們也不確定……」

「那他打算在外面講些什麼？」

「我們不知道……」

「沒用的傢伙。」布里斯頓不耐煩地啐道。他帶著幾個貴族登上了城牆，剛好趕上了加布雷正打算開始發表演講的那刻。

「加布雷大主教，您怎麼會到外面去？」他用魔法加大自己的音量，從城頭對著對著加布雷發問。這讓部分市民轉過頭看向這邊，不過加布雷卻絲毫沒有理會他的打算。他緩緩地舉起了手。剎時，廣場陷入了一片寂靜。

「各位信仰神的子民啊！你們是否記得，密司特神的教誨是什麼？」

「公正！」民眾的聲音響徹廣場。

「那麼，蜜絲女神的信條是什麼？」

「博愛！」

「我們現在的國家，是個公正的國家嗎？是個博愛的國家嗎？王國的貴族們，有遵從著神和女神的教誨嗎？」

聽到這句話，群眾們開始鼓譟。加布雷拉高音量，在群眾的怒吼之中大聲地問道：「我們的國家，能獲得公正無私的密司特神支持嗎？我們的國家，能得到博愛慈悲的蜜絲女神祝福嗎？現在的王國政府能夠得到神明的庇佑嗎？」

「不能！」市民們一同高喊。

「我們的神會詛咒一切的不公不義！我們女神會祝福所有心懷慈愛的人！只要你們心中不要忘記公平與博愛，慈悲的女神就會祝福你們！正義的神就會詛咒你們的敵人！」

大主教的這番話讓反抗軍的歡呼響徹雲霄。對於許多信仰亞盧波爾教的市民而言，大主教的這番祝福甚至比千軍萬馬更令人振奮。他們高舉著武器吶喊，在確信自己的行為符合神的教義之後，就連最後一丁點的畏懼都消失無蹤。所有人情緒高昂，恨不得立刻向城牆發動進攻。

而這番話與則對城牆上的守軍造成了完全相反的效果，他們就像是重重挨了一拳一樣。加布雷的話語對於他們來說簡直與詛咒無異，一旦想到自己是拋棄神的教誨、不被神明祝福的那一方，就讓士兵們戰意全失。

「神會詛咒我們……」一個鎮守北方城門的士兵無力地放下武器，他的同袍也跟著他做出一樣的動作。他們已經無心作戰了。

而這些話語帶來的絕望像是傳染病一樣，快速的席捲了城內的所有守軍。

「我們會不會下地獄……」

巡邏的小隊長見到自己的士兵們無力地聚在角落，聽見了他們的嘆息，小隊長暴躁地對他們說：「假如城被攻破然後你戰死了，你就可以用自己的眼睛確認了。在那之前，想辦法活久一點吧。」

但是，就算軍官們用這種方法激勵士兵，也無法激起士兵們的戰意。對於信仰亞盧波爾教的人而言，神的懲罰帶來的恐懼甚至超過戰敗死亡的結果。雖然貴族們還想要堅守城池，但是士兵們可不打算跟著這群貴族一起下地獄。

「我們的行為符合正義啊，正義兩字，還真是方便呢。」看著情緒高昂的群眾，克雷冷酷地說。「不過，我們可不能浪費這樣的情緒。」

「的確如此。」赫頓同意他的說法。「我們今天晚上就發動總攻擊，一定可以一舉擊破他們的防禦。」

於是，當反抗軍在傍晚發動攻勢時，他們訝異地發現在他們發動了第一輪砲擊後，城上的守軍竟然一哄而散，無論是貴族還是軍官都無法阻止士兵的逃亡。有的士兵拔腿就跑，剩下的棄械投降，甚至還有士兵幫忙打開了內城的大門，表明願意加入反抗軍。在下午五點十分，北側和東側的城牆率先被突破了，而另外兩側的城牆也只多支持了十分鐘，反抗軍很快就全面攻入了內城的街道。

貴族們並沒有就此放棄，他們在街道上搭建了好幾個臨時陣地，試圖進行最後的抵抗。可是，這樣的抵抗也只是徒然。看見他們的防禦設施，赫頓毫不猶豫地命令市民把投石機和大砲拖進內城的街道上，轟擊貴族們負隅頑抗的地方。部分反抗軍甚至在內城縱火，不少留在內城的人被活活燒死。貴族和他們的騎士們再也支持不住防線，他們在路上留下了無數的屍體，一路節節敗退，而反抗軍就踏著他們的屍體不停推進。最後，殘存的貴族們退守到王城裡，而反抗軍和內城倒戈的士兵們則層層包圍了王城。這個狀況實在太過順利，讓赫頓第一次顯得有些遲疑。

「我們現在該繼續進攻嗎？」他有些猶豫地詢問克雷。聽到這句話，克雷以不可置信的表情看著他，彷彿赫頓突然發瘋一樣。「我們有任何該停下來的理由嗎？該不會你突然萌生了對國王的敬意吧？」

「當然不是……只是，這個局勢怎麼看他們都沒有獲勝的機會，我們是否該勸告他們投降呢？」

「絕對不要！」克雷大吼，他的聲音充滿了怨恨，表情也顯得十分猙獰。「他們真的要投降就讓他們自己出來，他們不主動出來投降，我們就殺光他們！」

「殺……殺光……這實在有點殘忍啊。」

「之前的戰鬥都死了多少人了，難道你現在突然開始在意起這件事嗎？」克雷冷酷地問。

「不，只是現在大局已定，再製造那麼多傷亡實在不必要……算了，我會命令士兵全面展開攻擊的。」

克雷點了點頭，臉上的表情依然充滿了憎惡。「這樣就好，千萬不要留下禍根。另外，關於國王，只要抓到就格殺勿論，這沒有問題吧？」

「說實話，提到這件事，我還是會覺得有點疙瘩啊。」

「我相信也會有其他人覺得怪怪的。」克雷的聲音和語氣都顯得冰冷無比。「所以，對我們來說，最好的結果就是國王拒絕投降，死在混亂當中。」

赫頓驚慌地看著冷酷地說出這番話的克雷。

「這就是為什麼我認為不應該勸降，讓這些貴族死一死也省了我們思考該怎麼處理他們。假如我們能夠把整座王城和裡面的人都一起燒掉當然是最好，這樣可以幫我們省下很多的麻煩。無論如何，我們趕快開始攻擊吧，在這個時刻絕對不要讓市民有空思考這些事情。」

於是，王城的攻防戰就以最慘烈的形式展開了。

反抗軍包圍王城以後，用投石車投入大量的火藥和硫磺，讓整座王城陷入了一片火海。少數的貴族想要突圍，但是王城的城門也被反抗軍們點燃。熊熊烈火無情地燃燒著，讓王城變成了燃燒著烈焰的地獄。這場火甚至持續了超過一天，無數的貴族都被活活燒死在裡面，活下來的只有少數在內城攻破時設法逃走的人，以及在王城的攻防戰一開始就就宣布投降的少數貴族，包括宰相布里斯頓侯爵和其他十幾個人。這群投降的貴族全部都被被反抗軍逮捕，而在加布雷的要求下，這些俘虜全部都被關進了內城的大教堂裡面。

「結果如何？有找到國王或是公爵的屍體嗎？」第二天早上，克雷一面巡視著火勢剛熄滅的王城，一邊尋問身邊的軍官。那名軍官立刻回答：「已經找到國王的屍體並確認身分了。公爵的話，只有找到菲利普公爵的屍體，沒有找到其他人的。」

「不知道是溜出去了，還是屍體已經被燒爛了。」克雷搖了搖頭，決定暫時不管這件事情了。

「算了，這不重要……以後的事情以後再處理。」

他停下腳步，高聲對身旁的士兵說：「把剩下的屍體全部丟進宮殿裡燒掉。」

於是，國王和貴族們的屍體，都被丟進仍在燃燒中的宮殿，在那裡慢慢地化為灰燼。而克雷、赫頓和其他幾個革命軍的領袖人物則立刻前往內城中暫時關押著俘虜的教堂。他們到達的時候，加布雷已經在那裡等待他們了。

「王城無情地燃燒著，這個景象真是殘酷啊。」他看著遠處升起的煙，用著極為沈重的語調高聲說著，不過在赫頓和克雷眼中，他的表情和聲音誇張得有些過頭。

「不過，這也是革命的必要之惡，希望這場大火能夠淨化這個國家的罪惡與腐敗啊。」

「的確。這場火災也讓我們省去了不少麻煩，燒完就沒了。」克雷忍不住出言諷刺。

「說到麻煩，現在我可能得幫你再加上一些麻煩啦。」

克雷轉頭瞪著加布雷，不過加布雷似乎毫不在意他的視線，他再次開口時不再是那個誇張的語調，而是極為強硬、絲毫不容他人拒絕的語氣：「我希望你把這這些貴族俘虜交給教會監禁。」

「什麼？」赫頓大叫，完全無法掩飾自己的訝異。而克雷雖然沒有赫頓那麼激動，不過他也用責難的眼神瞪著加布雷，皺著眉頭問道：「為什麼？」

「既然他們投降，那麼他們的生命安全就該受到保證。在這個狀況下，我認為教會應該出面給予保障。」加布雷冷靜地回答。「不過，你要審問他們的話隨時都可以。」

「光是在這場大火中，這個國家就不知道死了多少貴族了。當初你支持我們的行動，現在又突然珍惜起貴族的性命了？」

加布雷臉色一沉，聲音顯得極其冷峻：「你要沒收他們的土地、取消他們的權利都不關我的事。但是，在神的前面，任何一條生命都是珍貴的，我不願意見到鮮血白流。」

「等到新政府成立以後，這些貴族必須交由新政府的法庭審判！」克雷也拉高音調，他也絲毫沒有要退讓的意思。。

「假如能夠有個『公正』的法庭，那麼當然沒問題。」

這趟拜訪教會的過程就在這樣針鋒相對的氣氛中落幕了。等到兩人離開教會後，赫頓小聲地對著克雷說：「我們暫時別管那些貴族了吧。都關起來了，他們做不了什麼事的。」

「我很想盡早處理他們，不過既然這樣，也就只能放著不管了。」克雷無奈地回答。「我們現在還需要教會的支持，不能跟他翻臉。」

「我聽不懂，為什麼要跟加布雷翻臉？」

「難道你還看不出加布雷的野心嗎？從剛見面我看得出來他跟我們的合作有其他目的。我認為他和我們的目標最終會出現分歧！」

「什麼目的啊？」赫頓仍摸不著頭緒。

「就他個人而言，他應該是想在教會中有更進一步的發展。雖然他已經是貝魯西亞的大主教了，但是假如他能夠掌控整個貝魯西亞王國，他在教會中的地位一定能更進一步。說實話，他在教會的地位對我們而言並不重要。但是假如他為自己謀取權力的同時，讓貝魯西亞的教會地位也更加上升，這是我們絕對不能接受的！」

「我的確沒看出這些事情。」赫頓老實地承認。他知道自己的友人在這方面的判斷力會比自己更加準確。

「不管如何，我絕不會坐視他的權力無限擴大，奪取我們革命的果實。要當神的僕人，那就去管好神的事情，別來插手人間的事情！」

洛爾城這場轟轟烈烈的戰事，就在反抗軍攻陷王城後宣告結束。無數的貴族在這場戰役中陣亡，連國王亨洛爾四世也戰鬥中身亡。不過，在這場戰鬥中，市民和城內的建築受到了非常嚴重的損害，藉著這場混亂殺人放火的罪犯也不在少數。就算反抗軍已經獲得了勝利，洛爾的混亂也並未停止。這場動亂造成的破壞，以及它帶來的影響，已經超出任何人能想像的範圍了。

第八章　貝魯西亞共和政府

內城攻破的消息，透過商人和旅客的口中快速地傳到了四方。麥錫亞是在七月十三號才得知這個消息，離洛爾更近的莫涅斯和錫恩城則在兩天前，也就是七月十一號的晚上就已經知道了這件事情。而這個消息在兩座城市造成的影響也截然不同。

莫涅斯是埃爾登公爵的領地。在得知反抗軍包圍洛爾內城時，莫涅斯並沒有任何的騷動。不過，當內城被攻破的消息傳來時，整座城市頓時陷入了騷亂，公爵在七月八日就已經回到莫涅斯，但是洛爾內城陷落的消息鼓舞了這些市民，那些平日不滿公爵統治的人全聚集了起來，亢奮的他們也開始圍攻公爵的城堡。城堡內的守軍只有公爵的一千名騎士，火砲也都在外城的城牆上，經過一整晚的交戰，雖然平民們死傷慘重，卻還是成功地擊破了城門。埃爾登公爵只能率領著剩下的騎士團突破包圍，逃之夭夭。

而這個消息在自治都市錫恩引起的影響則完全不同。

得知洛爾革命的消息後，市長連恩·尼爾姆立刻在七月十一號半夜召開了緊急會議，邀請所有的市民代表和高級官員出席。雖然自治城市中的居民一般比較崇尚自由，但是在會議中市民代表們卻分裂成兩派，並不是所有人都支持著洛爾發生的革命。激進的那一派贊成立刻和洛爾的革命黨人取得聯繫，表達對革命的支持。不過代表大商人、農場主人或礦坑主人的議員卻持著相反的意見，他們拒絕對革命軍示好，要求立刻封閉城門加強戒備。這兩派人幾乎就要在議場中大打出手了，幾個官員努力地想控制住混亂的局面。

「各位，我們不能在這邊打起來！」副市長聲嘶力竭地大叫。

「那你們倒是說說看我們該怎麼做啊！市長你從頭到尾都在這邊裝啞巴很爽啊？」一個市民代表對站在主席台上的市長大聲咆哮，抓起桌上的玻璃杯就往前面扔過去，卻失手砸在另一個不同派的代表身上。對方立刻也站起來，憤怒地把手邊的書本丟了過來。兩方正要打起來時，市長連恩終於開口了。

「我覺得，我們不需要急著做出選擇。」他一邊說一邊露出了詭異的笑容。「我們不封閉城門，也不和洛爾聯絡，等到事情穩定下來後再做出對錫恩最有利的選擇。」

他話一說完，議場再次陷入一片吵雜。激進派的人認為連恩的主意會害死大家，保守派的人指責他是個叛徒，竟然敢不效忠國王。

不過，就在大家吵成一片時，連恩平靜地說了一句話，讓議場的所有人都沉默了。

「無論諸位的意見如何，我已經取得錫恩警備兵司令的支持了。」

市民代表們不是笨蛋，所有人都清楚連恩這句話背後的含意。當市長透露他得到軍隊的支持後，任何反對他的人都不得不考慮自身的安全了。

「請各位放心，我無意用軍隊威脅各位。不過，警備兵們會在這幾天繼續維持城內秩序，相信無論大家立場如何，應該都不希望看到城內陷入混亂吧。」

即使前面的爭執有多麼激烈，連恩的這句話還是在代表們中引起了共鳴。雖然保守派和激進派各有立場，但是得知洛爾這幾天混亂的慘況後，要說他們不擔心自身的安全絕對是騙人的。於是，兩方雖有些不情願，都還是同意了連恩的決定。

「感謝各位的支持，也請各位幫我說服你們的支持者吧。假如市民們跟洛爾一樣開始暴動的話，那麼警備兵也是無能為力的。」

市民代表跟民眾會見後，錫恩的狀況暫時穩定了下來，沒有像莫涅斯或洛爾那樣發展成大規模的混亂。在這幾天內，各式各樣的新消息傳到了錫恩，而在十二號的晚上，莫涅斯方面同意加入洛爾新政府的消息傳來，連恩立刻又召開了一次會議。這一次，就算是最忠於國王的一派也開始動搖了，國王死了的消息給他們帶來重大的打擊，埃爾登公爵被迫逃亡的消息也讓他們不得不為了自身安全進行考慮。而教會宣布支持反抗軍的消息，則成了迫使他們做出決定的最後一根稻草。

在這種狀況下，會議很快就有了結論，錫恩的市民代表們同意加入了由洛爾反抗軍成立的共和政府。錫恩和莫涅斯都跟隨洛爾腳步的消息就如同無法控制的火勢一樣，快速地席捲了附近的村莊，讓這些村莊紛紛宣布加入共和國。

然後，在七月十四日，洛爾內城被攻破、反抗軍正式成立共和政府的消息終於在麥錫亞城內傳開了。

這一天奧蕾妮亞很早就起來了。前一夜她幾乎是哭著入睡的，早上醒來時眼角仍殘留了一些淚水。由於前一夜睡得並不好，她覺得自己有些頭暈。

「小姐早安，梅爾茲已經出門去找驢子了。」坐在一旁的希爾娜立刻開口。她指著桌子上的麵包說：「這些是今天的早餐。」

奧蕾妮亞有些迷糊地點了點頭，她接過希爾娜遞來的水杯，一口喝光。

「對了，梅爾茲出門前說今天外面有一場集會，聚集了一堆市民，不過不知道在講些什麼。」

「集會？」

奧蕾妮亞用力地甩了甩頭，試圖讓自己遲鈍的大腦趕快清醒。她走到窗邊向下看，發現街上的人多得十分不尋常，而且每個人都匆匆地往某個方向走。

「我們下樓問問看吧。」

她和希爾娜走進酒吧，她立刻察覺狀況真的有些詭異。雖然才一大早，酒吧就已經客滿了，酒客們小聲地討論著，酒吧內瀰漫著緊張的氣氛。

「早上人這麼多是正常的嗎？」她小聲地問，希爾娜搖了搖頭：「梅爾茲有說今天人多得很誇張。」

他們一同走到櫃臺，奧蕾妮亞小聲地問老闆。「人怎麼那麼多呢？」

「客人妳還沒聽說嗎？」老闆露出了驚訝的表情。「洛爾、錫恩和莫涅斯三座城市已經一同造反啦。」

比起倒抽了一口氣的希爾娜，奧蕾妮亞的反應顯得鎮靜許多，她立刻追問：「他們成立新政府了嗎？」

「據說現在那群叛軍成立了一個新政府，他們好像叫自己貝魯西亞共和政府之類的。這年頭真是混亂啊……」

「好的，謝謝你。」奧蕾妮亞輕輕地點了點頭，拉著希爾娜回到房間。一關上門，她立刻說：「希爾娜，我們先收拾行李，等梅爾茲回來就立刻出發。」

「咦？」

「我們沒時間了。」奧蕾妮亞壓低了聲音。「為了我們的安全，今天就得離開。梅爾茲一回來我們就走吧。」

雖然覺得很奇怪，不過希爾娜並沒有多問，她相信奧蕾妮亞會這樣判斷一定是有理由的。於是，他們兩個收拾了房間，等到梅爾茲回來時看到行李都已經整理好了，他不由得大吃一驚。

「奧蕾妮亞小姐，我還以為妳會想在這裡休息兩三天呢。」

「不，我們不能再留下去了。」她冷靜的說，雖然聲音有些虛弱，梅爾茲卻依然能從聲音中感覺到她堅定的意志。「梅爾茲，你在外面都沒有聽到集會的事情嗎？」

「我知道人很多，不過我不知道發生了什麼事情。」

「剛剛我從酒店老闆那裡聽說了。洛爾、錫恩和莫涅斯三座城市已經合作的消息傳來這裡，我想這大概就是大家集會的原因，想去廣場等著聽市政府的公告吧。」

「不過，為什麼我們要急著離開呢？」

「你還不明白嗎？無論麥錫亞的立場如何，這個消息勢必會在城內引起混亂！」她憂心忡忡地對著梅爾茲說。「被捲進這樣的混亂中太危險，我們得在混亂爆發以前就先離開。你知道港口在哪裡嗎？」

「我知道，酒館前面的馬路一路向北走，就能到達港口。」
「那我們就現在出發吧。」

麥錫亞城是座非常特殊的城市。蔚藍的歐努特河從城市的正中央穿過，將這座城市分成南北兩半。這一段的地勢十分地平緩，平靜的流水在日光的照耀下蕩漾著粼粼波光。不過，雖然水勢很平緩，由於河面非常寬闊，因此沒有辦法在河上搭建橋樑，城市的南北兩側只能靠著分別位於上下游的兩對港口聯絡，有許多的渡船來往於其中。

沿著酒館前面的馬路，他們來到了下游的港口。當他們在買票的地方排隊時，梅爾茲瞇著眼睛看著河對面的建築，眺望了許久後說：「河流兩邊的建築差好多，對岸的房子似乎比較漂亮呢。」

「什麼意思呢？」奧蕾妮亞跟著瞇起眼睛，不過她看不清楚對岸的建築。梅爾茲說：「對岸的建築比這裡華麗好多，這裡的房子看起來就是普通的商店、倉庫和住家，對岸的看起來似乎都是石造的別墅呢。」

「這個小弟弟說的沒錯，的確是這樣子喔。」在一旁排隊的一個老人向她們搭話。「河流北邊都是有錢人住的，所以建築物當然比較好看啊。」

奧蕾妮亞對這話題顯得很有興趣。「為什麼有錢人都住在北邊呢？」

「不知道啊，一直以來都是這樣子。看來你們是外地人吧？」

「是的。」

「那麼順便跟你們說一下，這座城市裡的兩個港口也不一樣。下游的這個港口都是窮人搭船的地方，有錢人都會去上游的那個港口，那裡的船塢停了不少的私人船隻。」

港口傳來船夫的吆喝聲，在人群鼓譟中，一艘載滿了旅客的船正好離開了港口。然後，一艘沒多少人的船駛進了港口，那些乘客們快速地下船，而在岸上排隊的旅客們一個一個走上甲板。奧蕾妮亞他們是最後幾個登上船的人，他們牽著驢子登上了船後沒多久，岸上的工作人員就關上了港口的木門，鬆開了拴在岸上的繩子。這艘與其說是船不如說更像舢舨的交通工具，慢慢地漂過歐努特河。整條河放眼望去只有零星幾條船在河面上，彷彿札姆因緊張的氣氛已經傳染到了河上了。他們花了半個小時左右來到了河的北岸，在冷清的港口下船。

「我們還需要買什麼東西嗎？」奧蕾妮亞詢問負責整理行李的希爾娜。「假如沒有的話，我想要趕快離開麥錫亞……」

「應該沒有了，昨天基本上都買得差不多了。」

於是，他們三人騎著驢子，穿過了麥錫亞的北側，繼續沿著大道北方走。他們在半個小時後就離開了麥錫亞，然後他們一面前進一面討論著接下來的行程。

「我們接下來要去哪裡呢？」

「我想要先去科薩克找媽媽。」奧蕾妮亞顯得有些不確定。「還是你們覺得該先回領地呢？」

艾德溫家的領地在科薩克東北方、戈馬南方的山區中。過了歐努特河、離開麥錫亞後沿著北洛爾大道繼續向北走，會出現兩條岔路：通向東北方的那一條終點是戈馬，要到艾德溫堡就得走這一條；而要前往科薩克則得走通往西方的路。

「假如小姐想要去找伯爵夫人的話，就先去科薩克吧。不知道公爵有沒有回到那裡。」

這個話題再次勾起了奧蕾妮亞心中最擔憂的事情，她不想讓另外兩人再次看到她流眼淚的樣子，只好別過頭，小聲地自言自語：「不知道爸爸有沒有從內城逃出來啊……」

這下另外兩人也不知道該說什麼了，梅爾茲沒料到自己的話無意間又勾起了奧蕾妮亞的心事，只好試著轉換話題，他說：「去科薩克安全嗎？」

「什麼意思呢？」奧蕾妮亞歪著頭看著他，不過梅爾茲注意到她的眼角仍有點淚痕。

「我們一到麥錫亞，洛爾的消息就傳到這裡。照這個速度，消息一定會比我們更早到科薩克。」

「這麼說也有道理，不知道科薩克的市民接到這個消息以後會有什麼反應……」

就在奧蕾妮亞他們離開不久，在錫恩發生過的爭論，就在麥錫亞再次上演了。如同在錫恩發生的爭執一樣，麥錫亞的人也分成了兩派。但是，兩地唯一的相似之處也只有如此，接下來的發展則是完全不同。

麥錫亞的市政府位在河流的南側，在消息傳來後，市政府前的廣場上聚集了許多的人，而其中大多數都是居住在南側的居民。他們咒罵著封鎖消息好幾天的市長，叫嚷著要他滾出來給大家一個交代。他們的要求到了接近中午才得到回應，滿頭大汗的市長出現在市政府的門口，在群眾的大吼與怒罵中登上了講台。

「經過議會的決定，我們不會與以洛爾為首的反叛軍政府聯合……」

這不是市民們期待的答案。他的話說不到一半，就被台下民眾激憤的怒吼打斷了。

「你這貴族的走狗！」

「太過份了，到現在還是要繼續壓榨我們！」

「無能的市長滾下台！」

群眾們接近失控，他們湧到講台前面，這樣的情勢把市長和他身旁的官員們嚇壞了。在一片混亂之中，市長大吼著要警備兵來廣場維持秩序。然而，這個命令最終根本沒有被執行。在警備兵接到命令之前，激憤的民眾已經衝上了講台，講台上的衛兵嚇得落荒而逃，市長和幾個官員們被民眾們抓了起來，五花大綁地遊街以後，丟進了守衛都跑光的監獄裡。

逃過一劫的其他政府官員還想要去召集警備兵，但是麥錫亞的警備兵此刻果斷地拋棄了他們。與貴族管理的城市不同，自治城市的警備兵大部分不是職業軍人，而是城市中的志願者。在這個節骨眼，他們理所當然地跟市民們站在同一邊。在警備隊長托爾・丁的命令之下，警備兵們反而把官員們全部逮捕了，然後立刻宣布成立臨時政府接管麥錫亞。

然而，麥錫亞的事情並未就此結束。

臨時政府成立不到兩個小時，河流北岸的居民就用極為具體的行動表示了他們不同的意見。

經營港口和渡船的老闆都是北岸的人，他們非常快速地把所有的船隻都停到北側，然後封鎖了港口。到了那天傍晚，北岸的居民們已經做好了戰鬥的準備：他們集結了家中的僕人和工廠的奴隸，以答應給予他們自由為條件，臨時編組了一批軍隊，準備和南麥錫亞的臨時府進行對抗。

這樣的消息讓南方的居民極為憤怒。一直以來他們都在北方人的公司或農場裡工作，在北方人的開的店消費，他們生活中的每一個與錢相關的環節幾乎都被北方的居民掌控了。他們早已對北岸的有錢人十分不滿，北岸在這緊要關頭採取的行動更澈底地激怒了他們。

「打倒那群貴族的走狗！打倒那群有錢人！」

「把他們的店面都燒了！」

市民們的憤怒爆發出來，最先遭殃的就是那些北岸的老闆們經營的商店。市民們砸破玻璃，把裡面的東西洗劫一空。而還沒回到北岸的人也成了倒楣鬼，他們不但全身的財物都被搶光，還被拖到廣場中間示眾。已經成為臨時政府領導者的托爾・丁花了好一番功夫才讓激動的民眾們冷靜下來，為了讓民眾發洩他們的不滿，他率領著警備兵和民眾來到了河岸，對著河岸對面進行示威。不過他們沒有任何的船隻，更沒有任何發動進攻的手段，這場示威顯得十分地滑稽。

當南麥錫亞已經恢復秩序的時候，北麥錫亞也正逐步確立自己的作戰體制。

「跟錫恩、洛爾和莫涅斯都不同，麥錫亞被河流分成了兩半，所以我們還可以暫時保護自己的安全。」領導北岸居民的一名長者露出了慶幸的表情。他叫做約翰・梅頓，經營著這一帶最大的礦場。他的年紀已經超過六十，身材肥胖的他是北岸居民中最有錢的人之一，與貴族的關係十分地良好。他的副手則是拉歐・克里提斯，他過去曾是一名騎士，不過後來放棄了貴族騎士團的工作，在麥錫亞經營一家武器貿易商。在這個關鍵時刻，有著軍事經驗的他就被推舉出來成為負責北麥錫亞安全，指揮臨時編組的部隊的軍事負責人。

「我們不可因此大意，誰也不能保證這種暫時的安定能持續下去。我已經命令士兵們開始進行作戰準備，第一階段至少要先在河流北側建立防禦工事。」

「你打算怎麼辦？」

「首先當然是沿著著河邊建立防衛營地。除此之外，我打算在上游也建立一個營地，當敵人渡河的時候可以順流而下攻擊他們。至於攻擊性的武器，我們現在沒辦法弄出大砲，不過至少還要準備投石車和重弩對南岸發動攻擊。」

「那麼，這些就有勞你了。」肥胖的梅頓打了個哈欠，示意他可以離開了。不過克里提斯並沒有離開，他說：「那麼，請繼續提供資金吧，這樣我才能進行下一步行動。」

「還要錢啊？」梅頓皺著眉頭說，一提到要他出錢，簡直像是要從他身上割下一塊肉一樣。

「光是招募那些士兵就已經花掉了將近五千金幣了啊。」

「這只是招募費用。接下來的食物、武器、建材，什麼東西都需要花錢。」

看到沉默不語的梅頓，克里提斯只能無奈地說：「我會儘量節省花費，但是希望你能明白，把錢拿出來準備武器，總比讓南麥錫亞的暴民攻過來、最後被他們洗劫一空、甚至連小命都不保還要來的好。」

梅頓不情願地點點頭。「好吧……我會繼續找其他人籌措資金的。」

於是，在富人們強大資金力的挹注之下，北岸這支倉促成軍的部隊，在短短幾天內就準備好精良的武裝。而南岸的市民雖然急得直跳腳，但是他們沒有船隻，根本無法採取任何行動，雖然已經拜託工匠們開始造船，卻還得花好幾個禮拜才能完成。

不過，和焦急的市民與官員不同，托爾對現在的狀況十分地樂觀。

「反正我們沒有時間壓力。」他一臉無所謂地對新選出來的市民代表們說。「我們有工人和工廠、農夫和農田，而北岸的人卻只能依賴他們的金錢和奴隸。時間拖下去，他們的壓力會比我們更大。」

他的這句話讓不少人吃了一驚，一個議員滿懷希望地發問：「等到那時候，他們就會投降嗎？」

「我不覺得。北方的貴族編組了援軍支援他們，那麼戰爭會繼續拖長。不過，我們也可以等到共和政府的支援，所以我不會緊張。」

「托爾先生，你清楚洛爾那邊的動向嗎？」一個議員問道。

「我只知道目前是由領導起義的克雷・坦普先生擔任執政者，而與其他城市的聯絡、協調工作也都是由他負責。」托爾聳了聳肩。雖然他能藉由市政府中的雙面鏡跟洛爾進行通訊，但是要討論的事情太多，而絕大多數都是現在還不能告訴議員的。

「總之，希望各位有耐心一點。對於我們而言，重要的事情只有兩件：第一是不讓北岸的人有任何渡河的機會，第二是選出我們城市的代表，去洛爾參加議會。除此之外，我們只要維持麥錫亞的穩定就好了。」

於是，就在七月十五號，原本貝魯西亞王國中的十座城市，已經有四座城市加入剛建立的貝魯西亞共和國。洛爾在革命時陷入了混亂，不過革命結束後克雷和赫頓已經成功地控制了局勢，暫時穩定下來。錫恩從頭到尾都在尼爾姆市長鐵腕控制下，而麥錫亞在由托爾接管以後，南岸也暫時安定下來了。

狀況最糟糕的是莫涅斯，公爵已經逃之夭夭，激動的市民卻還沒有冷靜下來。支持貴族的人被拖出來遊街示眾，不法之徒趁機搶劫財物，部分市民放火燒掉有錢人的房子洩憤，卻在城市引起了大火災，整座城市陷入一片混亂。得知狀況後，赫頓急忙率領了五千名士兵，花了兩天趕到莫涅斯，在那裡等待他的是澈底的無政府狀態。他花了一整天才讓失控的民眾冷靜，然後又多花了一天協調莫涅斯的有力人士們，才在七月十九號讓莫涅斯臨時政府成立。

「真是白白浪費了一堆時間。」回到洛爾後，疲倦的赫頓對著克雷大發牢騷。「我們洛爾的狀況和莫涅斯相比簡直不值一提，那裡的慘狀會讓人覺得幾乎是地獄。」

「因為莫涅斯的民眾並沒有人領導，他們自發性地推翻了公爵之後就不知所措。」克雷淡淡地回答他的朋友。「不過，比起這個，我現在比較在意他們什麼時候可以挑出代表。」

「我想應該不會太久，大概這幾天就會把名單送來。」

「這樣最好。在這個狀況下，能夠越快讓共和國的政府開始運作越好啊。」

在共和政府建立後，克雷的第一個工作就是確立共和國的政府制度。他和一群人一同進行規劃，其中一些人是曾經在中央政府任職過、但在起義開始時就加入反抗軍的官吏。他們也在規劃中大量參考了北方維吉亞共和國的制度，在三天激烈的討論後，擬出了新政府架構的草案。

共和國的中央政府將會由三個機構組成，包括主掌行政事務的執政團、負責通過決策的最高議會、還有掌控軍隊的軍務部。共和國的最高領袖是執政者，同時也是執政團的主席，目前由克雷擔任。除了執政者外，執政團還有六位大臣，分別是行政、外交、財政、商業、農業、以及司法大臣，這六名大臣將會由議會選出。

最高議會則是由人民代表組成。洛爾能推出二十個代表，其他三座城市一樣依照人口總數分別派出十到十五名的代表。而村莊則按照區域分配，目前所有加入共和國的村莊總共有五十席的代表。不過，考量到目前當務之急是訂出共和國的基本法律，進行選舉太過曠日廢時，再加上目前情勢還不夠穩定，因此克雷決定暫時不進行全面選舉，而由加入共和國的各城市推派出臨時代表，完成共和國制度和法律的訂定後再進行選舉。

軍務部則掌握了共和國的軍政系統，負責軍隊的整備、補給等一切事務，最高長官是共和國軍務長，人選自然非赫頓莫屬。軍務長下有情報、參謀、後勤、人事等四個部門。赫頓同時也兼任實戰部隊最高領導人「共和國大元帥」，克雷本來希望讓軍政系統與軍令系統分離，不過目前的狀況實在沒有這樣的餘裕，只好讓赫頓身兼二職。

至於地方政府的部分，在赫頓離開洛爾的這幾天，克雷也透過雙面鏡系統和其他城市的人聯絡，暫時確立了以四座城市為中心的統治方式。洛爾周遭是直轄區，然後其他三座城市周遭區域規劃為行省，由中央派遣的總督管理。總督是個過去從未出現在貝魯西亞的名詞，這個制度完全是克雷參考自維吉亞共和國而設立的。總督擁有行省的行政權，也能指揮區域內的警備兵，不過警備兵司令和稅務的負責人還是由中央派任，這是克雷為了平衡總督權力而設計的制度。除此之外，每個行省還設有自治議會，總督行政權也會受到自治議會的約束。至於三座大城，他們依然保留著市長和議會，除了稅務和警備兵以外有著高度的自治權。

「關於麥錫亞和錫恩，總督的人選都已經確定了吧？」

「我們也沒有什麼選擇，既然他們能夠成功控制這兩個地方，那麼現在讓他們當總督也是理所當然。」

克雷急於選好人選的原因在於他打算以總督為中心穩定局勢。共和國中各地仍殘留了一些貴族，他們據守自己的城堡負隅頑抗。除此之外，市民中也還有不少仍對過去王國政府留有眷戀的人，這兩者對於剛誕生的共和國而言都是莫大的威脅。現在共和國雖然成立了，但是狀況卻是險峻萬分，無論是外部的威脅還是內部的禍端都讓兩人忙得分身乏術，已經無力一一處理國內的這些動亂。所以，克雷打算將穩定局勢、殲滅反抗者的任務交給各地總督處理，讓局勢盡快穩定下來。

「等到議員選出來，我就要加緊進度，趕快讓他們通過共和國的憲章了。至於軍事的部分，就完全交給你了。」

「現在一切都已經開始進行了，斯拉恩山上的要塞也在建設之中。」

根據赫頓的分析，共和國防禦上的重點有三處。第一個就是共和國最北邊的麥錫亞，歐努特河以北沒有任何一座城市加入共和國，可以看成是貴族的勢力範圍；第二個是從錫恩通往南方大城札姆因的南方大道，札姆因也仍在貴族的掌握中；最後一個則是從洛爾向東跨越斯拉恩山脈通往東方大城尼姆的斯拉恩大道。克雷在稍早已經要求麥錫亞加強防衛，赫頓也派出工人在斯拉恩大道上建立要塞。與此同時，他也開始召集士兵，希望能夠集結六萬人發動南征。

「真的有必要在斯拉恩山脈上建立要塞嗎？」克雷曾經懷疑地問他。「那裡難走得不得了，真的有必要派駐那麼多人？」

「只是以防萬一。在那條路上只要派駐一萬人，就算是十萬大軍也過不來。但是完全沒人駐守的話，我們承受不起這樣的風險。別忘了尼姆可是東方兵團的駐地，現在的共和國軍隊和他們碰上可是一丁點勝算都沒有。」

克雷雖然十分不情願，還是只能承認赫頓說的完全正確。東方兵團是王國駐守在東方邊境的重兵，他們經歷了這十年來與艾基里歐的戰爭，各個都是身經百戰的老練戰士，跟共和國這些志願從軍的菜鳥根本不可同日而語。

「那麼就照你的意思做吧。至於南方，你真的認為要攻打札姆因嗎？」

「是的，我們和札姆因之間等於無險可守，不控制札姆因，就無法壓制這中間大批的貴族。我等軍隊整備完成就立刻出發，一路上靠著攻打貴族的城堡來訓練新兵，到達札姆因大概會花一個多月。實際攻城需要的時間應該不到一個月，我覺得三個月內就能解決這件事。」

「你真的那麼有信心嗎？」克雷有些懷疑地問。統治札姆因的菲利普公爵已經在內城攻破時戰死了，他是最擅長打仗的貴族之一，這對於共和國來說是個非常好的消息。但是，由於札姆因曾多次歷經與艾基里歐王國的攻防戰，城內的防禦設施十分完善，那邊的警備兵有著豐富的戰爭經驗，克雷不覺得攻下札姆因有這麼容易。

「說實話，真的不是這麼容易。不過，我還是覺得能攻下。」

「你覺得沒問題就好。」克雷聳了聳肩。「這方面只能靠你了。不過，為什麼你會想要優先處理札姆因而非麥錫亞？」

「雖然麥錫亞是貿易中樞，不過現階段我們的軍隊恐怕沒有渡河進攻的能力，不如靠著歐努特河進行防禦。只要能確保現在已經選擇加入我們的歐努特港，讓敵人無法渡過歐努特河就算是完成戰略目標了。相較之下，南方無險可守，若不攻下札姆因，那麼我們南方永遠不得安寧。」

「我相信你的判斷，你就優先處理南邊的問題吧。」

於是，在經過兩天的休息後，赫頓在七月二十三號率領部隊往南方出發。在前方等待他的，是一個共和國內誰都無法預料的消息。

赫頓率領的共和國軍隊總數超過五萬人。不過，赫頓並沒有被這數字欺騙，他很明白其中超過一萬人是從未經歷過戰爭，在共和國成立後加入的新兵，他們連武器都還不會拿；另外三萬人是只參加過洛爾攻城戰的市民，經驗也沒好到哪裡去。剩下的一萬多人是洛爾和其他城市倒戈的警備兵，其中包括五千名的騎兵，這是他們僅有的騎兵戰力了。

「就算找得到馬，沒有騎過馬的市民也沒有辦法踏上馬背。」帶領騎兵隊的巴爾夫曼・霍恩無奈地說。他原本是警備兵中的騎兵隊長，也是投誠的軍官中最資深的一員。由於他經驗豐富而且十分瞭解軍隊，除了指揮騎兵以外，赫頓還特別拜託他擔任副司令官。

「騎兵太過珍貴，我只打算把騎兵當作最後手段來使用，至於效果如何就看你了。」

「這麼說來，在接下來的攻城戰中，看來是沒有我們出場的機會了。」

然而，他的想法不到兩個小時就被打破了。他們離開洛爾才十公里，一匹快馬突然從他們的背後沿著南洛爾大道飛奔而來。

「我要見赫頓元帥！」那名騎士大喊，他立刻被帶到赫頓的面前。

「錫恩的總督剛剛傳來緊急消息！」騎士上氣不接下氣地對著赫頓報告。「敵人的軍隊在亞爾丁堡集合了，總人數根據估計大概有七千人！」

這個突如其來的消息頓時讓赫頓繃緊了神經。

亞爾丁堡是亞爾丁侯爵的領地，在錫恩的東南方七十公里左右。假如敵人從那裡對錫恩發動攻擊，赫頓的軍隊很可能根本來不及趕到。然而，更令人畏懼的消息還在後頭。

「錫恩城派出的偵察兵表示他們從觀察到的旗幟推測敵人聚集了超過四十個騎士團，據說連埃爾登公爵都帶著騎士團參戰了！」

——超過四十個貴族，這代表幾乎歐努特河以南伯爵以上的貴族都聚集在亞爾丁堡了？

——我們的偵察和情報傳遞實在太過鬆散，竟然連這樣的事情都沒發現！

「這是什麼時候的消息？」赫頓問那個騎士。

「五個小時前的。」

赫頓在思考了一下後便決定改變計畫。在無法評估敵人戰鬥力的狀況之下，他認為共和國承受不起錫恩被攻下的風險，因此他決定小心為上。

「我們現在立刻加速前進支援錫恩。從這裡到錫恩還有將近兩百五十公里，我們要採取急行軍，應該勉強能在六天內到達吧。」他把自己的決定告訴巴爾夫曼。

「那麼我可以率領騎兵隊趕到錫恩進行偵察，騎兵可以在三天內趕到。」

「好，小心為上，千萬不要和敵人正面交鋒。」

「我很瞭解魔法師的力量，我不會冒險的。」巴爾夫曼說完後就立刻將準備出發的命令傳達給麾下的騎兵。在這些騎兵中一些放棄貴族身分的魔法師，他將其中的半數留了下來。

「元帥，他們可以負責擔任傳令兵，有狀況我會立刻透過魔法進行聯絡。」

確立了聯絡方式後，他就帶領騎兵隊連夜趕路，終於在七月二十六號的凌晨到達了錫恩。他讓士兵們在城外駐紮，自己帶了幾名部下先進城和連恩・尼爾姆見面。

「總督，有任何新的情報嗎？」

「三天前敵人在亞爾丁堡集結，昨天他們開始往錫恩前進，半夜在距離我們這裡五十公里的地方紮營。」尼爾拇指著桌上大地圖標出的地點，把半夜偵察兵傳回的消息告訴巴爾夫曼。

「從這張圖看來，他們紮營的地方是在森林邊緣？」

「是的，將軍。」

錫恩四周是一片範圍十分廣大的森林，敵人的部隊在森林邊緣停了下來，這個行為讓巴爾夫曼摸不著頭緒。他先把這個消息回報給赫頓，然後又派出了偵察騎兵前往森林邊緣偵察敵人的狀況。經驗豐富的偵察騎兵帶回了更為詳盡的資訊，根據騎兵的回報，敵人人數約為七千五百人左右，其中騎兵的數量佔了三分之二以上。然後，在上午十一點，偵察兵帶回了敵人開始前進的消息。

「將軍，敵人又開始移動了。他們在森林中朝著錫恩直線前進。」

「直線前進？」連恩搔了搔頭，露出了困惑的表情。「他們沒有先往東方到南洛爾大道上嗎？」

「不，總督，他們是直直穿過森林朝我們這邊前進的。」

「為什麼會選擇這樣難走的路？在南洛爾大道上行軍應該更為有效率吧。」

巴爾夫曼也露出了不解的神情。就在這時，錫恩的警備兵司令潘・德拉爾提出了他的想法。

「我認為敵人避開南洛爾大道的原因應該是想要避開我們的監控，在森林中我們會比較難以掌握他們的位置。」

「這代表他們寧願放棄騎兵的優勢也想要走森林裡嗎？」

「我想，敵人或許是認為他們魔法師的優勢已經足夠巨大，就算在森林中也能擊潰我們的部隊吧。」

「我同意德拉爾的說法，敵人應該認為在森林中也能擊敗我們。我會把這裡的狀況向元帥匯報，在這段時間，由我暫時進行指揮，希望兩位能配合。」

兩人立刻表示同意，於是巴爾夫曼立刻將這裡的狀況回報給赫頓。赫頓在一個小時後才和巴爾夫曼透過魔法師的協助展開了直接通訊。

「城內加強防務，同時請你引誘敵人的路線，讓敵人行軍路線向西偏，讓他們最後抵達城池的西方。」

「假如我派士兵進森林騷擾他們，或許可以改變他們行軍的路線，可是這樣我們一定會付出不小的代價。」巴爾夫曼立刻警告赫頓。

「這是必須要承受的損失，這樣可以避免我軍主力和他們正面對決。假如擔心損失，部分任務也可以交由警備兵來協助。」

巴爾夫曼嘆了口氣。他不喜歡赫頓需要犧牲士兵的決定，不過他猜不透赫頓的計畫，只好不情願地按照赫頓的囑咐執行任務。

於是，在接下來的這段時間，巴爾夫曼指揮騎兵隊在森林中進行騷擾，藉由頻繁的襲擊引誘敵人追來，讓敵人的路線慢慢地向西偏。連恩和德拉爾則負責加強城中的防衛，趕工完成了不少守城器械。當赫頓和主力部隊在二十九日抵達時，城內的防衛設施已經大大地加強了，也徵召到不少志願的市民。

而巴爾夫曼和他的騎兵也完美地完成了他們的任務。在巴爾夫曼的指揮下，騎兵分成好幾個小隊，時而騷擾時而發動襲擊，每當貴族聯軍要追擊時，他們立刻又四散逃走。這樣的過程在這三天中不停持續著，雖然總共損失了將近一百名的騎兵，但是他們的騷擾讓敵人疲憊不堪，多花了兩天才抵達錫恩城下，也成功地讓敵人的進軍路線偏向西方，於是，原本打算在錫恩的南方佈陣的貴族聯軍，最後卻在森林裡多繞了一圈，來到了錫恩的西方。

赫頓並未在錫恩城內停留太久。大致瞭解狀況以後，他立刻告訴其他人他會帶著士兵在城外佈陣。

「德拉爾將軍，接下來的守城戰全部靠你了。」他在會議中對著德拉爾說。「錫恩的守軍必須要擋住敵人的第一波攻擊，最少也要撐過兩個小時。」

「元帥閣下，你不會在城內指揮嗎？」德拉爾詫異地問，他沒有料到赫頓竟然不參加這次的守城戰。赫頓搖了搖頭說：「現在讓部隊在守城戰和對方硬碰硬只會損失慘重，我只會留下一部分的士兵，主力部隊會透過其他方法擊敗貴族聯軍。錫恩城本身可以成為誘餌，但是絕對絕對不能被攻破。」

德拉爾想要繼續追問，但是赫頓卻再也沒對自己的計畫透露任何資訊。他在城內留下了五千人，然後就帶領著部隊離開了。為了避免被敵人發現，他們刻意從東方離開錫恩，然後將部隊分成了兩股，分別往南北兩方前進。而赫頓交辦的任務只有一個：在森林中砍出一條寬度至少二十公尺的路。

「敵人的部隊已經到了錫恩城邊紮營，我們在森林中的行動不會那麼容易被發現。這項任務必須在明天傍晚以前完成。」

士兵們不解赫頓的用意到底是什麼，不過還是按照他的指示，努力在這一大片森林中清出了兩條寬闊的道路。他們一直到了第二天下午才完成了這件事情，這兩條路從錫恩東邊的森林開始，分別向南與北繞了一大圈，最後筆直地往西，直到了森林的盡頭。雖然長度超過二十公里，不過在幾萬人一同施工的情況下，依然順利地完成了。

「現在，所有人把運來的火藥和煤油搬到森林裡面！」

直到此刻，士兵和軍官們才恍然大悟，瞭解了赫頓的策略。二十公尺寬的路面是限制火勢的區域，而煤油和火藥則負責一開始的引燃。

不過，對於如何用森林大火把貴族聯軍困在森林當中，軍官們仍十分困惑。在當天晚上的作戰會議，巴爾夫曼率先提出了疑問。

「元帥的策略應該是將敵人困在森林中，然後直接用森林大火消滅他們的軍隊吧。不過，這有兩個問題，第一個是如何確定火勢夠大，第二個是我們要如何將敵人引誘進森林？」

「士兵們必須要在今天晚上儘量在森林內放置煤油和硫磺等易燃物，由於敵人的部隊部署在錫恩城下，這項工作被敵人發現的機率並不高。至於引誘的部分，我們的部隊得承受一定的風險。」

「又是什麼樣的風險？」巴爾夫曼的口氣明顯有些不悅。

「我們的士兵要負責引誘。當貴族聯軍開始進攻錫恩後，我們派出的部隊會從聯軍後方突襲。

這支部隊必須要能夠給敵軍足夠的威脅，讓他們放棄攻城進入森林，然後還要能在被敵人追到以前撤退到我們建設好的道路上，開始點火。」

「這一串的配合難度非常的高，一旦不小心就會讓我們自己的部隊困在森林裡面，或是讓敵人跑出森林。」

「要取得勝利，我們就得冒著這樣的風險。只要時間點抓準，我們是做得到的。」赫頓用不容質疑的語氣說。「我現在來說明接下來的計畫：我會派出小部隊會在今天夜裡從森林裡騷擾敵人，挑動敵人指揮官的情緒。」

「夜襲也是有風險的。」巴爾夫曼提醒他。

「無論如何，這樣的情況值得我們冒險。敵人不是有嚴密組織與紀律的前線部隊，而是貴族們拼湊起來的聯軍。雖然騎士的戰鬥力很強，但是他們在組織的紀律以及指揮系統的應變速度上一定會吃虧，所以在對付夜襲這種突發狀況，會比一般的軍隊更為無力。

而接下來就是關鍵。無論我們怎麼騷擾，敵人一定會在明天展開攻城。而我們要在敵人正式發動攻擊之後，再次從森林中偷襲他們的營地。這樣的行為一定會讓他們忍無可忍，決定掉頭來森林裡找到我們的部隊。而我們的部隊則要從預先規劃的路線快速撤退，接著開始放火。」

他停頓了一下後，繼續說：「最後是分派任務。我已經從錫恩借調了五百名士兵，他們熟悉這附近的環境，會分批在夜裡騷擾敵人的營地。然後，在明天的攻擊中，他們也會擔任嚮導。而負責發動攻擊的部隊，將會由最為老練的五千名士兵負責。請各位務必記住，我們不是在進行游擊戰，當敵人追來的時候，我們不需要埋伏也不用反擊，只要逃就行了。」

赫頓看得出來各個將領對他的策略似乎仍有些疑慮，不過，他絲毫沒有更改計畫的打算。

他對於自己的策略十分有自信。

——敵人絕對沒辦法走出這個森林。

「侯爵，他們又來了！人數大約兩百，他們襲擊了歐佛子爵的營地！」一名騎士慌慌張張地衝進了亞爾丁侯爵的營帳。亞爾丁侯爵氣得跳起來，這已經是這個晚上第三次的襲擊了。

「那群該死的賤民！立刻迎擊！」他氣急敗壞地大吼。但是，當睡著的騎士們被從睡夢中叫醒，穿上鎧甲拿起武器跑出營帳，準備迎擊敵人時，敵人早已揚長而去，只留下了被燒毀的營帳和十幾具的屍體。

「我們完全被敵人看扁了！」侯爵氣憤地對著疲憊的軍官和騎士們大吼。「讓敵人來去自如，你們一點羞恥心都沒有嗎？」

「他們比我們更熟悉地形，在森林裡根本找不到他們啊！」一個男爵大聲地抗議。「追根究底，還是負責站哨的人的問題吧？」

但是當天晚上負責值夜的一個子爵立刻反駁。「這不能怪我們！在森林裡面『遠視』魔法根本發揮不了作用，我們根本沒辦法找到他們！」

看到兩人互相指責，一開始怒氣沖沖的亞爾丁也不得不出面打圓場。

「無論如何，加緊戒備，不要讓這種事情再發生任何一次！」

但是他的這道命令沒有任何效果，在剩下的夜裡，共和軍又發動了兩次襲擊，而貴族聯軍卻仍然沒能抓到對方。每當他們要進行反擊，敵人就藏進了樹林中，靠著複雜的地形甩開了貴族們的追擊。一整夜的襲擊搞得騎士們不得安寧，他們頻繁地被叫醒、拿起武裝，又接到解散的命令，徹夜未眠讓他們疲憊不堪，覺得這個夜晚無比漫長。看見太陽升起的那刻，他們甚至有種安心的感覺。

「我們仍該現在發動攻擊嗎？」在早晨作戰會議上，一個伯爵提出了這樣的問題。「假如有敵人埋伏在森林中，我們是不是該先解決森林中的敵人？」

亞爾丁侯爵立刻附和道：「我同意，敵人的大部隊應該在不在錫恩城中而是在森林裡，應該優先消滅他們！」

一時之間，眾人議論紛紛。部分的人認為一整夜的襲擊讓士兵非常疲憊，不應該現在立刻進行攻城。不過，以埃爾登公爵為首的人卻提出了反對的意見。

「每次襲擊的都只是幾百人的小部隊而已，這只是敵人的障眼法而已！我們應該直接攻下錫恩，只要能攻下錫恩，那群平民就沒戲唱了！」

兩方起了一番不小的爭論，在經過一個多小時的爭執以後，支持按照計畫進行攻城這一派的意見壓過了對方。

說來也諷刺，雖然他們提出的理由和推論完全是錯誤的，不過這個意見卻是唯一能夠帶領他們走向勝利的方法。

只可惜，他們沒有能夠堅持到最後一刻。

七月三十一號，太陽升起後沒多久，貴族聯軍發動了攻擊。阻擋在他們前面的是錫恩派出城外的警備兵。按照赫頓先前的指示，他們派出了三千名的步兵佈陣在貴族聯軍前方。不過，別說是阻擋了，這些士兵連拖延時間都做不到。在貴族騎士前面，他們嚇得轉身就逃，而騎士們魔杖噴出的火焰與風刃則毫不留情地殺戮著落在後頭的士兵。

不過貴族的追擊很快就遇上了障礙。錫恩的士兵逃到城牆底下後，由於城門緊閉著，他們分頭往兩邊沿著城牆逃跑，而貴族也自然分成了兩股展開追擊。然而，當騎士一靠近城牆，城牆上落下密密麻麻的箭雨，騎士們沒有辦法一面放出攻擊魔法一面阻擋這些箭矢，守軍的反擊讓他們不得不暫時後退。

「停止追擊！」亞爾丁侯爵下令。「深追那群雜兵沒有意義，全部人準備攻城！」

前一天貴族聯軍建設營地的時候，士兵們一邊砍樹清出空地，一邊利用這些木材準備好了攻城器械。他們把投石車和雲梯從營地推出去，而守軍也準備好了城牆上的大砲。兩邊幾乎同時下令開火，剎時無數著火的石塊飛向城頭，而大砲的射擊也在讓貴族軍的營地揚起了漫天沙塵。不過，在雙方早有心理準備的情況下，這一波交火並沒有什麼結果，城牆上的士兵立刻撲滅了火勢，而聯軍這邊也只有兩台投石機被擊毀。

在火砲裝填的空檔中，士兵和騎士們立刻推著攻城用的雲梯前進。騎士們用風魔法，士兵們則用盾牌擋住了城牆上落下的弓箭，搭起了攻城梯來到了城牆下。然後，隨著埃爾登公爵的騎士團團長、負責在前線指揮的霍普男爵一聲令下，騎士們一手舉著魔杖一手抓著梯子，開始向錫恩的城牆上爬。

守城的士兵對此也有所準備。看到敵人開始爬上攻城梯，他們立刻把準備好的熱油倒下去。滾燙的熱油從天而降，爬在最前面的人猝不及防，被熱油燙得皮焦肉爛，在慘叫聲中從攻城梯墜落。不過，後面的魔法師很快就記取了教訓，他們一邊爬一邊使用屏障魔法，熱油倒在屏障上全往旁邊濺開。

「大家注意，敵人要登上來了！」站在最前面的士兵大叫。他們舉起盾牌和長矛，騎士們一登上城牆立刻用長矛猛刺，試圖把敵人逼下城牆。不過，在近距離戰鬥方面，騎士的戰力和普通士兵相比根本不在同一個檔次。魔杖尖端噴出了一個個咒語，盾牌在魔法的面前只是可笑的裝飾品。伴隨著四濺的鮮血，士兵們慌張地後退，而騎士們則沒有放過守軍的這一瞬間的退卻，他們抓住這些空隙，在城牆上取得了立足之地。

殘酷的白刃戰在城牆上展開了。

擅長元素的魔法師用炎彈和風刃屠戮敵人，用土牆和冰柱鞏固陣地。使用召喚術的魔法師召喚出了巨大的石之傀儡踏破敵陣，操縱結界的魔法師佈下了陷阱癱瘓士兵。錫恩城的守軍浴血奮戰，他們拚命地抵擋敵人，但是這種鬥志卻完全無法彌補戰鬥力的差距，強悍的敵人跨過他們的屍體不停前進。經過半個小時慘烈的戰鬥後，貴族騎士們已經控制了城牆的這一小段，守城的軍士們靠著臨時搭建的障礙物暫時阻擋著騎士們的前進，但是更多的騎士和貴族的私人士兵已經攀著雲梯湧上了城牆。

「元帥到底在幹什麼？」一個負傷的小隊長一邊接受包紮一邊大叫著。他的部隊是剛剛在最前線奮鬥的部隊之一，三十名士兵有二十人陣亡，剩下十人中只有他和另一個士兵還站得起來，但他的右手也已經被火焰燒得皮焦肉爛。「他們用這種方法爬上來，我們根本守不住！他們一個人可以打我們十個，甚至二十個——」

他的話說到一半就被一聲響亮的巴掌聲打斷。下手的是他的大隊長，他毫不留情地揮了他一巴掌後對他大吼：「別再廢話！我們還得多撐一下，你左手還能動，快點去幫忙推大砲！」

這是德拉爾下的命令，他決定用大砲來對付貴族聯軍在城牆上弄出來的臨時陣地。架好大砲後，砲手直接朝著貴族的陣地開火，砲彈打碎了魔法創造的障礙物，被擊中的那幾個騎士當場粉身碎骨。幾秒後，另一門火砲也開火，這次瞄的是架在牆邊的雲梯，雲梯直接被轟斷，正在攀爬的騎士和士兵們慘叫著墜落到地面。靠著火砲的威力壓制，他們總算暫時阻擋了貴族聯軍的攻勢。但是貴族聯軍的第二輪攻勢完全集中在火砲陣地，讓守軍的狀況更加窘迫。

「擋住他們！砲手繼續攻擊攻城梯！」大隊長聲嘶力竭地大喊。他已經把身邊所有能用的預備隊全派出去了，其他面城牆的守軍也被德拉爾調來支援，但他們卻還是無法擋住貴族聯軍的腳步。就算派出了所有的士兵、就算使用了所有的守城器械，騎士和普通士兵之間絕望的戰力差距還是讓錫恩的守軍一步一步走向崩潰的邊緣。

然後，就在守軍幾乎要崩潰，貴族聯軍即將要攻下城牆的時候，城外的森林突然傳來了一陣殺喊聲。

無論是貴族聯軍的騎士還是錫恩的守軍都暫時停下了動作。這個突如其來的狀況讓騎士們摸不著頭緒，而錫恩的守軍雖然一樣意外，不過片刻之後，當守軍看清楚對方的軍服，接近絕望的情緒，瞬間從谷底來到了雲端。他們不約而同地發出歡呼，吼聲簡直能響徹雲霄。

「是元帥！元帥的部隊來了！」

赫頓指揮的步兵和巴爾夫曼的騎兵，在最關鍵的一刻發起了衝鋒！

實際上，發動衝鋒的士兵人數並不多。巴爾夫曼派出了五百名騎兵，赫頓也只派出了四千名步兵。不過由於貴族聯軍全力猛攻城牆，這支部隊還是造成了嚴重的打擊。他們輕易地突破了聯軍留守在後方的部隊，衝進了聯軍的營地放火。他們燒掉了儲存的糧食，破壞了放置在後方的攻城器械。他們繼續前進，甚至幾乎要逼近貴族的大本營，這讓留守的大貴族們氣得跳腳。

「叫所有騎士回來！大本營危急！」亞爾丁侯爵對著傳令兵大吼。過了幾秒後，傳令兵為難地向他報告：「侯爵，前線的指揮官表示他們幾乎要攻破錫恩的城牆了，不能在這個時候撤退……」

「他們不回來這裡就要被敵人攻破了，他們是白癡嗎！」侯爵大吼。

旁邊的一個男爵開口勸說：「侯爵，大本營還有五百名騎士駐守，我想敵人應該——」

「你懂什麼！」侯爵粗暴地打斷了他。「我就告訴你們敵人主力在森林，你們不相信！現在就該掉頭剿滅他們！」

沒有人能夠讓侯爵改變他的念頭，而當初認為要繼續攻城的一派也開始動搖，他們沒辦法掌握敵人的人數，也開始擔憂靠著五百名騎士到底能不能守住大本營的四周。最後，全面撤退的命令下達了，這讓城頭的指揮官簡直氣壞了。

「我們只差一點，就只差那麼一點！只要再給我們半個小時，不，二十分鐘，我們就可以攻破城牆了！」指揮騎士們的霍普男爵表情因為憤怒而扭曲，他們拚命戰鬥才取得的成果，現在卻因為侯爵的一句話而要一切歸零。

「侯爵命令我們現在一定要撤退！」傳令官無奈地說。「他們說大本營有被攻破的危險，要我們撤退，掉頭迎擊敵人的主力部隊……」

「該死，留在大本營的那群騎士那麼沒用嗎！」

但是無論他有多麼地憤怒，他也不敢冒著回去被大貴族們審判的風險違背侯爵的命令。他滿腹不平地下達了撤退的命令，被迫得在這個大好時機撤退讓他扼腕不已。

在相同的時刻，另一個人也下達了撤退的命令。

「立刻撤退，不要戀戰！」指揮這次行動的巴爾夫曼對著麾下的士兵和軍官們大吼。「這是元帥的命令，任務達成立刻撤退！我們沒有要在這邊和敵人決戰！」

所有參與這次進攻的士兵都事先被告知過赫頓的計畫，他們一點都不想和貴族們一起被燒死在森林裡面。他們在巴爾夫曼的帶領下快速撤退，躲回了森林裡面。當攻城的騎士返回營地時，偷襲的士兵們早已不見蹤影。

「我們白白浪費了一次大好的機會啊！」霍普在大本營中當著所有貴族的面發飆，氣壞的他完全顧不得禮節，指著亞爾丁侯爵大罵：「我們幾乎就要攻破城池了！你們這樣一搞，他們又有機會修復被破壞的地方、補上防線的缺口，我們的人都白白犧牲了！」

幾個貴族面漏慚愧之色。他們剛剛因為敵人的突襲動搖了，但是現在他們也對剛剛自己的決定感到懊悔。不過，並不是每個人都有這樣的看法。

「假如騎士不回來，敵人哪裡會撤退！」亞爾丁侯爵十分堅持他自己的意見，還有另外許多貴族也是如此。他們大多是一開始就覺得要優先擊退背後敵人的人，對於撤回騎士這件事情，他們根本不覺得有任何的問題。

「敵人除了城市的守軍以外，一定還有大量的士兵躲在森林裡面，我們現在應該掉頭攻擊躲在森林裡的敵人！」

「可是我們掉頭進去森林時，留守在這邊的人該怎麼辦？他們也有可能被錫恩城裡面的敵人偷襲啊。」

面對其他人的反駁，侯爵很乾脆地說：「我們不要留人下來。反正紮營不費什麼功夫，我們等到剿滅躲在森林裡的那群人再回來準備攻城。」

「可是森林這麼大，我們要怎麼找到敵人？」

「總是找得到的，不消滅那群賤民的軍隊，我們根本沒有辦法專注於攻城啊。」

這次的討論沒有持續很久。經過剛剛的襲擊後，認為要先解決森林裡的敵軍的人佔了大多數。接到撤離營地的命令後，騎士們一邊抱怨一邊收拾著東西。昨夜一夜因為敵人的騷擾而沒睡好，經歷剛才的攻城戰後又消耗了不少體力，現在又得進入森林裡追擊敵人。

「真的是累死了，他們說的輕鬆，在森林裡行軍真的很累啊……」

前幾天在森林行軍的勞累仍記憶猶新，現在大貴族又要他們再次回到森林，許多騎士都頗有微詞。不過，抱怨歸抱怨，他們還是只能乖乖地服從命令，收拾好行李後就整隊進入了森林。在森林中，遠視魔法幾乎起不了作用，他們只能用最原始的方法，分成了許多小隊在森林中四處尋找著敵人留下的蹤跡。就這樣，貴族聯軍一步步踏入了赫頓的陷阱。他們在花了數個小時在森林中尋找敵人的身影，而巴爾夫曼早已帶著部隊沿著預定的路線撤出了森林，和赫頓的大部隊會合了。

「聯絡錫恩，請德拉爾將軍告知現在敵人的動向。」

過了幾分鐘後，錫恩方面就透過魔法傳來了回覆。「報告元帥，敵人已經進入了森林，他們的營地裡已經沒有人了。」

「很好，按照計畫，你們那邊也要派人同時放火。」

通訊結束後，他對著已經就位的士兵下令：「點火！」

士兵們立刻把手上的火把投向了樹木。在前一夜裡進行襲擊的時候，赫頓同時命令士兵在森林各處放置了不少的火藥、煤油等易燃物。他特別指示士兵們要放得隱密一些，他們把一包包硫磺放在樹枝上，煤油則是挖空樹幹倒在裡面。除此之外，還有些別具創意的士兵們想到可以利用浸過煤油的麻繩來確保火勢的延燒，他們爬上樹頂，在一棵棵樹間牽起了麻繩，而從樹葉的下方根本看不出來設下了這些陷阱。火把丟過去後沒幾秒，樹葉和樹枝就燒起來。士兵們又拋了第二、第三火炬，很快地，森林的周圍燃起了熊熊烈焰，火勢順著他們準備的易燃物，向森林深處延燒。

「接下來，我們只需要等就行了。所有士兵按照先前的指示就位等待，準備殲滅逃出來的敵人！」

貴族聯軍的騎士們沿著巴爾夫曼的部隊留下的痕跡尋找他們，卻對於自己正一步步踏入陷阱這件事情渾然不覺。他們在森林裡前進了一個多小時以後，最前頭的部隊才發現狀況有異。

「好熱……森林裡也熱得太誇張了吧。」

「前幾天真的有這麼熱嗎？」

他們最先感覺到的是異常上升的溫度，陣陣熱風讓穿著鎧甲的騎士們全身大汗。然後，眼尖的騎士看見了前面的火光，驚叫道：「前面燒起來了！」

「只是小火災吧，不過這裡有火災也真的……很……奇怪……」

小隊長說到一半，前面傳來的聲音讓他不由得豎起耳朵。

霹啪。

霹霹啵啵。

霹哩啪啦霹霹啵啵——

「火災！真的是火災！」

他們感覺一股熱氣撲面而來，透過樹林的縫隙也能看到不遠處的火光。就在他們對這場大火感到驚疑不定時，小隊長收到其他部隊透過魔法傳來的通訊。

「什麼，你們那邊也有火災？」

「火不知道從哪裡燒來的，這個火勢十分地大！」

直到此刻，騎士們才發現這個森林大火十分地不對勁。而指揮部的大貴族們雖然領悟的遲了一點，也很快理解他們已經踏入敵人的陷阱了。

「全部撤退，我們現在立刻退出森林！」

但是他們很快地發現退路已經沒了，背後的森林也已經開始燃燒，還沒有著火的面積正快速地縮小中。騎士們拔出魔杖，杖尖噴出了一柱柱的清水，試圖減緩火勢，但是就算是魔法的力量也對抗不了森林的熊熊烈火。

甚至老天也沒有站在貴族聯軍這一邊。錫恩這一帶夏天一向悶熱多雨，但是今年夏天卻罕見地兩個禮拜都沒下雨。

深陷火場的騎士們陷入了慌亂，他們能立足的空間一吋吋地縮小，照這樣發展下去，所有人都會被森林大火吞噬。慌張之中，亞爾丁侯爵大聲地下令：「我們向前方突破！應該快到森林的邊緣了！」

這是他所能想到最好的方法，客觀來說，也是此時此刻唯一可行的辦法。可惜的是，這也在赫頓的意料之中。

騎士們努力地闖過著火的森林，向平原上逃亡，但是能活著走出森林的人不到原本的一半，許多的騎士在森林中被濃煙嗆昏，然後就活活被火燒死。當他們好不容易逃出來後，在森林外面等著他們的，則是嚴陣以待的共和軍。就算魔法師的戰鬥力勝過一般的士兵，但是他們經過一整夜的騷擾，又費盡千辛萬苦才穿越了火場，早已疲憊不堪、士氣低落。他們根本無力突破包圍，只能狼狽地被共和軍一路往西方驅趕，平原上布滿了魔法師的屍體。當殘存的貴族軍在下午四點被一路追趕到南蘇瓦河河畔時，他們只剩下不到一千人了。他們集結起來，試圖進行最後一搏。然而共和軍並沒有給他們這個機會，赫頓早已在那裡安排了大量的弓箭手，甚至還帶來了十幾門的火砲，集結後的貴族軍成了最佳的標靶。

這場被後世稱為「錫恩的火祭」的戰役，就在南蘇瓦河畔悄悄地結束了。

戰勝的消息傳開了以後，民眾紛紛熱烈地慶祝這場共和國成立後的第一場勝仗，共和軍成功地殲滅了敵人，讓人民欣喜若狂，城內的慶典熱烈地好像共和軍已經所向無敵了一樣。

在這場戰爭中，共和軍總共損失了五千人，其中超過四千人都是在守城戰中陣亡的，足以證明貴族軍強悍。至於貴族軍的傷亡則是眾說紛紜，有人認為貴族軍已經全軍覆沒，也有人認為有零星的一兩百人逃離了戰場活了下來。有太多騎士被燒死在森林裡，共和國這邊根本沒有辦法計算敵人的損失，唯一可以確定的是，在這場戰役後歐努特河以南的貴族勢力幾乎被摧毀殆盡，就連埃爾登公爵也陣亡了。就算有零星幾個人逃出去，也沒有辦法發動有組織的攻擊了。

為了讓疲憊的士兵休息，赫頓在錫恩城外駐留了一個星期，在這段時間中派出了不少偵察兵去刺探貴族們的狀況。赫頓從這些偵察兵傳回來的情報確定了貴族勢力已經遭到慘重的破壞，原本共和軍需要一個一個消滅敵人，不過貴族聯軍的集結和慘敗，反而讓赫頓省了不少的功夫。從錫恩到札姆因一帶，幾乎所有的大貴族都在戰役中陣亡，只剩下留守在各個城堡中的少部分騎士。

不過在斯拉恩山脈的東方，貴族仍保有很大的戰力。尼姆的莫西亞公爵並未參戰，少數幾個依附他的貴族也依然保有他們的軍隊。除此之外，在尼姆還駐守著東方兵團，他們總數超過五萬人，在過去王國時期是王國政府倚重的精銳部隊，在前線與艾基里歐對抗，他們的戰鬥力跟城市的警備兵不可同日而語。所以，赫頓實在沒有心情像其他人一樣慶祝這一場勝利。

「照這樣算來，貴族們到底還剩下多少軍隊？」他在第二天晚餐的時候有些煩惱地詢問巴爾夫曼。巴爾夫曼立刻回答：「東方兵團加上北方兵團總共十三萬人。再加上北方貴族的騎士團，總數應該有將近十五萬人吧。這還是沒有計入城市警備隊的情況喔。」

「原本的貝魯西亞王國到底有多少士兵啊？二十萬？」

「只算騎士和前線士兵的總數，大概是十八萬左右吧。」

赫頓嘆了一口氣。「也就是說，因為東方兵團和北方兵團都仍然健在，我們掌握的軍隊還不到貴族們的一半呢。」

「不過，這兩個兵團也沒辦法離開國界，所以對我們的影響不大吧。」

赫頓的想法沒有像巴爾夫曼那麼樂觀。他說：「我們不能排除貴族們轉而和艾基里歐王國聯手的可能性。另外，我們也不知道維吉亞共和國和奧頓帝國會不會利用這個時候趁機入侵。」

「那就要看貴族們會不會蠢到跟對方合作了。」聽了赫頓的話後，巴爾夫曼也顯得有些陰沈。

「不過，假如貴族真的跟他們合作，我們該怎麼辦？」

「北方有歐努特河，短期內我們應該可以守住。不過東方就麻煩了，我們現在雖然已經在斯拉恩大道上設防——」

「不過我們還沒控制南邊的札姆因，是吧。」巴爾夫曼幫他說出了下半句話。

「是的，唯有控制從歐努特河到札姆因之間的所有領土，才能在最低限度確保共和國的安全。」

於是，在休息完一星期後，赫頓再次率領軍隊出發了。不過，這次他沒有採取急行軍趕向南方，而是沿途掃蕩貴族的城堡。他們攻破了一座座的城堡，把城堡中的物資收歸己有，然後把俘虜的貴族親屬送回洛爾。等到他們抵達札姆因，已經是一個月以後的事情了。

第九章　不同的道路

奧蕾妮亞在七月十四日的早上離開麥錫亞，非常幸運地躲開了麥錫亞的暴動與混亂。而在接下來前往科薩克的旅程中，她在沿路打聽到了非常多南方的消息，包括麥錫亞分裂成兩派、共和政府的成立、莫涅斯和錫恩加入共和國等。這些消息讓她察覺到了兩件事情，一是北方的貴族已經沒辦法繼續封鎖消息，二是無論貴族們怎麼抵抗，要回復過去貝魯西亞王國的希望大概已經澈底破滅了。

她在旅途中，曾經把自己的想法和另外兩人討論。

「無論現在殘存的貴族怎麼打算，貝魯西亞王國已經結束了。」

「為什麼呢？就算這麼多城市都淪陷了，貴族們的領地都還有騎士團和軍隊吧。」

「不，這些軍隊沒有用。」

梅爾茲發覺自己完全無法跟上奧蕾妮亞的思緒，他有些摸不著頭腦地問：「小姐，能解釋一下嗎？」

「該怎麼解釋比較好呢……我想說的是，整個王國的根基已經被破壞了。就算貴族們能再次取得政權，但是他們的神話已經破滅了，平民們發現自己也是擁有力量的。就算貴族放棄了完全鎮壓革命的想法，繼續守著他們現在擁有的土地，也是不可能持久的。」

「為什麼呢？據我們所知，歐努特河以北都還沒有發生革命，那麼貴族難道不能繼續控制歐努特河以北的這塊土地嗎？」

「不，不可能的，十年二十年或許可以，但是這樣是沒辦法持久的。」奧蕾妮亞立刻否決了梅爾茲的說法。

「小姐，我不瞭解，妳能解釋原因嗎？」梅爾茲再次詢問，他沒有辦法理解奧蕾妮亞的想法。聽他這麼一說，奧蕾妮亞才發覺自己並沒有解釋清楚，她露出略帶歉意的表情，說道：「作為東西方貿易的樞紐，這一塊土地的價值太高了，無論是奧頓帝國、維吉亞共和國還艾基里歐王國都會想要佔領它。過去靠著整個王國的力量，讓其他國家不敢輕易地覬覦，不過在這種混亂之中，他們不會放手讓這個好機會溜走，甚至可能聯手共和國瓜分這塊區域。」

「有沒有可能因為三個國家都想搶，結果讓這塊土地保持中立呢？」

「我覺得不太可能。假如只是一座城市或一座港口，說不定有機會在條約下保持中立。不過，這麼大一片土地，會被三個國家分光的。」

「地太大的困擾，這還是第一次聽說呢。」剛剛沒開過口的希爾娜苦笑著說。「不過，我們現在應該先思考一下到了科薩克可能會遇到的狀況吧。我們在麥錫亞差點碰到暴動，在科薩克會不會遇到同樣的事情呢？」

奧蕾妮亞的神情一瞬間顯得有點陰沈。

「誰知道呢……不過，事到如今，我們到哪裡都一樣危險，而且最近也沒聽到任何科薩克不穩的消息，我覺得我們應該是可以冒險的……」

雖然她嘴上是這麼說，不過另外兩人還是察覺得出來奧蕾妮亞其實也十分擔憂這件事情。在接下來薩克的路途中，奧蕾妮亞顯得十分地不安，他們在科薩克附近村莊多停留了一個晚上，直到確認科薩克城內沒有任何暴亂的消息後，才在在七月十九日下午進到科薩克城。進城後，奧蕾妮亞很驚訝地發現自己的預估錯的離譜，科薩克城內的氣氛幾乎沒有什麼變化，在洛爾和麥錫亞那種凝重、一觸即發的緊張感，在這裡完全感覺不到。

「消息已經傳到了，這裡的居民怎麼這麼平靜呢……」

「這真的是很詭異，麥錫亞一得到消息就引發了暴動，這裡卻感覺像是事情沒發生過一樣。」

不過，他們並沒太多時間思考這件事情，他們很快就把心思移到更重要、更急迫的另一件事情上。

「該怎麼聯絡伯爵夫人呢？」希爾娜通過城門的檢查後問道。「我們能夠直接走去城堡嗎？會不會被守衛趕出來呢？」

這個出乎意料的問題似乎難倒奧蕾妮亞了。她想了想，尷尬地說：「我只來過兩次，守衛們應該不會認得我……」

說著說著，她低頭看了看自己的衣服，嘆了口氣道：「我們現在穿成這樣，就算要求見大概也會被當成乞丐而被趕出來吧。」

他們現在穿的衣物都是在雷因普爾村準備的，平民的樣式與貴族的高級服飾有天壤之別。而且，雖然希爾娜每天都花了不少時間洗衣服，但是在經過旅途中這麼多的意外後，衣服還是變得破破爛爛的。就算她說自己是艾德溫伯爵的女兒，守衛大概也只會覺得她在開玩笑。

「使用魔法給他們看呢？」梅爾茲提出了這個主意。奧蕾妮亞聽了後哭笑不得地回答：「在他們面前使用魔法，大概會被直接抓走吧……」

他們想了很久後，決定還是直接到門口碰碰運氣。而結果正如他們所料，門口的警衛兵看到穿著破爛的他們，很不客氣地叫他們立刻滾蛋。

「看來我們只好先在旅館住幾天了……」

他們很快就找到了旅舍。不過，聽到旅店老闆報出的價錢後，一路上負責管錢的希爾娜不禁露出了驚慌的表情。

「希爾娜，怎麼了？」

她一語不發地付完錢，走回房間後，她把重量一天比一天輕的錢包放在桌上，嘆了口氣。

「我們手頭的錢大概還夠在這裡住上兩個禮拜……這裡的旅館怎麼比麥錫亞貴那麼多啊。」

「能不能住便宜一點的地方呢？」奧蕾妮亞詢問。希爾娜臉色一沉，搖了搖頭：「那種旅館的環境對我們來說太不安全了，先別說梅爾茲，小姐和我進去那種便宜的旅館實在太危險了。我們不如好好地想一下該怎麼去見到公爵吧。」

奧蕾妮亞無奈地搖了搖頭，她很清楚貴族的排場，也知道一個平民不透過關係要求見一個貴族到底有多困難。現在她沒有辦法證明自己的身份，假如按照正常的程序申請晉見，真不知何年何月才見的到公爵。

「我想到一個主意了。」梅爾茲突然說道。

另外兩人吃驚的轉過頭看著他，他猶豫了一下，吞吞吐吐地開口：「不過，這個計畫的風險……感覺有點大呢。小姐敢冒險嗎？」

「你先解釋一下吧。」奧蕾妮亞感興趣地看著他。於是，梅爾茲開始解釋他的計畫。聽完之後，奧蕾妮亞和希爾娜對於他的主意都十分感興趣，在三人的商討下修改了一些細節之後，決定在第二天來嘗試梅爾茲提出來的這個點子。

一般貴族每天都會安排幾個小時來接見各種訪客或是要向貴族陳情的民眾，杜諾門公爵也不例外。不過，要求見公爵的人非常多，排上好幾個月是家常便飯，甚至有些人為此行賄負責安排接見順序的秘書。

今天公爵的秘書也一如往常地負責接待準備求見公爵的人們。一大早就有許多已經預約的人在等候室裡坐著。不過，他立刻注意到房間的角落坐了幾個穿著明顯與這個場合不相稱的人。那兩個少女和一個少年穿的衣服簡直與流浪荒野的人差不多，待在一群衣著正式的人中間顯得格格不入。

「欸，你們幾個——」

他露出不耐煩的表情朝他們走去。少年立刻站起來說：「您好，我們在兩個禮拜前有向您預約今天的會面。」

「什麼？我可不記得我見過你們啊。」

他的視線很快就被坐在旁邊的那個少女吸引了。雖然她的衣著與另外兩人一樣破舊，但是光是靜靜地坐在那裡，秘書就可以感覺到她散發出異於常人的氣質，她的姿態和神情與會客室中的其他人完全不同。

正當他想開口時，少年又叫住他。

「秘書先生，你難道忘了我們之前預約過了嗎？」

由於心思還放在那個女孩身上，他沒注意到眼前這個男孩雖然看似鎮定，其實在微微地發抖著。

「我真的不記得你們有找我預約，我去記錄表確認一下，請告訴我你的姓名。」

正要轉身，他不經意又和那個女孩對上眼。然後，他發現女孩手中拿著不知道什麼時候掏出來的魔杖指著他。

接下來──

「啊啊，我想起來了，你們的確有預約呢。請稍等一下，等到前面那位先生出來就帶你們進去。」

看到他的反應，奧蕾妮亞鬆了一口氣。

每個魔法師在接受訓練時都會優先找出自己擅長的魔法種類，而在諸多的魔法類型中，奧蕾妮亞擅長的是與精神相關的魔法，這一類型的魔法可以干涉其他人的意識與神智，之前暈眩敵人的結界也是屬於這一類型的魔法。而她剛剛用的魔法是「意識控制」，在這種類型的魔法中算是有點複雜的一種，能夠暫時地影響他人的意識。

當梅爾茲提出這個主意的時候，奧蕾妮亞對於自己能否成功使用這個魔法並不是很有信心。「意識控制」需要一段不短的時間進行魔法的詠唱，這個過程中必須全神貫注，在施放時則必須直視對方的眼睛才能發動，所以奧蕾妮亞一開始根本沒想過這個方法。不過，梅爾茲主動表示他可以負責吸引秘書的注意力，讓奧蕾妮亞可以利用這段時間來唸誦咒語，然後抓準機會和秘書對上眼。

一開始，奧蕾妮亞對這個計畫也是有所懷疑的。計畫的關鍵在於梅爾茲得吸引秘書的注意力至少三十秒，讓奧蕾妮亞能夠唸誦完咒語，而奧蕾妮亞覺得這樣做還是太過冒險。不過，梅爾茲保證他一定做得到，而他也真的成功靠著簡單的謊話騙過了秘書，面對他的質疑時也沒有露出馬腳。

「謝謝你。」她偷偷握住梅爾茲微微顫抖的手，小聲地說。「你真的很勇敢呢。」

「真的好險。我……我差點就受不了了。」梅爾茲心有餘悸地說。

「沒關係，你的計畫現在成功了。」奧蕾妮亞微笑著說。

於是，等待二十分鐘後，他們就在秘書的帶領下一同離開等候室，踏入了城堡的會客室。三人都不是第一次進入公爵的城堡，不過在走進大門的時候，梅爾茲和希爾娜還是忍不住倒抽了一口氣。與艾德溫家樸素平實的裝飾不同，這裡的裝飾完全展現出了公爵的威嚴與財力，地毯和擺設都是從遙遠的西方進口的高級貨，牆上掛了許多昂貴的畫作，紅毯的兩邊整齊地擺了一整排的石雕，每座都是名家的傑作。這裡的裝飾與奇斯男爵奢華但不脫庸俗感的宅邸也完全不同，公爵的城堡確實的反映出了主人的品味與地位。

杜諾門公爵就坐在會客室另一端的桌子後。看見秘書帶著這幾個衣衫襤褸的客人進來，他露出了困惑與不悅的表情。不過，在短短一秒之後，他立刻驚訝地站起來，大叫：「奧蕾妮亞！」

然後，他立刻對著一頭霧水的秘書大叫：「取消接下來所有的會面！全部取消！還有，找個人叫艾莎過來！」

秘書忙不迭地點頭，慌張地離開了會客室。然後，公爵繞過了桌子，急匆匆地走到奧蕾妮亞的面前，用力地將她緊緊抱入懷中。

「奧蕾妮亞！聽到洛爾出事的消息，我和艾莎都急得不得了啊！原來妳從那裡逃出來了！」

「是的，我在動亂發生前及時逃出來了。」

「我還以為妳和伯爵都被困在城內呢！我得趕快把這個好消息告訴艾莎才行！」

他牽著奧蕾妮亞的手走出會客室，梅爾茲和希爾娜兩人則跟在後面。在路上，奧蕾妮亞把自己對秘書偷偷使用魔法的事告訴了公爵。

「爺爺，真的十分地抱歉，我對你的秘書施加魔法了。」

「沒關係的，我能明白妳的苦衷，也能明白妳想要趕快見到艾莎的心情。」公爵摸了摸她的頭，溫和地回答。「我很幸運地在會議結束那天就離開洛爾了，沒有被困在城裡。不過妳是怎麼逃出來的呢？」

「在他們要包圍內城的那一天，城門關起之前我們就先逃出來了，只有他們兩個陪著我。」她指著身後的兩人說。

「是嗎？那也很謝謝你們啊。你們也一起進來吧。」

他帶著他們走進了位在城堡二樓的起居室。艾莎已經站在那裡了，一看到奧蕾妮亞走進來，她立刻衝過去，緊緊地抱住奧蕾妮亞。

「天啊……妳沒有事……太好了……」

「可是，不知道……爸爸……還活著嗎……」奧蕾妮亞說著說著也哭了起來。

「關於這一點，我倒是有消息。」公爵插進了兩人的對話。「根據一些潛伏在首都，仍然忠於我們的人傳來的消息，伯爵似乎還活著。」

不單是奧蕾妮亞，艾莎也愣住了，她也還沒從公爵那裡得知這個消息。

「根據消息來源，國王被那群叛軍殺死後，宰相率領著一小部分倖存的貴族和士兵們投降了，據說艾德溫伯爵也在那之中。現在，他們被叛軍監禁著。」

「噢，天啊……」奧蕾妮亞一時覺得全身脫力，她搖搖晃晃地後退了兩步，梅爾茲趕緊從背後扶住她。

「那你們兩個是什麼回事？其他人呢？」艾莎把注意力轉到梅爾茲和希爾娜身上，語氣明顯地冷淡了許多。

「那一天奧蕾——不，小姐讓所有僕人都離開了，想要自己一個人留下來等伯爵大人。不過我們堅持要帶著小姐一起走，所以才和小姐一起來到這邊。」

艾莎表情僵硬地點了點頭，沒有再說什麼。一時之間，氣氛顯得有些尷尬。最後打破這陣沉默的是公爵，他大聲地說：「你們來得正好，五天後會在這裡召開一場會議，奧蕾妮亞就至少留到那時候吧。當然，要繼續待下去也沒問題。」

公爵的話引起了奧蕾妮亞的好奇心，她問道：「是什麼會議呢？」

「臨時召開的貴族會議。北方能聯絡到的貴族幾乎都來了，大概有超過五十人吧。」

「是要準備打仗了嗎？」

公爵點了點頭。「很有可能，許多貴族都會帶著他們的騎士團過來。會希望妳留下來的原因，是因為可能也會要召集艾德溫家的騎士團，妳說不定得代替伯爵出席。」

「一定要讓我代表嗎？這樣的話請媽媽參加更好吧。」

「這些東西我聽不懂啊。」艾莎搖了搖頭。「妳也知道我對這些事情沒興趣，還是妳來參加吧。」

於是，奧蕾妮亞就在公爵城堡裡的客房暫時住了下來。梅爾茲和希爾娜原本被安排去和其他傭人住在一起，不過在奧蕾妮亞的堅持下，公爵把他們的房間安排在奧蕾妮亞的隔壁。

「他們只是傭人，怎麼能讓他們住進城堡？」艾莎一開始強烈地反對這個要求，不過奧蕾妮亞卻難得地十分堅持。

「他們是我的貼身僕人。」

「這樣的話，希爾娜一人就夠了！」

「算了啦。」公爵出來打圓場。「反正房間很多，不礙事的。」

被帶到客房後，奧蕾妮亞先回到分配給自己的房間放好了東西，然後就立刻溜進了隔壁房間。

「小姐，現在在城堡裡，這樣子不要緊嗎？」梅爾茲有些擔憂地詢問，縱使一路上奧蕾妮亞告訴他們不需要介意彼此之間的身分差距，但是剛剛艾莎的態度卻像是一盆冷水一樣澆醒了他。

——就算奧蕾妮亞不介意，不代表旁邊其他人也能夠接受。

「我們待在這邊，媽媽應該是不會來管的。」她小聲地說。「不過，假如在外面的話，只能暫時委屈你們了……」

「沒關係的，我們已經習慣了。」梅爾茲慌忙說道。「比起這個，我還滿想聽小姐說說看對於會議的想法。小姐真的要出席嗎？」

奧蕾妮亞嘆了口氣，她在希爾娜的床上坐下，雙腳懸在旁邊晃來晃去。「我沒有那麼想出席，不過既然母親這麼說，我也只能去參加了吧。」

「為什麼小姐不想出席呢？」

「我覺得這個會議沒有意義啊。」她往旁邊一趴，把頭埋在枕頭裡面，聲音變得十分模糊。「反正貴族們就是要出兵打一仗，開會大概也只是確認這件事情而已，我為什麼要出席呢……」

「出兵的話，有機會戰勝嗎？」

奧蕾妮亞沮喪地搖了搖頭。

「很難吧……」

「為什麼呢？歐努特河以北的貴族集合起來應該還有不少的戰力吧，再加上其他的士兵，沒有機會嗎？」

「單純談論士兵的話，北方有最精銳的北方兵團，但是這還是沒有用。」

「小姐，妳又沒有說原因了。」梅爾茲提醒她。

「對不起，我太急了……北方軍團是為了防備奧頓帝國和維吉亞共和國而存在的。除非能確定他們都不會有所行動，否則我不相信貴族們會急躁地調動他們。扣掉這些士兵後，剩下貴族的私人兵力恐怕不足以和反抗軍一戰。」

沉默了好幾秒後，梅爾茲低聲問道：「假如貴族軍輸了，該怎麼辦？」

「貴族們假如戰敗，共和國應該短時間內也沒辦法追擊，南方還有歐努特河可以當我們的屏障。不過……」

她沒有說出後半句話。

七月二十四號，北方的貴族們在科薩克齊聚一堂，展開了會議。

除了伯爵以上的貴族以外，這場會議還邀請了北方兵團的軍官，還有各大城市警備隊的警備隊長出席，與會總人數超過了六十人。不過，有些貴族並沒有親自出席，而是派了騎士團團長代為列席，也有些貴族已經在洛爾戰死了，由他們的遺孀或是子女出席，所以奧蕾妮亞在他們之中並沒有特別顯眼。

一如奧蕾妮亞所料，這場會議前後只花了三天就做出結論了。雖然有少數人表示想要再觀望一下情況，不過大多數的貴族都激憤不已，認為要立刻出兵討伐反叛軍。

而在贊成出兵的貴族中，還有一些人有著更大的野心。他們在會議進行的這幾天有幾次小規模的私人聚會，達成了要立刻出兵的共識。他們一致認為應該要搶在南方的貴族們出兵之前派出軍隊，向歐努特河以南進軍，確保能夠獨佔消滅叛軍的功勞，這樣更可以順便打壓南方貴族的勢力。原本南方貴族和北方貴族就有著隔閡，南方貴族的權力基礎是領地的農業，而北方貴族則靠著貿易賺了不少錢。他們無論如何也不想見到南方貴族們搶下鎮壓革命的功勞，因為這意味著南方派系的實力增強，甚至可能修改法律、影響到北方貴族的利益。這群人的推波助瀾，是會議能夠那麼快結束的原因之一。

在會議結束後，作為東道主的杜諾門公爵還舉辦了為期好幾天的宴會，不少貴族也留下來參加。奧蕾妮亞不太喜歡參加這種類型的宴會，不過她很快就發現這件事情上她沒有自主的權力。

「身為艾德溫家的女兒，既然妳父親無法出席，妳就不能失禮。」公爵這麼對她說。

雖然她十分地不情願，但她也知道公爵是出於好心，只好勉為其難地出席這場宴會。這五天的宴會對她來說就是持續不斷的疲勞轟炸，作為伯爵家的獨生女，舞會時不少騎士來邀她共舞，也有許多貴族想要與她共進晚餐。她盡可能客氣的婉拒了這些舞會以外的邀約，不過忙碌的行程仍讓她疲憊不堪，好幾次她都差點要在跳舞時打起瞌睡。

到了第五天黃昏，她終於忍不住了。在晚宴結束、舞會進行到一半的時候，她就悄悄地溜出了城堡的宴會廳，來到了空無一人的花園。

「好累啊……」

她在花園一角的石桌旁坐了下來，打了個大大的呵欠，疲倦地趴在桌子上。在悶熱的夏夜裡，冰冰涼涼的石桌十分地舒服，不知不覺間，她慢慢地閉上了眼睛。

「我很不喜歡參加宴會。妳也是嗎？」

她嚇了一跳，睜開眼睛，發現旁邊不知什麼時候坐了一個少年。那個少年距離她兩公尺，和她一樣趴在桌上，一臉無聊地看著前方。

「請問……你是誰呢？」

「我明明有參加那場會議的。」他轉過頭看著奧蕾妮亞，輕輕地笑了兩聲。

「咦，真的嗎……對不起，我記不起來呢。」

奧蕾妮亞仔細地打量眼前這個少年，在城堡透出的光線照耀下，她看見少年有著一頭暗金色的頭髮和端正英俊的五官，他的臉上有著淘氣的笑容，不過這笑容中卻又帶著一股凜然不可侵犯的威嚴。

「好吧，其實我從頭到尾都沒說過一句話，讓人沒印象也是理所當然的。」那個少年露出了自嘲般的笑容。「但是，在這點上面，妳和我是一樣的。」

奧蕾妮亞在會議上也是一句話都沒說過。早在會議開始前，她就已經知道貴族們會做出什麼樣的結論，也知道無論說什麼都無法改變他們的想法，講得太多恐怕還會惹禍上身。但是，她對於有人在會議上注意到她這件事感到十分地驚訝。

「沒說過話的人只有我們兩個啊。就連那些貴族遺孀們也都大聲嚷嚷著要復仇呢。」

——好厲害，這種事情全部都記住了。

——不過他到底是誰？

「讓我來猜猜妳為什麼沒說話吧。妳一定是反對出兵，但是卻不想在會場中被其他人責罵吧？」

「你到底是誰？」奧蕾妮亞稍稍加重了語氣。「很抱歉，我對你真的沒印象。」

那個人沒有理會奧蕾妮亞的質問，他自顧自地說：「這場會議實在太無聊了，我在會議中唯一的樂趣就是觀察每一個人，包括他們說的話，他們的表情，我什麼都沒有漏掉。我對妳的表現很有興趣喔。」

看著奧蕾妮亞充滿警戒的神情，他微微一笑：「其實，早在會議之前，我就聽過妳的名字，也對妳這個人非常有興趣。不要誤會，我指的不是那些年輕騎士對妳的興趣。」

「你聽說過我？」她的警戒心越來越重。

「嗯，幾年前聽妳父親說的。這次會議見到妳，才知道妳真的不同凡響。根據我觀察的結果，妳是會議中少數神智清醒的人之一，當其他人群情激憤的時候妳並沒有跟著那群貴族們過癮一把，妳的表情透露出妳完全不贊同他們討論的事情。」

然後，他自顧自地笑了起來。

「你到底是誰？」奧蕾妮亞完全失去耐心了。「為什麼你那麼瞭解我？」

那個少年坐直了身體，輕輕地閉上眼睛。過了幾秒，他再次張開眼睛，這一瞬間他的臉上已經不存在任何的笑意，四周的溫度彷彿瞬間下降了好幾度，銳利的視線讓奧蕾妮亞有種自己正被刀子抵著的錯覺。

「我對妳的瞭解全部都是從會議上還有剛剛妳的表現推斷出來的，我對於我看人的眼光十分有自信。至於我的身分——我是北方兵團的副司令，我叫做克普洛。」

——等等，北方兵團……克普洛……

奧蕾妮亞花了好幾秒，才把腦中的資訊全部連結在一起。

「我的天啊——你就是王子殿下——」

「『曾經是』王子殿下。」他輕聲訂正了奧蕾妮亞的話。「既然父王已經過世了，我理當接下王位。不過，現在連王國都消失了，那麼國王自然也就不存在了。所以，假如不願意直接稱呼我的名字，那就稱呼我為副司令閣下吧。」

他又露出了笑容，剛剛那種壓迫感立刻消失得無影無蹤。

「既然妳知道我的身分了，那麼不介意和我談一談吧，伯爵小姐？」

克普洛的話完全無法讓她卸除警戒心。

她過去在宴會及各種場合聽過不少人談論著克普洛王子這個人，所聽到的評價十分地兩極。有人說他聰明絕頂、才華洋溢，也有人說他獨斷蠻橫、冷酷無情、陰險狡詐、離經叛道。不過，就算是批評他的人，也不得不承認在十六歲就當上北方兵團副司令的他絕對有與之相應的實力。在這一年的幾場小規模戰鬥中，克普洛的才能讓所有質疑他的人都閉上了嘴。

她還記得父親在某天談到克普洛時，曾經對他做出很特別的評論。

「他是個危險人物……既聰明又叛逆，不按牌理出牌，跟他的父親亨洛爾四世陛下簡直完全相反。」

無論從什麼角度，奧蕾妮亞都不覺得自己能無條件地相信眼前這個人。正因為他太過厲害，才讓奧蕾妮亞感到危險。

但是，她的直覺卻又告訴她應該要答應這個要求。

「我想要帶兩位僕人一同出席。」考慮了好幾秒後，她提出了這個條件。克普洛滿不在乎地回答：「假如妳信得過，那也無妨。」

她無言地點了點頭。

「那麼，半個小時後我們就約在花園的後門見面吧。」他說。

離開花園後，奧蕾妮亞立刻回到自己的房間。她換下晚會穿著的高級禮服，從衣櫃裡拿出路上買的平民衣服換上，然後把及腰的頭髮束成一個簡單的馬尾。這下，她看起來一點都不像貴族家的千金，而像是一個打扮別緻的平民女孩。接著，她走到希爾娜和梅爾茲的房間外敲了敲門。
「小姐，怎麼了？」梅爾茲走出來問道。
「希爾娜呢？」
「她睡著了。我要叫醒她嗎？」
奧蕾妮亞考慮了一下。「算了，你跟我走就好。」
「這麼晚了，小姐要去哪裡呢？」
「等等再告訴你，我們先走吧」
她拉著一頭霧水的梅爾茲悄悄地走出了城堡，由於她換了衣服，城堡中的人把他們當成了年幼的僕役而沒特別注意他們兩個，他們十分順利地來到了花園。奧蕾妮亞帶著梅爾茲走到了樹影下，注視著花園的門口。
過了一會兒，一個衛士進花園，他們兩人立刻退到了樹叢裡。那個衛士走到這裡後，朝四周張望一下。
「我剛剛看到你們了，走出來吧。」他面對著一個完全錯誤的方向開口。聽到他的聲音，奧蕾妮亞才走出了樹叢。
「喬裝得真好，王子殿下。」
「王子」這兩字讓梅爾茲大吃一驚，剛剛奧蕾妮亞完全沒有提到碰面的對象是誰。
「你們來得真早。」完全看錯方向的克普洛摘下了頭盔，露出了無奈的笑容。然後，他壓低音量說：「記得請不要稱呼我王子，不小心暴露身分就不好了。」

花園的後門站了兩個警衛兵，正用著有些懷疑的眼光打量著竊竊私語的他們。奧蕾妮亞用眼角餘光注意到他們的視線後，悄悄地從懷中掏出了魔杖，在念了一小段咒語後，突然把魔杖指向他們。綠色的光芒一閃即逝，那兩個警衛晃了一下，目光渙散地靠在了牆上。

「我們出去吧。」

「真是厲害的魔法。」克普洛輕輕地拍了兩下手。「那麼，接下來換我了。」

他掏出魔杖，對著鎖頭點了一下後，鎖立刻融化，掉在地上。

「我們走吧。」

克普洛帶他們來到科薩克城內數一數二高級的一家旅館。門口的警衛看到他們的穿著立刻把他們攔下來，不過在克普洛掏出了幾枚金幣以後，他們的表情瞬間變了，露出了諂媚的笑容，帶著他們到了二樓的一間房間。

「不要在意時間，假如太晚的話，我會出錢讓妳們住下來的。」

「無論如何，我都要回到城堡，所以請長話短說。」奧蕾妮亞的語氣出乎意料地冰冷強硬，這再次讓梅爾茲訝異萬分。克普洛聳了聳肩，看了一眼牆上的掛鐘，無奈地說：「好吧。現在是七點，我相信我們九點以前可以談完。」

「你都還沒告訴我你打算談什麼。」奧蕾妮亞依然維持十分強硬的態度，梅爾茲終於明白她的打算了。

——她不想在一開始就完全信任克普洛，所以擺出比較強勢的態度，想要掌握主導權吧。

——沒想到小姐也有這麼一面呢。

「我想要和妳談談對於現在局勢的看法。無論是共和國、貴族聯軍、這次的會議、還有即將要爆發的戰爭。」

「這範圍太大了，想說什麼你先說吧。」

看到奧蕾妮亞如此地帶有敵意，克普洛無奈地說：「好吧，那麼我就先說我的想法。」

他深深吸了口氣後，表情漸轉嚴肅。再次開口時，聲音變得十分低沈。

「無論就各種層面而言，貝魯西亞王國都已經結束了。就算接下來貴族戰勝了共和國，也不會恢復王國的。」

奧蕾妮亞沒有露出絲毫訝異的表情。她立刻問道：「那麼，你覺得重建的會是什麼？」

「貴族聯邦之類的吧，反正絕對不會是過去的貝魯西亞王國。」克普洛露出了泰然的笑容。面對他的笑容，奧蕾妮亞毫不客氣地用略帶諷刺的語氣說：「閣下說的確很有道理。任何神智正常的貴族，都不會想擁立你這種又討人厭又厲害的傢伙繼任王位。」

梅爾茲完全想不到奧蕾妮亞竟然會如此露骨地諷刺別人，眼前這個神情堅毅、說話毫不留情的少女，和他認識的奧蕾妮亞簡直不像是同一個人。不過，克普洛似乎對於奧蕾妮亞的諷刺大為讚嘆，他興奮得和看到禮物的小孩一樣，開心地說：「艾德溫小姐，我果然沒看錯妳，第一次有人敢當我的面說得這麼直接啊！」

「我覺得我是在稱讚你喔。」奧蕾妮亞面無表情地說。「不過，我大概可以理解你為什麼不在會議上發言了。」

「那我就感激地接受妳的稱讚啦。」克普洛露出了戲謔的笑容。「當然，對那些貴族說越多話對我來說越危險，他們根本不值得信任。假如取得勝利，貴族們就會翻臉不認人，想盡辦法架空我；假如戰敗了，我的頭顱顯然是求和最好的籌碼。」

「那麼，你覺得哪一個結局會發生？這次的戰爭會是貴族軍勝利還是革命軍勝利？」

「關於這件事，我想聽妳的想法。」

看了克普洛認真的眼神，奧蕾妮亞明白他不是抱持著開玩笑的態度問這個問題。猶豫了幾秒後，她說：「單就下一次的戰爭的話，我覺得貴族軍會取得勝利。」

「喔？妳是為什麼做出這個判斷的呢？」

「假如我的理解沒有錯的話，現在的革命軍除了一部分投誠的警備兵，剩下的都是志願從軍的人民。貴族假如能說服北方軍團派出一部分士兵，再派出自己的騎士團，應該可以靠著士兵素質的差距戰勝吧。」

「妳剛剛討論的是單指下一次戰爭的狀況。那麼，對於後面的發展，妳有什麼見解？」

「貴族派就算戰勝，大概也沒有餘力進攻歐努特河的南岸。所以就算贏了戰爭，也沒辦法擊垮革命軍。接下來，考慮到人民的想法、生產力問題、以及北方兩國的情勢……我認為這塊土地並不太安定。」

聽完奧蕾妮亞的話後，克普洛再次露出了笑容，不過這次的笑容卻顯得有些詭異。

「艾德溫小姐果然名不虛傳，不過，對於這一場戰爭的結果，我的看法跟你不太一樣。」

他故意沉默了一下，帶著狡黠的笑容看著奧蕾妮亞，直到她再也無法掩飾自己的好奇後，克普洛才開口：「來跟妳分享一下最新的情報：南方的貴族們動作比我們更快，早在七月二十五號就對革命軍宣戰了。」

「真的假的！」她再也無法掩飾自己震驚的表情。克普洛點了點頭，繼續說：「他們七月二十四號在亞爾丁堡召開會議，七月二十五號完成集結，然後進攻已經投靠共和國的錫恩城。妳要不要猜一下結果如何？」

「請不要繼續吊我的胃口了。」

「那我就繼續說吧。戰鬥在今天結束了，以貴族軍的慘敗告終。他們出動了超過七千人，當中包含了超過四千名的騎士，而革命軍則是五萬人，當中幾乎沒有魔法師，大多都如同妳所說的，是志願從軍的菜鳥。結果，貴族軍幾乎全軍覆沒。」

這個結果讓奧蕾妮亞完全傻眼了。

「也……也太離譜了吧。」

「的確很離譜，但結果就是全軍覆沒。順帶一提，聽說共和軍只損失了幾千人。」

「你是怎麼得到這些情報的？」她懷疑地看著克普洛。他聳了聳肩說：「北方兵團還是有自己的情報管道的。目前其他貴族應該都還不知道這件事情，不過兩三天後消息大概就會傳開了吧。」

「這實在太讓人不敢相信了，革命軍竟然能擊敗貴族的騎士……不過，應該會有一些目光短淺的北方貴族對此感到高興吧。」

「我也這麼認為。他們不會因此重新評估革命軍的實力，只會因為少了一些競爭對手而感到高興。」

頓了一會，他又說：「根據消息，革命軍的將軍似乎十分狡詐，他在過程中全力避免了部隊的正面衝突，讓貴族聯軍一步步走入了陷阱。」

「能夠付出這麼少的代價就擊敗貴族，我相信這個將軍應該很厲害。」奧蕾妮亞對克普洛的說法表示贊同。於是，克普洛繼續說：「所以，我認為革命軍和他們成立的共和國是個不能掉以輕心的敵人。即使貴族出動了北方兵團，依然得十分謹慎規劃才行。當然，這些全是建立在真的要和共和國交戰的情況下。」

聽到克普洛這麼說，奧蕾妮亞立刻察覺到談話終於要進入重點了。她立刻追問：「有什麼選擇可以不要跟共和國交戰？」

「跟共和國和談。」克普洛毫不猶豫地說。

他說得實在太過乾脆，讓奧蕾妮亞一時啞口無言，過了幾秒後才搖了搖頭，露出了傻眼的表情說：「雖然在你來找我的時候我就隱約有這種想法，但……我真沒想到會從你的嘴裡聽到這種話，王子殿下……」

「實際上，我曾從西格利爾瓦公爵那裡聽過妳對於加稅的意見，所以我推測妳可能會和我有相同的想法。」克普洛平靜地看著她。「而在妳答應我的邀約後，我確信我的判斷沒有錯，所以我選擇相信妳，自然不會對妳有所隱瞞。好啦，艾德溫小姐，妳怎麼想？」

奧蕾妮亞一面努力地隱瞞自己震驚的表情，一面謹慎地考慮了自己的用字。沉默了好一會兒，她才做出了回應。

「我認為共和政體會比由貴族主導的政府還要好，假如現在的共和國是真正的共和政體的話。」

「那麼，我們顯然已經達成了共識。妳願意在這件事情上協助我嗎？」

雖然奧蕾妮亞已經多少猜到了克普洛特地提出會面的要求多半就是為了爭取她的協助，但是當克普洛真的提出合作的要求時，她仍然覺得整件事實在十分地不可思議。

「你希望我協助你……那麼，你的目標是什麼？」

「在可預見的未來，貝魯西亞必定會陷入分裂與混亂，而我的目標就是終結這場混亂，讓貝魯西亞回復統一。為此，我要先成為北方這片土地的領導人。」

「貴族們也希望讓國家恢復統一，讓你統治歐努特河以北與讓貴族領導有什麼不同？」她尖銳地追問。

「第一，我自認我比現在的貴族們有能力。第二，貴族們打死都不可能去和共和國溝通，但我卻認為讓貝魯西亞成為共和國是個可以接受的選擇。」克普洛明快地回答。

奧蕾妮亞飛快地思考克普洛的提案。

——跟固執保守的貴族們比起來，克普洛的說法更加地開明。他是個有能力的人是毋庸置疑的，而在力量上面，手握軍隊的克普洛也更加有力。

——不過，他現在說的是實話嗎？他比貴族更難以預測……

「所謂的協助，具體來說是希望我做些什麼事？」

「不是什麼過於困難或是高風險的事情。既然我們的立場相近，我希望妳能夠成為我諮詢的對象，並且希望妳能夠提供我妳所知道的貴族的動態。畢竟，妳的外公是杜諾門公爵，妳應該可以多得到一些消息。」

奧蕾妮亞明白克普洛提出的要求並不是什麼困難的事情。不過，她仍沒能做出決定。在她內心的深處，她仍沒辦法如此輕易地相信克普洛。

——最大的問題仍在於我無法確認克普洛的真實想法。假如他說的是謊話，假如他掌權後排除貴族，讓歐努特河北邊成為他的獨裁王國，那麼……或許他有本事在短時間內維持統治，但只會讓這片土地陷入無謂的戰亂。

——而就算他說的都是事實，我還是不能因此掉以輕心。讓我參與他的計畫等於讓我掌握了他的把柄，難保他在過程中不會為了保護自己而犧牲我。

無數的思緒在她腦內飛快流轉，她知道這個回答非關小可，甚至可能決定自己的命運。

——我非得找出方法保護自己不可，但是我沒有能力反制他……我沒有人脈，也沒有能力進行陰謀。

——我沒其他的選擇，只有這種方法可以確保他遵守承諾、確保我自己的安全……

克普洛並沒有催促她趕快回答，他露出了興味盎然的表情打量著正在思考的奧蕾妮亞。這陣沉默持續了好幾分鐘，室內安靜得可以聽清楚呼吸的聲音。最後，奧蕾妮亞放鬆了緊抿的嘴唇，不過她口中吐出的答覆，卻是克普洛完全沒料到的。

「你有沒有聽過『靈魂鎖鍊』這個魔法？」

克普洛回答得很快，不過他的聲音和表情沒能完全掩飾他的訝異。

「記得是『心靈操縱』類型的魔法中十分困難的一個，可以直接對一個人的思想和行為設下束縛？」

「大致上就是如此。」

「妳會這個魔法？」

「不完全。」她搖了搖頭。「在記錄裡面，這個魔法真正的力量可以強制別人遵守施法者設下的限制，但是發動的過程極其複雜，而且能使用的大魔法師都早已不在世上。我自然不可能做到這種程度，我只能在對方同意的情況下發動這個魔法。」

「就算是這樣，我還是第一次碰到能使用這個魔法的人。艾德溫小姐，你真的很強大呢。」

聽到他的稱讚，奧蕾妮亞的臉上浮現了淡淡的紅暈。不過，再次開口時，她的聲音依然嚴厲無比。

「我打算要用這個魔法，確定你會遵守我和你之間的約定。我有三個條件，假如你願意照著我說的發誓，我就同意和你合作。當然，只要你有任何一個條件不同意，這次的魔法就自動視為無效。」

「原來艾德溫小姐這麼不信任我，我真是難過啊。」克普洛露出了有些受傷的表情，在梅爾茲眼裡看來，他的表情顯得有些誇張。與他相反，奧蕾妮亞則仍是扳著一張臉：「很抱歉，我必須如此。我可不想被人利用，更不想看到這塊土地上出現獨裁王國，那就比過去的貝魯西亞王國更糟糕了。」

「我能理解妳的擔憂。那麼，讓我聽聽妳想要我做出什麼承諾吧。」

奧蕾妮亞抽出了魔杖，開始詠唱咒語。伴隨著她的詠唱，魔杖尖端不停地飄出閃耀著綠色光芒的火粉，漸漸地形成了一個包著兩人的圓圈。

「順便問一下，違反了誓約會發生什麼事？」

「會死。」她簡短地回答。「你會被你自己的魔力殺死。」

「真是嚴苛的魔法啊。那麼，讓我聽聽妳的要求吧，艾德溫小姐。」

奧蕾妮亞舉起了魔杖，將魔杖指向克普洛的眉心，杖尖發出了強烈的光芒，逼得梅爾茲得瞇起眼睛。

「克普洛・雷歐，你願不願意發誓，永遠不會建立任何形式的獨裁政權，或是進行獨裁統治？」

「我願意發誓。」

魔杖的尖端噴出了一堆綠色的火粉，灑落在克普洛的身上。然後，奧蕾妮亞立刻接著說了第二個條件。

「你願不願意發誓，永遠將居住於貝魯西亞這塊土地上的人民的利益作為第一優先考量？」

「我願意發誓。」

魔杖再次噴出大量的火粉。過了幾秒，奧蕾妮亞緩緩地說出了最後一個條件。

「你願不願意發誓，永遠不會用任何形式背叛或傷害奧蕾妮亞・艾德溫，以及奧蕾妮亞・艾德溫的朋友與家人？」

聽到這問題，克普洛一瞬間似乎忍不住要笑了出來。不過，他還是憋著笑意，複述了一次。

「我發誓，在合作時，我永遠不會用任何形式背叛或傷害奧蕾妮亞・艾德溫，以及奧蕾妮亞・艾德溫身邊的人。」

「在最後，我要再提醒一次，一旦你破壞誓言，你魔力就會殺死你自己。你願意對著自己的性命發誓嗎？」

「我願意。」

一瞬間，魔杖尖端噴出的火粉集中在一起，在空中形成了一條環繞克普洛的繩索，緊緊地纏在他身上，然後又無聲無息地溶進了他的身體中。

克普洛終於憋不住了，他放聲大笑，笑到差點從椅子上摔下來。梅爾茲和奧蕾妮亞都楞在一旁，這是他們第一次看見克普洛完全放下戒心、開懷大笑。

「太——太好笑了，妳竟然覺得我會傷害妳——」他笑得上氣不接下氣。

「這只是以防萬一。」奧蕾妮亞尷尬地說。「接下來，我們可以繼續討論下去了。」

「不用，今天先這樣就夠了。」克普洛仍不停地笑著。「我真的不知道伯爵小姐妳竟然對我這麼害怕啊，我的名聲真的有那麼糟糕嗎？」

「這麼重大的事情，想幫自己找個保險才是自然的吧。我還覺得閣下完全不擔心我洩漏這次的密談，才是真的奇怪呢。」

「妳講出去，有誰會相信呢？」克普洛繼續哈哈大笑。「以妳的立場來說，妳這樣說只會害到妳自己。」

他好不容易止住笑聲，用著輕鬆戲謔的語氣繼續說：「另外，妳可以回想看看我剛剛在第三個條件加了幾個字。」

「你說什——啊！」

奧蕾妮亞一瞬間漲紅了臉，她仔細一想，才發現剛剛克普洛複述她提出的條件時，的確加進了好幾個字。

「當我們在合作的時候，我絕對不會，也沒有辦法背叛妳。不過，假如妳背叛了我，那麼妳就主動解除了合作，第三條誓約就無效了，是吧？」

——我竟然沒注意到這一件事……

奧蕾妮亞不由得抿緊了嘴唇，她雖然明白這個漏洞並不會傷害到自己，卻還是為自己的粗心感到懊悔。看到她又氣餒又懊惱的表情，克普洛斂起了笑容，認真地說：「艾德溫小姐，我希望妳能相信我。從剛剛的會面，我已經確信妳是非常優秀、值得信賴的合作對象，所以，我絕對不會背叛妳。」

他站起來，戴上了衛士的頭盔，笑著說：「今天就先這樣，我要離開了。這間房間的錢我已經付清了，假如妳覺得太晚，要和他留在這邊休息也無妨喔。」

奧蕾妮亞起身，輕輕地向他鞠躬，克普洛回禮後便轉身走出了房間。然後，就在門關上那一刻，奧蕾妮亞搖搖晃晃地往後倒下。

「小姐！」梅爾茲驚慌地大叫，在她摔到地上前一刻撐住了她的身體。奧蕾妮亞的臉色慘白，衣服已經被汗水浸濕。透過兩人緊緊貼著的身體，梅爾茲更感覺到她正在微微地顫抖著，柔嫩的肌膚則顯得異常冰冷。
「我……沒力氣了……」她無力地靠在梅爾茲身上，虛弱地說。
「怎麼會這樣！難道妳生病了嗎？」
「不，不是……只是剛剛很緊張……」她輕輕地雙手環抱住梅爾茲，這個動作讓他大吃一驚。
「扶我到床上吧……」
梅爾茲小心翼翼地扶著她，奧蕾妮亞幾乎一碰到床邊就倒在床上。梅爾茲幫她蓋上棉被後，立刻到樓下拿了杯溫水和一條毛巾上來。他先讓奧蕾妮亞喝下那杯水，然後用泡了冷水的毛巾幫她擦拭滿是汗水的額頭和脖頸。
「啊……好舒服……」
「小姐，真的不需要幫妳請醫生嗎？」梅爾茲焦慮地看著她，她輕輕地搖了搖頭，勉強擠出了一個虛弱的笑容：「不用。我剛剛只是……只是太緊繃、太累了。」
她用雙手握住了梅爾茲的手，放在自己的胸口。這個動作實在太過出乎意料，再加上手掌傳來那柔軟有彈性的觸感，讓梅爾茲大腦頓時一片空白。
「小……小姐……」
「其實，我剛剛真的很緊張。」奧蕾妮亞自顧自地說，似乎沒發現梅爾茲正因為她突如其來的舉動而楞在那邊。
「剛剛……我幾乎是硬撐的，我必須表現得很強硬，但是克普洛簡直像是能看穿一切的樣子……要在他前面虛張聲勢，實在太難了……」

一口氣說了這麼多話彷彿耗盡了奧蕾妮亞所有的力氣，她輕輕閉上眼睛，不過緊緊握著梅爾茲的手並未放開。

「今天有你陪著我，我才能撐下去……謝謝你呢。」

「需——需要幫妳準備晚餐嗎，小姐？」梅爾茲結結巴巴地問。

「不用，我在宴會上已經吃飽了。我想……先睡一下。」

「那麼，我先離開了。」

沒想到，奧蕾妮亞仍緊緊抓他的手不放。她再次張開眼睛，小聲地說：「梅爾茲……請你陪著我，不要離開……」

梅爾茲張大嘴巴，要說話時卻是舌頭打結，吐出了連自己都搞不清意思的話語。

「再——再怎麼說我都是僕人，小姐這——這樣看得起我我真的很高興，但——但是這樣真的沒有問——問題嗎？」

「今天……只要今天就行，請你……陪在我旁邊，握住我的手……」

看到奧蕾妮亞那麼堅持，梅爾茲只好順著她的意思行動。他拉張椅子在奧蕾妮亞的床邊坐下，而奧蕾妮亞則繼續握住他的手。這樣的接觸讓梅爾茲覺得自己的心臟狂跳，雖然在旅程中奧蕾妮亞和他與希爾娜的關係早已比一般主僕、甚至比普通的朋友更密切，但是這卻是第一次他和奧蕾妮亞以這麼近的距離獨處。他聽得到奧蕾妮亞的呼吸聲，感覺得到她吐出溫熱的空氣，甚至可以感受到她的脈搏。

「晚安。」她小聲地對梅爾茲說。過了沒多久，她的呼吸聲漸漸變小，微微隆起的胸部穩定地起伏著。梅爾茲知道她已經睡著了。不過，他並沒有鬆開自己的手，而是坐在床邊，靜靜地凝視著主人美麗而白皙的臉龐。剛剛慘白的雙頰現在已經恢復了一些血色，帶著一絲稚氣的睡臉，和剛剛面對王子時強悍的神情簡直判若兩人。

——明明是高度機密的話題，小姐還是帶我來參加……

——原來，她真的這麼信任我，我對她來說是這麼親近的存在嗎……

看著她安詳寧靜的睡臉，梅爾茲不由得覺得胸口一陣悸動。他悄悄吹熄了桌上的蠟燭，不過室內並沒有陷入黑暗，在床的另一側，月光透過窗子灑落在兩人身上。梅爾茲在品嚐著胸口的這個感受，一面對著窗外皎潔的月光，在心中暗暗許下了自己的誓言。

——她這麼信任我，但是現在的我卻什麼都做不到。

——我只能盡我所能地保護她，回報這份信任。

——不過，總有一天，我要成為一個值得她信任的人！

第二天早上，梅爾茲在明亮的陽光中醒過來，他發現自己不知不覺趴在床邊睡著了，而奧蕾妮亞則側身面對著他蜷縮在棉被裡，雙手仍緊緊地握著梅爾茲的手。梅爾茲一動也不敢動地坐在那邊，生怕自己的動作驚動了她。

不過，過了沒多久一陣小聲而急促的敲門聲傳來，他不得不鬆開奧蕾妮亞的手，仍在睡夢中的奧蕾妮亞發出了一聲小小的呻吟，不過並沒有醒來。梅爾茲走到門邊，小聲地問：「是誰？」

「我是克普洛。」

雖然梅爾茲確認了聲音沒錯，不過他不敢輕易地打開了門。他隔著門說：「殿下，小姐還沒起床，有什麼事情？」

「不用稱呼我殿下……不過現在先別提這個，你趕快把艾德溫小姐叫醒吧。」

「發生什麼急事了嗎？殿……先生？」

「公爵正在找你的主人，她昨天沒回去，公爵想必很緊張吧。很快整座城市的旅舍和酒館都會接到消息，你們動作得快點。」

於是，克普洛一離開，梅爾茲立刻到樓下裝了一些溫水，走回房間後輕輕地搖醒了奧蕾妮亞。

「早……早安……」她迷糊地說。

「小姐，趕快起床吧。」他十分緊張地看著她。「公爵正在找妳。」

「找我？」她迷迷糊糊的回望著梅爾茲，似乎還無法理解梅爾茲在說什麼。梅爾茲趕快裝了一杯水給奧蕾妮亞，又遞了條毛巾遞給她擦臉。她擦完臉後看起來清醒了一些，梅爾茲才又把剛剛說過的話重複了一次。

「糟糕，這下麻煩大了……我們現在趕快回去吧。」

他們離開旅館以後立刻往城堡走去，城堡的衛兵一看到他們立刻把他們帶到了公爵的大廳。公爵這時正在大廳中和警備隊長說話，他一看到奧蕾妮亞和梅爾茲，立刻暴跳如雷地大叫：「把他抓起來！」

在他們還沒反應過來時，旁邊的衛士立刻上前把梅爾茲按倒在地上。然後，公爵大步走向希爾娜，抓住了她的肩膀。

「爺爺，等等，這是——」

「奧蕾妮亞，妳沒事吧？」公爵用力地搖晃她，讓她連話都說不出來。「他把妳騙去哪裡了？」

「不——不是這樣啦，是我——我帶他出去的。」

這是兩人在路上就已經商量好的說法，但是他們都沒料到公爵會直接命令衛兵把梅爾茲抓起來。

「帶出去？什麼意思？」公爵尖銳地質問。「不是這個小鬼把你帶出去的？」

「我想到科薩克的街上逛逛，就帶著梅爾茲偷偷溜出城堡，花園的守衛也是我騙過去的，所以……請不要處罰他，他沒有任何錯。」

聽到這邊，公爵示意衛士們鬆開手，先離開大廳。梅爾茲想要站起來，公爵卻立刻大吼：「誰准你站起來？」

他嚇得立刻趴下去，而公爵則繼續追問：「那麼，晚上發生了什麼事？為什麼沒有回來城堡？」

「我覺得頭很暈，所以拜託梅爾茲扶我去附近旅館休息。然後我很快就睡著了，所以……昨天就沒回來了。」

「這小鬼沒有對妳怎麼樣吧？」

「沒有，爺爺，什麼事都沒發生。」

「好吧，帶他出去。」

看到公爵的怒氣平息下來了，奧蕾妮亞總算鬆了一口氣。不過，她並沒有立刻離開，在與克普洛談話過後，她覺得自己不該繼續留在科薩克浪費時間。

「下次要到街上散步記得要帶騎士，只靠一個僕人上街實在太危險了。好了，妳也該回去休息了。」

「爺爺，我還有一件事想說。」

「什麼事？」

「我打算回去艾德溫堡了。」

杜諾門公爵露出微微驚訝的表情看著她：「為什麼要急著回去呢？在確定妳父親的狀況以前，何不先留在這裡？」

「我們離開領地已經一個多月了，有些事情得要回去處理一下才行。而且，要進行戰爭的話，也得先回去召集騎士們。」

公爵點了點頭。「好吧，那麼，需要我派人送妳回去嗎？」

「不用了，爺爺。我們只需要馬車就好了。」

「路上要小心啊。」公爵擔憂地說。「最近這邊狀況也不是很安穩，真的不用派一些騎士護送你們嗎？」

「我們會很小心的，而且我能用魔法保護我自己，沒問題的。」她還是婉拒了公爵的提議了。公爵看起來似乎並不是十分放心，不過他也沒有繼續堅持下去：「你們需要什麼都可以跟我講，我會叫管家幫妳們準備好的。」

第十章　劫匪與綁匪

經過一天的準備後，奧蕾妮亞、梅爾茲和希爾娜在八月二號一大早啟程離開了科薩克。公爵給了他們一部馬車，還有所有旅途上可能用到的東西，雖然他直到最後一刻都還是想要派出幾個衛兵保護他們，但是奧蕾妮亞卻堅定地婉拒了公爵的協助。

「小姐，為什麼妳不接受公爵的護衛呢？」梅爾茲在離開科薩克後立刻問道。他在城內並沒有問奧蕾妮亞，但是對她的這個決定一直有點忐忑不安。

「帶著護衛等於是告訴別人我們是值得搶劫的對象。雖然可以嚇跑那些零零星星的壞人，但是假如遇到大規模的搶匪，那麼我們反而危險了。」

她頓了一下，有些難為情地說：「而且……讓衛兵陪在一旁，我會覺得很不自在呢。」

「怎麼說呢？」

「我就不能這樣和你們聊天啦。」她微笑著說。「像這樣三個人一起旅行自在多了。我想，這段旅程應該會比從洛邇來的時候舒服不少。」

「對啊，這次不需要準備什麼東西，公爵都替我們準備好了。」希爾娜拍了拍她身邊的大箱子。拜公爵之賜，這次她在路上不用一直想辦法張羅各種物資，她的心情也輕鬆不少。

「這麼說來，最方便的事情就是有這部馬車了，我還是好不習慣騎馬啊。」梅爾茲也輕鬆地說，雖然他坐在前座駕駛著馬車，但這畢竟還是比騎馬輕鬆許多。

「離開城堡真的好自在啊。」奧蕾妮亞突然往希爾娜身上一靠，舒服地伸了個懶腰。「在公爵的城堡裡面實在太麻煩了。」

「在城堡，小姐可不能這樣跟我靠在一起呢。」希爾娜邊說邊玩著奧蕾妮亞的頭髮。在日光的照耀下，奧蕾妮亞亮金色的頭髮閃閃發光，顯得十分地美麗。

「小姐，妳想不想換個髮型呢？」

不等奧蕾妮亞回答，希爾娜就開始整理起她的頭髮。她快速地把她的頭髮編成了兩個麻花辮，興高采烈地對梅爾茲說：「來看一下小姐的新髮型吧！」

「不行啊，駕駛怎麼能回頭呢？」梅爾茲笑著回答。「沒辦法能看到真是可惜呢。」

聽到這句話，奧蕾妮亞突然在搖搖晃晃的馬車上站起來，趴在了前座的椅背上，將半個身子伸到椅背前面，湊在梅爾茲身邊說：「這樣你就看的到了喔。」

「欸，乾脆我們兩個也到前座吧。」希爾娜提議。

「咦？等等，坐不下吧！」

「沒關係，試試看啦。」奧蕾妮亞竟然也跟著這麼說，梅爾茲只好在路邊停下馬車，她們兩個立刻跳了上前座。

「明明就坐得下，我們都很苗條的。」坐在中間的奧蕾妮亞顯得十分開心，在馬車上搖晃著她的雙腿。一旁的希爾娜微笑著問：「是我的錯覺嗎？小姐今天心情好像很好啊。」

「對，這應該算是我第一次和家人以外的人出來旅行吧。」
「從洛爾到這裡的行程都不算旅行嗎？」
「那個只能算是逃難吧。」
她這麼一說，另外兩人都笑了出來。「這麼說也有道理。」
「對了，拜託妳們坐過去一點吧。」
擠了三個人的前座十分擁擠，現在奧蕾妮亞整個人貼在他身上，溫熱的體溫和飄過來的香氣讓梅爾茲幾乎完全無法專心。為了掩飾自己的尷尬，梅爾茲說：「你們貼著我，我會沒辦法駕駛啦。」
「那麼，韁繩給我吧。」
「咦？」他吃驚地看著奧蕾妮亞。
「沒關係啦。」她一把搶過韁繩。「讓我來駕駛。」
於是，這趟極為特別的旅程就以這種形式開始了。奧蕾妮亞顯得異常地亢奮，梅爾茲和希爾娜不想壞了她的興致，就陪著她在車上談天說地。
「對了，不用再稱呼我『小姐』了喔。以後只要沒有其他人就不用這樣稱呼我了。」
「還是覺得不太習慣呢。」梅爾茲有些不好意思地說。
「不用這麼拘謹啦。希爾娜也是一樣喔。」她一邊拉著韁繩一邊說，馬車在一望無際的草原前進，路上的旅客並不多，她不太需要費心注意駕駛，可以輕鬆地跟他們聊天。
「對了，小姐——妳還沒跟希爾娜說那天晚上的事情。」

聽到梅爾茲的提醒，奧蕾妮亞才想起來自己忘了這件事情。昨天一整天他們都忙著進行旅行的準備，一直沒有空討論前天晚上的事情。

「對欸，那我就先把那天談話的內容告訴妳囉。」

於是，奧蕾妮亞把那天在飯店的談話都告訴希爾娜，除此之外，她也把當天傍晚和克普洛在花園碰面的情況也說了，這部分就連梅爾茲也都還不知道。

「王子殿下竟然會來找妳，真的是讓人吃驚。」

「真的，那天聽到妳說要去找王子，我也嚇了一大跳。」梅爾茲也這麼附和。「真的沒想到王子會這樣找上來，妳覺得王子是個怎麼樣的人呢？」

「我覺得很難用三言兩語評論他。」奧蕾妮亞遲疑了一下後緩緩地回答。「他……我真的猜不透他在想什麼，我的感覺是他一直在我的面前演戲，很高明地掩飾他自己的想法。」

「妳的意思是那天他一直在欺騙妳嗎？」梅爾茲不敢置信地說。奧蕾妮亞發現自己的說法讓梅爾茲誤解了，慌忙搖了搖頭：「不，我不是指他說謊，我覺得他說的話是實話。但是除了他說的話以外，他有很多東西沒有告訴我們，譬如說殿下並沒有告訴我他為什麼會有這樣的想法，而且他的表情、態度，也很有可能是在誤導我。」

頓了一下後，她繼續說：「假如討論能力的話，我覺得他的政治敏感度和判斷力都很厲害，至少他看得清楚現在貴族們打的算盤。而雖然他是因為王子的身分而擔任兵團副司令的這個職位，但是從其他人的說法聽起來，他在這方面也頗有才能。其他方面的話……我就不知道了。假如我要和他合作，我得瞭解更多才行。」

聽完奧蕾妮亞的說明後，希爾娜立刻提出了她的疑問。

「這樣聽起來，王子殿下至少是個很有能力的人吧，可是為什麼妳剛剛說貴族們都很討厭他呢？」

「許久我之前聽爸爸說過相關的狀況……基本上，貴族們討厭王子的理由有兩個。」

「其中一個是妳那天對他說的，太厲害會惹人厭是嗎？」

「沒錯。這是理由之一，他太精明，貴族們不喜歡他。另外一個理由，就是在貴族眼中他是個異端。他的思想太過特別，很厭惡那些『優秀又古老』的貴族傳統。」

「原來是兩邊互相討厭喔？」梅爾茲忍不住笑了出來。

不過，希爾娜還不明白奧蕾妮亞的意思，她問：「我還是不懂為什麼太厲害會被討厭。」

「唔，讓我想一下該怎麼講比較好。」

思考了一下後，她緩緩地說：「貴族和國王的關係是很微妙的，雖然貴族們表面上尊重國王，但是他們不希望國王太過於強勢，強勢的國王會壓縮他們的權力。像現在——不，之前的國王亨洛爾四世不管事，貴族就可以為所欲為。」

「也就是說，克普洛當上國王以後可能會太過於精明強勢，會讓貴族們權力受限，是嗎？」梅爾茲把她的話接著說完。

「梅爾茲說的沒錯。這樣的想法讓貴族們現在面臨著一個矛盾，他們希望在接下來恢復政權後國王越無能越好，但是現在這種危急萬分的狀況卻又不允許他們找一個無能的領導者。」

希爾娜恍然大悟地說：「原來，這就是在國王死了以後王子沒有立刻繼位的原因啊！」

「是的，貴族們之所以沒有立刻在北方擁立王子，可能就是因為這樣矛盾的心態，讓他們還想拖延時間吧。只不過在現在的局勢下，應該是拖不了太久了。無論是新生的共和國還是其他國家，都對這邊虎視眈眈。說不定貴族們被逼急了，會乾脆隨便推舉一個人出來當領導人也不一定呢。」

「那麼，既然小姐──妳已經和克普洛達成協議了，我們還需要回去召集騎士們參加戰爭嗎？」

「還是要。這個協定不能讓別人知道，我們只能暫時照著會議的結論進行。」她有些無奈地回答。「所以，我們目前也只能見機行事了。」

「我又想到一個問題。」梅爾茲有些靦腆地說。「我們的領地總共有多少騎士呢？」

「我想想……把管理那些村莊的男爵、子爵算進去的話，大概可以提供四十名左右的騎士吧。」

「我從來沒看過任何一個人呢。」希爾娜說。

「騎士們不太常來城堡，他們大部分都有事在忙，我也很少碰到他們。聽父親說，有些人負責處理行政事務，有些人負責收稅，也有些騎士巡邏村莊維持維持治安，不過我也不是很瞭解他們的工作內容。」

在這兩天的路程中，他們就這樣在車上不停閒聊著。他們的旅程十分順利，遼闊的草原讓他們只有在看到左側遠方的山脈逐漸靠近時才能察覺到他們正不斷朝東南方前進。馬車只花了兩天就走完長達兩百公里的路程，到達了北洛爾大道的分岔點比溫鎮。而奧蕾妮亞則決定在比溫鎮停留一天。

「為什麼要在這裡多留一天呢？我們應該不需要補充東西吧。」

聽到希爾娜的問題，奧蕾妮亞立刻給出了回答：「印象中，接下來這段路真的很不好走，就算物資夠，我們還是讓馬多休息一下吧。」

「我想不太起來了。今年去洛爾的時候也很難走嗎？」

「那時候倒是還好。我記得這一路上村莊和小鎮很少，去洛爾的時候我們一路上都是借宿在貴族的城堡裡，沒有什麼問題。不過現在爸爸不在，我們大概沒有辦法這樣做。」

「嗯，我瞭解了。那麼，我會在這裡多張羅一些食物，以防萬一。」

「而且，接下來的這段路可能有點危險喔。」奧蕾妮亞又接了這麼一句，另外兩人面露不解地看著她。

「為什麼呢？」

「這一帶同時有土爾人和辛族的聚落，我們來的時候狀況還好，可是不知道最近的治安狀況，可能要問一下這座小鎮的人。」

辛族是位在貝魯西亞北方的一個游牧民族，與居住在山裡的土爾人不同，他們的聚落大多分布在貝魯西亞北方的平原中。對於貝魯西亞的老百姓而言而言，辛族比土爾人更加令人畏懼，土爾人在搶劫時不會傷害不抵抗的旅人，而辛族卻完全不一樣，他們搶劫時常常一時興起殺光所有的人，把他們屍體堆起來放火燒掉。除了在荒郊野外殺人越貨之外，他們還會大膽地劫掠貝魯西亞王國的村莊，甚至會屠殺整座城鎮。

由於他們的作風比起土爾人野蠻許多，貝魯西亞王國過去甚至曾幾次和土爾人聯手打擊辛族的勢力。不過辛族也是十分難纏的對手，他們從小開始就與馬匹生活在一起，每個戰士都擅長騎射，他們在沙漠和草原中神出鬼沒，讓人十分地頭痛。辛族和土爾人，對於貝魯西亞王國而言永遠是北方兩個令人頭痛的問題。

奧蕾妮亞提到辛族的騷動，讓另外兩人也有些不安。於是，當天晚餐的時候，他們就向飯店老闆打聽了一下狀況。

「三位客人，你們的目的地是哪裡呢？」

「我們要去艾德溫堡。」

「所以是沿著戈馬大道向北嗎？這一帶最近不太安寧喔。」

「請問，所謂的不太安寧是指……」

「洛爾被攻下的消息傳開後，那些野蠻人立刻就出來鬧事啦。」老闆一邊幫她們盛飯一邊嘆了口氣。「前幾天辛族才搶了東北邊的藍威爾村，人都被他們殺光了，搞得這附近大家都人心惶惶啊。」

「有軍隊來處理了嗎？」奧蕾妮亞緊張地問道。

「當然沒有啊，貴族大人們日理萬機，哪有空關心我們呢。」老闆酸溜溜地說。

「建議泥們在仄裡多溜幾顛吧。」隔壁桌的一個帶著滿身酒氣的大叔對著他們說，他把酒瓶放在桌上，搖搖晃晃地站起來，雙手誇張地揮舞著。「我昨顛剛從那裡郭來，魯上擦點杯辛族的人抓走啦。」

「是啊。」老闆附和。「那群野蠻人殘酷得不得了，被他們抓到絕對沒有辦法活著回來啊。」

在回到房間後，他們三個人對於接下來該怎麼辦起了一番爭論。奧蕾妮亞認為可以繼續前進，不過希爾娜和梅爾茲兩人卻持不同的意見，其中梅爾茲更是堅決地認為他們不該前進。

「小姐，一旦遇上他們，我們就完蛋了！」

梅爾茲罕見地顯得如此激動，讓另外兩人都嚇到了。「我們連一丁點的風險都不該冒，這個風險不是我們承受得起的！」

「又……又不一定會遇到……」氣勢完全被他壓倒的奧蕾妮亞小聲地說。

「萬一遇到，運氣最好也是被賣到奴隸市場啊！」他對著奧蕾妮亞大吼。「當初抓走我的就是辛族的強盜，妳絕對不能冒這個危險！」

一時之間，奧蕾妮亞完全說不出話來。過了好幾秒後，她緩緩握住了梅爾茲的手，低下頭說：「對不起，這件事應該要聽你的才對，真的很抱歉又讓你想到過去的事情。」

手中柔軟溫暖的觸感讓梅爾茲恢復了冷靜，他這時才意識到自己剛剛的失控。

「我剛剛有點失控，對──」

「你不需要道歉，你的看法是正確的。」她柔聲說道。「我們先在這裡待個幾天，看看狀況吧。」

待在比溫鎮的這幾天，他們白天他們就到鎮上的市集閒晃，打聽最新的消息，晚上則在旅舍樓下的酒吧聽商人們聊天。比溫鎮的居民原本以務農為生，不過由於小鎮位處兩條大道的交匯點，是往來商旅的必經之處，也有不少居民決定改行，小鎮中央的大街林立著旅舍與酒館，甚至還有幾家商行的分部。平日這條大街總是人來人往，最近由於革命爆發的關係，商旅比平常少了一些，不過還是有不少外地來的旅人帶來消息。在這幾天中最讓大家感興趣的消息，大概就是辛族與土爾人起了衝突這件事。

在先前的一兩個禮拜中，辛族洗劫了三四個市鎮，他們豐富的收穫讓土爾人十分眼紅。結果，在八月五號那天，當辛族在洛哈特村大肆劫掠之後準備離開時，他們碰上了設下埋伏的土爾人，太過放鬆的他們被準備已久的土爾人打個措手不及，戰利品都被搶走了。這件事情成了引爆兩方衝突的導火線，歐努特山脈上接連爆發了一場又一場的惡鬥。

不過，對於奧蕾妮亞他們來說，這並非全然是個壞消息。自從辛族跟土爾人打起來的消息傳開之後，他們就再也沒有聽到旅人被襲擊的事情，辛族似乎放棄繼續襲擊，全面跟土爾人槓上了。

「我覺得我們可以出發了。」八月九號的晚上奧蕾妮亞這麼說。「這兩三天沒有再傳來村莊遭到襲擊的消息，路上應該安全一些了吧。」

梅爾茲仍然不是很贊同現在就出發，他說：「就算真的如傳言所說的那樣，辛族和土爾人起了衝突，這也不代表我們在路上是安全的，搞不好還是會碰到。」

「可是一直在這邊等下去也不是辦法，我還是得回到領地處理問題啊。」

他們看向還沒說話的希爾娜。這次希爾娜站在奧蕾妮亞那一邊，她說：「我覺得我們可以試試看，假如現在辛族不襲擊村莊，只要每天都在村莊中休息就沒事了吧。」

梅爾茲這次不得不妥協。不過，他仍不是十分放心，他對另外兩人說：「為了以防萬一，我要帶一些武器。」

「武器？你會用嗎？」奧蕾妮亞歪著頭疑惑地問。

「小時候用過。以前在山上打獵的時候學過怎麼射箭。」

「不過，假如真的遇到辛族的人，就算你帶著武器也沒什麼用啊。」希爾娜懷疑地看著他。不過，梅爾茲還是說：「就當成以防萬一吧，至少遇到一般強盜的時候有用，能夠分擔小姐的負擔。」

另外兩人無意在這件事情上繼續與他爭辯，於是，他們替梅爾茲買了一副弓箭，而希爾娜又打理好了其他的食物與雜物，他們便在八月十號離開了比溫鎮。

接下來的這段旅程沒有辦法像前面這麼順利了。從科薩克到比溫鎮都是平地，然而從比溫鎮到艾德溫堡的路程都是在山上的森林中蜿蜒崎嶇的道路。雖然石頭鋪的路面還算寬闊，但是卻沒辦法像先前的路程一樣前進得如此快速。他們第一天只走了七十公里，而第二天也差不多。更糟糕的是，第二天晚上他們找不到住的地方，只好在馬車裡面休息。這讓他們在八月十二號一早起來的時候都腰酸背痛，疲倦不堪。

「馬車讓三個人睡實在有點小……你們有睡好嗎？」

梅爾茲搖了搖頭。身高最高的他根本沒辦法在馬車的座位躺下，只能趴在前面車伕的位置休息。而希爾娜看起來也是一臉疲倦的樣子，似乎也沒有睡好。

「我們今天不要走太久，趕快找個村莊休息吧。」奧蕾妮亞帶著歉意對另外兩人說。「昨天我們應該下午就要停下來的，我不知道過了那個村莊後就什麼都沒有……」

「我們沒有在比溫鎮找這一帶的地圖真的是失策，這幾天有機會趕快找一份地圖吧。」希爾娜如此說道。

於是，他們繼續踏上了旅程，他們在接近中午時終於看到了一座村莊，疲倦的三人立刻決定今天就到此為止，要在村莊好好休息一天。

然而，他們卻在這裡遇上了最糟糕的狀況。

進到村莊後，他們發現村內已經陷入一片混亂。街上的人神情慌張地討論著事情，許多人正拖著大包小包的行李朝南邊走。他們在路邊停下了馬車，進去一間酒館想要打聽情況，卻沒想到一進去就發現老闆正忙著收拾行李。

「請問一下，發生什麼事了？」奧蕾妮亞立刻問道。

「你們是外地人嗎？快點離開啊！」老闆忙亂的大吼。「辛族的騎兵來啦！」

「辛族的騎兵？」奧蕾妮亞的大腦一瞬間停止運作。

「一個小時前有消息傳來，聽說離這裡沒多遠了！」

「可……可是，他們不是……」

「奧蕾妮亞，現在談這個都無濟於事了！我們快走！」看到她整個人楞在那，梅爾茲抓住奧蕾妮亞的肩膀，用力地搖晃。被他這麼一晃，奧蕾妮亞才回過神來，她慌忙問老闆：「辛……辛族他們從那個方向來的？東北方嗎？」

「是啊。」老闆邊說邊抬起了行李箱。「你們也趕快走吧！」

「我們也要離開。」奧蕾妮亞對另外兩人說。「既然他們是從東北方來，我們就沿原路回去。」

然而，他們的運氣實在不好。在他們踏出酒館的時候，他們聽到了從街道北方傳來的殺喊聲，還有村民的慘叫。

「也——也太快了——」

「糟糕，這樣子會被追上的！」希爾娜焦急地說。逃難的人群湧上街道，每個人都想趕快逃命，他們的馬車就這樣卡在人群中動彈不得，而背後的殺喊聲越來越近了。

「我們別管馬車了，下車騎馬吧！」梅爾茲當機立斷地說，另外兩人立刻同意。他們跳下馬車，只拿了錢包和簡單的行李，然後奧蕾妮亞抽出魔杖，用魔法切斷了馬車的繩子，三人上馬從人群中擠出一條路狂奔。由於希爾娜不會騎馬，因此奧蕾妮亞和她騎著一匹，梅爾茲則自己騎一匹馬。

「我們跑得掉嗎？」希爾娜緊緊抱著奧蕾妮亞的身體，馬匹狂奔造成的強風讓她前面的奧蕾妮亞聽不清楚，而後面的梅爾茲則用力回答：「不知道，我們只能拚命跑，祈禱我們跑得比他們快！」

他們就這樣沿著過來時的道路奔馳了半個小時，但是背後的馬蹄聲卻越來越近。而且，從密集的聲響聽來，敵人恐怕有幾十個人。梅爾茲不禁恐慌地大喊：「為什麼他們會追著我們跑？他們為什麼不去搶劫村莊裡的東西就好了？」

「恐怕是看到我們騎馬，以為我們是什麼重要人物了吧！」奧蕾妮亞在前面大聲回答。「事到如今，也只能繼續跑了！」

但是，雖然他們全力奔馳，後方的聲音卻越來越靠近。一來他們的馬匹是用來拖車的，本來就不適合這種高速的奔馳；二來他們的騎術實在比不上辛族的人，其中狀況最慘的是梅爾茲，他雖然勉強會騎馬，但是騎術實在算不上高明，沒辦法用這種速度一直前進，奧蕾妮亞好幾次都特別放慢速度等他。

「小姐，我實在跟不上了！」他忍不住大喊。「妳們先離開，讓我留在後面就好！」

「不能把你留下來！」

「我沒辦法更快了！我會害妳們被追上的！」

奧蕾妮亞的聲音彷彿快要哭出來似的，她悲痛地大喊：「不行，我不能丟下你！」

——不行，這樣下去不到五分鐘就會被追到了！

直到此刻，他才想起來懸在腰間的弓和箭矢，雖然他一點也不覺得自己可以擋得住這麼多的追兵，不過在這個狀況下，他覺得自己別無選擇。

他雙腿夾緊馬腹，勉強維持自己的平衡，向後轉身並舉起弓，將箭矢搭上去。這一切動作都是那麼地自然，他的身體很快就喚回了八年前記憶。

他鬆開手，箭矢破風而出。他的第一箭射偏了，錯過了最前頭的那個人，卻意外命中了他身後另一個人的馬。那匹馬發出一聲哀嚎，把上面的騎士掀翻在地上。

他這一箭讓後面的追兵遲疑了一下。敵人似乎沒有想到他們會還手，稍稍放慢了速度。不過，在帶頭的那個騎士大吼了幾聲後，他們又追了上來。

——看來最前面的那個人就是他們的頭頭了。

奧蕾妮亞在前面不知道大叫著什麼，不過梅爾茲完全沒有聽。他屏氣凝神，再次拉弓。這一次，箭矢直直命中了領頭騎士的胸膛。那名騎士倒栽下馬，讓旁邊的人起了一陣騷動。

不過，他沒料到這一箭反而惹火了辛族騎兵，他們快速地追了上來，還全舉起了弓朝他們放箭。一陣箭雨朝他們飛來，他們三個人都很幸運地沒被射中，但是梅爾茲的馬卻中箭了，馬發出了一陣嘶鳴，毫無心理準備的梅爾茲被從馬背上掀了下去，他重重地摔在地上，痛得發出慘叫。

「梅爾茲！」奧蕾妮亞急忙掉頭，在梅爾茲身邊停下。梅爾茲露出痛苦的表情抱住自己的腳，勉強擠出了聲音：「妳……妳快點走！」

「快點上馬，我帶著你——」

「不行，我的腳……動不了了。」他的臉因為痛苦而扭曲，聲音也在顫抖。「大概是摔斷了……」

辛族的騎兵快速逼近，他們再次放箭，奧蕾妮亞趕緊念了段咒語，放出了一個暫時的護盾擋住了這一波攻擊。但是，她知道這只是徒勞而已，就算對方沒有魔法師，奧蕾妮亞也沒辦法一個人應付如此多的騎士。

——我們已經跑不掉了……

梅爾茲勉強在地上把身體喬成了一個可以拉弓的姿勢，咬緊牙關再次放箭。這一箭射中了一個騎士的馬匹，那個騎士跌落在地上，但這對於他們現在的處境沒有任何的助益。

奧蕾妮亞的頭腦快速地運轉，卻還是找不到任何擺脫困境的方法。

這麼短時間內不可能準備出能對付五十個人的魔法。

——跑不過他們，也打不過他們……我們到底該怎麼辦……

然後，就在她幾乎要放棄思考的時候，意想不到的事情發生了。

兩側的樹林中傳出一陣殺喊聲，一陣鋪天蓋地的箭雨從森林中飛了出來，不過目標不是他們，而是後面的辛族騎兵。箭矢如雨點般落在騎兵的行列中，一瞬間就有一半的騎士倒下。剩下的辛族騎兵停下了腳步想要抵抗，但是敵人隱身在樹林中，從四面八方對他們發動襲擊。辛族騎兵怒吼著，他們集結起來，想要衝進森林裡找出敵人，但是卻敵不過飛蝗般的箭矢。不到五分鐘，最後一個辛族騎士倒下，這場一面倒的戰鬥就宣告結束，森林中再次回歸了平靜。

然後，從四周的森林中走出來無數的弓箭手，奧蕾妮亞估計全部人數恐怕超過兩百人。這兩百個人全部都穿著灰綠色的衣服，頭上帶著有著寬闊邊緣的草帽，讓奧蕾妮亞一眼就認出他們的身分。

「沒想到會在這裡再次碰到土爾人啊……」

奧蕾妮亞完全放棄了逃跑的念頭，她壓根不覺得自己靠著魔法有辦法和另外兩人一起從土爾人手逃走。

那群土爾人似乎對這次的戰果顯得十分滿意，他們一邊用自己的方言對話，一邊檢查著辛族騎兵的屍體，從他們身上拿走所有值錢的東西。而與此同時，有三個人走向奧蕾妮亞他們。

「這樣就對了。」三個人中最強壯的那個人用著有些笨拙的東方通用語對他們說。「你們不抵抗，我們就不會動你們任何一根毛。」

第二個人是個瘦瘦高高的年輕人，他也用很不流利的東方通用語說：「所以，乖乖跟我們走吧。你們的武器全部交出來。」

最後一個人似乎是三人中地位最高的，他走過來時另外兩人自動退到了兩邊。他拿出了繩子，把奧蕾妮亞的的手緊緊地捆在背後，另外兩人則分別把梅爾茲和希爾娜也綁住。他的口音比其他人標準很多，他露出了戲謔的表情對著他們三個說道：「我們土爾人啊，是全世界最守信用的綁匪喔。」

他們把腿受傷的梅爾茲抬到放滿戰利品的拖車上面讓驢子拖著走，而希爾娜和奧蕾妮亞則由兩個土爾人監視著。奧蕾妮亞的魔杖和梅爾茲的弓都被拿走了，他們只能老實地跟著土爾人前進。

不過，聽到那個土爾人的保證後，奧蕾妮亞的緊張感減輕了一些，這讓她決定做出大膽一點的嘗試。她輕輕地拉了拉綁在手上的繩子，牽著繩子的那個人不耐煩地轉過頭看著她。

「你們之前就知道辛族人今天會來這個村莊嗎？」她大膽地問道。

那個人一頭霧水地看著她，似乎聽不懂她在說什麼。他用土爾語跟旁邊的人講了幾句話後，旁邊那個人也聳了聳肩。於是，他離開了奧蕾妮亞，過沒多久，剛剛用繩子綁住他們的人就過來了。

「女孩，有什麼問題嗎？走不動的話我們可以把妳和那個男孩一樣綁在牛背上。」

「不，不是這樣。」奧蕾妮亞尷尬地說。「我只是想問一下……你們是之前就知道辛族人會來這個村莊嗎？」

那個男子先是一愣，用著驚訝的眼神打量了她好幾秒，接著放聲大笑：「真是稀奇，第一次遇到被綁架的人敢和我們聊天啊……假如妳真的想知道的話，我們是今天早上才掌握辛族的動向的。」

「你們怎麼知道的呢？」

「小女孩，你該不會以為只有你們平地人才會魔法吧。」那個人拍了拍他的腰，奧蕾妮亞這才注意到他腰間也掛著一支魔杖。

沉默了一下後，奧蕾妮亞又問：「你們會怎麼樣對待我們？」

「按照慣例，我們會把你們關起來，讓你們寄信籌措贖金。在一個月內我們不會動妳任何一根毛的，但是過了一個月後……」說到這裡，那個男人冷笑了兩聲。「我們就會把你們賣去奴隸市場喔。」

「那麼，我該籌多少錢呢？」

「別那麼急啊，女孩。」男人看著焦急的奧蕾妮亞，不慌不忙地回答。「價錢是我們家老大管的。我們老大看人很準，十之八九都能開出對方付得起的價格，你們放心吧。」

他們就這樣在土爾人的押解下連續走了好幾個小時的山路。奧蕾妮亞的腳步實在跟不上慣於在山中行走的土爾人，她走沒多久就已經沒力氣了，押解她的土爾人看到她不停地脫隊，只好把她抬到驢子拖著的木板車上。

「妳就在上面待著吧。」那個男人無奈地說。

他們直到半夜才抵達土爾人的村莊。森林中曲折的小徑讓奧蕾妮亞搞不清楚他們現在到底身在哪裡，只能從前進的時間勉強知道他們大概前進了四十公里左右。

看到掠奪的隊伍回來了，部落裡的人熱烈地歡迎他們。負責運送戰利品的人把戰利品拿到了篝火旁，將戰利品分給大家。不過，奧蕾妮亞他們並沒有被帶過去那裡，負責看守他們的那三個人催促他們繼續前進。

「我們沒有要過去嗎？」

「沒有。」牽著驢子、通用語說得不太流利的那人率先回答。「你們要被帶去盟主那裡。」

「盟主？你們部落的長老不住這裡嗎？」

「這裡只是一個小聚落而已。」走在奧蕾妮亞身後，地位最高的那個人這麼說。「像這樣的聚落，我們部落大概有二十個吧。然後順帶一提，我是這個聚落的長老。」

奧蕾妮亞訝異地回頭看著那個男子，問道：「為什麼押解我們三個人需要長老你自己出動呢？」

那個男人臉色一沉。

「小女孩，我可不是瞎子，我不會看不出來妳是貴族。」他冷冷地回答。「雖然妳似乎想掩飾，不過從妳的言行舉止還是看得出來的。」

「既然知道是貴族，你們還敢把我們帶過來？」希爾娜高聲質問，不過她強硬的態度卻沒有起到任何效果，那個人瞪了她一眼，毫不留情地出口諷刺：「我們雖然住在山裡，對外面的事情可瞭解得很。在這種情況下，妳覺得我們會怕貴族嗎？」

他們在夜色中又前進了兩個小時，中間還經過了兩個規模稍小了一點的聚落。最後，他們抵達了一個非常大的聚落，奧蕾妮亞覺得這裡的規模幾乎等於一座頗大的城鎮。

「這裡有多大啊……」

「住在這裡的人大概超過三萬人吧。」那個長老回答。然後，他指著前面一棟由大理石建造的巨大建築、看起來就像是縮小版皇宮的地方：「那裡就是盟主住的地方。」

宮殿的守衛一看到他們就立刻打開了外牆的鐵門。其中一個守衛問道：「萊茵的布魯斯，這次戰績如何啊？」

「我們逮到了一小隊騎兵，讓他們全軍覆沒，總算是報了上次北邊那場仗的一箭之仇。」

「爽啦！」衛兵們歡呼。「你們這麼晚還來這裡，想必是有什麼特別的收穫吧？」

「沒錯，我們有俘虜要來給盟主估價。」

「盟主準備要睡覺了，你們趕快進去啊。」

他們在其中一名衛兵的帶領下，走進了宮殿。在大廳的正中央有張長桌，長桌的另一端有張特別豪華的椅子，一個長者坐在那張椅子上，身旁站了兩個拿著武器的衛兵。長桌旁還坐了幾個人。

「你們先退下，明天繼續談。」他說，那幾個人立刻起身離開。等到他們都離開大廳後，長者才轉向了他們。

「萊茵的哈溫・布魯斯，你今天帶來了什麼？」

「三個人，其中一個應該是貴族。」

那位長者拄著枴杖緩緩地站起來，同時用銳利的視線打量著他們。雖然他外表十分地蒼老，不過站姿依然挺拔，光是那樣站著就讓奧蕾妮亞感受到壓迫感。

「三百、二十、三十。」他只說了這三個數字。

「為什麼這個男的比較貴？」哈溫・布魯斯好奇地問道。

「他腿斷了，去找大夫來。」

旁邊的衛兵快步離開。過了一會兒，他帶著一個穿著斗蓬的女人走回來，那個女人示意讓梅爾茲先躺在地上，然後抽出了魔杖，念了幾句咒語後她往梅爾茲受傷的地方一敲。接著，她又對一直站在一旁的哈溫・布魯斯說了幾句他們聽不懂的話。

「她說骨折已經用魔法處理好了，但還要用夾板夾住幾天。」他立刻把女魔法師的話翻譯給三個人聽。然後，盟主接著說：「那五塊金幣就是醫療費。我想布魯斯已經在路上跟你們解釋過很多了，還有什麼想要問的？」

奧蕾妮亞在心中琢磨了一下。她有好多的問題想要問，她的直覺告訴她，眼前這個老者雖然有著如此可怕的壓迫感，但他應該不是個殘忍不講理的人物。只是，她仍害怕這樣做會觸怒對方。最後，她鼓起勇氣說：「其實，我有蠻多事情想問的。」

在那一瞬間，她的視線和盟主對上，從對方的眼神中，她總覺得他似乎想在她身上尋找什麼。不過，她最後只得到了一個再普通不過的回答：「明天再談吧。衛兵，帶他們去休息的房間。萊茵的哈溫・布魯斯，你的酬勞會在收到錢後給你的。」

衛兵帶他們進房間時對他們進行了一次很嚴格的搜身，直到確定全身上下都沒有任何武器才放他們進去。雖然奧蕾妮亞和希爾娜的搜身是由女僕役進行的，她們還是覺得十分不舒服。

平心而論，關押他們的這間房間裝潢十分高級，無論是床鋪還是家具都與貴族城堡中的房間相去無幾。然而，上了鎖的鐵門和面向走廊的鐵窗提醒著他們的身分就是囚犯，實在不是個能讓人安心的環境。

房間內有兩張床，奧蕾妮亞和希爾娜先一起把受傷的梅爾茲扶到其中一張床上，然後奧蕾妮亞逕自躺到正中央的那張床上。

「假如我們付不出錢，真的會被他們賣掉嗎？」希爾娜悄聲問道。

「不要緊張，公爵絕對會付錢的。」

「小姐的當然不是問題，但是假如公爵不願意付我們兩個人的贖金的話……」

聽到希爾娜的這句話，梅爾茲也露出了慌張的表情，奧蕾妮亞看了只能哭笑不得地說：「你們怎麼會擔心這個呢？我直接把金額寫成三百五十枚金幣就好了，不會有問題的啦。」

「什麼意思？」希爾娜不解地看著她。

「我的意思是，反正土爾人一定會叫我們親筆寫信要贖金，既然這樣，金額多寫一點也無所謂了。」

她在床上躺了下來，疲倦地打了個哈欠後，突然小聲地說：「沒有魔杖在手邊……真的好不習慣呢。我不喜歡這種用不了魔法的感覺。」

「魔法師一定要魔杖才能使用魔法嗎？」梅爾茲小聲地問。

「嗯，沒錯。」

「這麼說，魔杖到底是什麼呢？是任何一根樹枝都可以拿來做成魔杖嗎？」

「不行，魔杖並不是做成的……你們都不知道這件事呢，我從頭開始說明好了。」

她清了清喉嚨。「每個魔法師家庭，都會在小孩出生的那一天正午種下一棵樹。從這棵樹折下來的樹枝，就可以做成魔杖。」

「那麼假如那棵樹倒了，要怎麼辦啊？」

梅爾茲這個問題問的太突然，讓奧蕾妮亞楞了一下，幾秒鐘後，她露出了一副被打敗的表情。

「真沒料到你會問這個問題……我記得，那個魔法師只要再親手種下一棵樹就可以了。當然，是有可以讓樹快速長大的魔法，所以不算是很嚴重的事情。」

她轉過身，把頭埋進自己的枕頭下。「但是我還是好不習慣……」

「記得伯爵剛把我帶來的時候，小姐就已經有魔杖了吧？小姐是從什麼時候開始用魔杖的呢？」

「嗯，我想想……應該是五歲的時候。」

「這麼說來，我還記得我剛到你們家的時候妳都還沒有魔杖呢。」希爾娜在她左邊的那張床坐下時說。

「我沒什麼印象了。」她露出了難為情的笑容。

「明明我和妳一樣大啊，小姐真健忘。」

「希爾娜真早來到伯爵家工作呢，不過為什麼妳會在這邊工作呢？」

「欸，別問這個啊。」

聽到這個問題，奧蕾妮亞慌張地轉過身，示意梅爾茲不要繼續問下去。不過，希爾娜卻搖了搖頭說：「沒關係，現在讓梅爾茲知道也沒問題了。」

「真……真的可以嗎？」

「我覺得現在也沒關係了……其實，大部分的內容也都是後來才聽爸爸說的。因為我對那時候的事情沒多少印象了。我只知道那時候爸爸和媽媽為了要不要賣掉我吵了好久。」

聽到「賣」這個字，梅爾茲不禁倒抽了一口氣。

「爸爸原本經營一個農場，那陣子經營狀況很不妙，有很多人來找爸爸討債，其中有一個債主是戈馬那邊的大商人，他要爸爸把我和哥哥賣掉來還出那筆貨款，爸爸遲遲沒有回覆，最後等得不耐煩了，直接帶人來我們家把爸爸抓出去。那件事情還是伯爵出面幫我們解決的。」

「怎麼解決的呢？」

「第二天伯爵帶了幾個騎士去和他理論，最後伯爵先幫我們墊了那筆貨款，然後爸爸就讓我到伯爵家工作來還錢了。不過後來他們覺得讓我在這邊工作也不錯，所以我就留下來了。」

「你爸爸的農場在哪裡啊？」

「出了事後就賣掉了，現在只留下一小塊田地。在派爾村，你知道吧？」

「城堡南邊不遠的那一個村莊吧？」

「嗯嗯，就是哪裡。回去的時候可以順路去看一下他們嗎？」她回頭看向躺在她身後的奧蕾妮亞。奧蕾妮亞點了點頭，不過聲音卻顯得有些無力。

「當然沒有問題。不過，我們得先能回去才行……」

第二天一大早，他們就被鐵門外粗魯的聲音叫醒。僕從端著擺放食物的盤子來到欄杆外面，而守衛則從鐵門下面的小門把餐盤推了進來。餓了一晚的他們看到簡樸但豐富的食物不由得眼睛一亮，就連奧蕾妮亞都不顧吃相地大口大口吃了起來。

吃完早餐後，他們就被守衛帶到了另外一間房間。這間房間不像昨天那間大廳給人肅穆莊嚴的感覺，是個很能讓人放鬆的環境。房間鋪著柔軟的地毯，牆上懸掛了許多的畫作，牆邊則有臺子擺放著古董，還有一整面牆都是書櫃。

——這是他的的起居室嗎？看起來意外的雅致，這位盟主看起來是個非常有品味的人啊。

他們在沙發就坐後幾分鐘，盟主拄著枴杖慢慢地走進來。他在他們對面坐下，旁邊的僕人在桌上放了紙筆後就退出房間，剩下門口的兩個警衛注視著奧蕾妮亞他們。

「寫吧。」他指著桌上的紙筆，冷冷地說。梅爾茲和希爾娜一頭霧水地看著他，不過奧蕾妮亞已經反應過來了，她直接地問：「這是恐嚇信吧？」

「我個人比較喜歡稱之為契約書。」盟主聳了聳肩。

「我想，無論我們怎麼稱呼它也不會改變我必須要寫的內容。」她拿起筆，一邊寫一邊說。

「那麼妳慢慢寫吧。在這段期間——妳昨天說想問的問題是什麼？」

奧蕾妮亞訝異地抬起頭，不過她沒有遲疑太久便提出了第一個問題：「我想我就先問問看你的名字是什麼好了。」

「我是拉溫諾的卡佩‧法爾墨。」

「所以，這邊是拉溫諾城嗎？」

「按照你們平地人的標準，我想這裡應該稱不上一座城市，只能算是一個城鎮吧。」

「其他人稱呼你為盟主，也就是說，你是土爾人的王嗎？」

卡佩露出了有些不悅的表情。「我們土爾人沒有你們平地人那種國王的概念，我並不是絕對的統治者，只是統合著部落間合作的負責人而已。」

「所以，所有土爾人的部落都是你管理——我是說，所有部落的合作都是由你統合的嗎？」她說到一半連忙改變了自己的說法。卡佩搖了搖頭，回答道：「不是，只有這一帶的部落是我管理的。除了我之外還有另外兩個大的聚落，他們各有自己的盟主。」

「那麼，你會和另外兩個盟主聯絡嗎？」

「會。」卡佩邊回答邊用銳利的視線看著她，不過奧蕾妮亞覺得這個視線中並沒有憤怒或責備的意味，反而是有著些許的好奇。過了幾秒，卡佩緩緩地說：「妳真奇怪，竟然是問這些問題。妳對土爾人很有興趣嗎？」

「既然被迫和你們打交道，自然是有興趣囉。」奧蕾妮亞露出了微笑。

「我還真的沒有看過這麼悠哉的囚犯，不過，跟妳聊聊還蠻有意思的，妳是個很特別的傢伙。」卡佩呵呵笑了兩聲，他示意佣人送四人份的熱茶上來。茶送上來時奧蕾妮亞也差不多完成信件了，卡佩接過信件的同時喝了一口茶，問道：「妳是哪個家族的？」

「我的父親是瓦洛克・艾德溫伯爵。」

聽到這個名字，卡佩眉頭一皺：「艾德溫家應該付不出這麼多贖金。」

「你很瞭解我們家的狀況嘛，法爾墨先生。」奧蕾妮亞露出了警戒的神情。

「還算瞭解吧，畢竟我和妳父親打過交道。不過，你父親是不是在洛爾被俘虜了？」

「嗯，是的……」

卡佩對現況瞭若指掌讓奧蕾妮一時不知該說什麼，她沒料到卡佩連這麼小的消息都知道。不過，卡佩似乎沒打算跟他們解釋他如何得到消息的，他直截了當地提出問題：「這就麻煩了，妳的父親不在的話，妳打算怎麼付錢？」

「我打算寫信給外祖父，請他……」

「妳的外祖父是杜諾門公爵吧？恕我無禮，妳把這封信寄出去的話，我就沒有辦法保證你們的安全了。」他的視線一瞬間變得十分冰冷。「艾德溫小姐，我鄭重建議妳還是寫信回家裡。」

他的語氣讓帶來的壓迫感讓奧蕾妮亞覺得氣勢整個被卡佩壓了過去，她完全說不了話。梅爾茲代替了說不出話的奧蕾妮亞小聲地發問：「為什麼？」

「杜諾門家和我們土爾人有特殊的恩怨，公爵巴不得找理由消滅我們，這封信必然會成為他們出兵的藉口。而只要公爵對我們宣戰，無論我多麼的仁慈和藹，你的主人都會被其他憤怒的族人拿來祭旗。」

卡佩的這番話讓奧蕾妮亞有些不知所措。她知道杜諾門公爵曾經參與過去幾次圍剿土爾人的作戰，卻不知道原來兩方結下了這樣的深仇大恨。

看著面面相覷的三人，卡佩拄著楞杖緩緩地站起來。「你們自己慢慢想一下怎麼完成這封信吧。你們可以暫時在這裡休息，其他的事情就等到午餐時間繼續談。」

一等到卡佩走出客廳，希爾娜立刻小聲地問奧蕾妮亞：「小姐，剛剛卡佩先生說的恩怨是指什麼呢？」

「我也不是很確定。我知道爺爺之前曾經參與過對土爾人的戰爭，不過我也不知道到底發生什麼事……」

卡佩話中的所含的警告意味，讓她也覺得十分不安。她隱約覺得自己假如想要安全地從土爾人手中離開，勢必得搞清楚卡佩口中的恩怨是指什麼。

不過，梅爾茲突然說：「我覺得卡佩・法爾墨先生是個很厲害的人。」

奧蕾妮亞和希爾娜一起看向他，不過雖然他這句話說得十分突兀，另外兩人卻沒有多說什麼，而是用十分專注的眼光打量著他。

「我不知道該怎麼說，不過我覺得他似乎是個非常冷靜、清醒的人，不然一般頭腦簡單的強盜應該不會這麼冷靜地對待被綁架的人吧。」梅爾茲不好意思地搔搔頭。「而且，他對於我們的事情好像非常清楚。」

「我同意梅爾茲的看法。」奧蕾妮亞附和。「土爾人絕對不像貝魯西亞人傳言中的那樣是個野蠻人，這位卡佩先生一定個不簡單的人物，他對我們的狀況瞭若指掌，我們卻一點都不瞭解土爾人，這是很危險的。」

「真的，我以前一直以為土爾人是野蠻人啊……」希爾娜感嘆地說道。「我們對他們的誤會和偏見很嚴重呢。」

接近中午時，一群僕人進入了客廳開始布置餐桌，一道道的菜餚被擺上桌子。然後，卡佩在城鎮的鐘塔敲響正午的鐘聲時準時地走進客廳。

「請用，你們可以和我一同用餐。」他示意三人在餐桌旁坐下。「雖然跟平地人的料理不一樣，不過你們可以嘗試一下。」

「法爾墨先生，你平常都會和被綁票的對象一同用餐嗎？」

「艾德溫小姐，妳的問題都很大膽。」卡佩似乎並沒有因為奧蕾妮亞直接的提問而顯得不悅，他回答：「我平常當然不會和被綁——我是說，被帶來這邊的傢伙一同用餐。不過，我很中意妳，妳是少數被我們土爾人綁來以後還能夠冷靜地和我們溝通的人。」

僕從們開始端上一道道的料理。和以米為主食的貝魯西亞南方或是以小麥為主食的貝魯西亞北方都不同，土爾人的料理以地瓜為主，搭配著平地少見而山中盛產的肉類。另外，土爾人料理食物的方法和貝魯西亞人大不相同，新奇的調味方式意外地合他們的胃口，讓他們吃的津津有味。

在最後一道甜點端上桌時，奧蕾妮亞決定繼續詢問還沒問完的問題。

「法爾墨先生，我想請問一下，您為什麼會認識家父呢？」

「二十年前貝魯西亞人和我們的那次戰爭中，你的父親代表貴族與土爾人談判，我們在那時候有一面之緣。」

卡佩的這段話，喚起了奧蕾妮亞腦中一個模糊的記憶，她心中浮起了不祥的預感

「那麼，你所謂爺爺和你的恩怨就是……戰爭的時候……」

「沒錯，杜諾門公爵的兒子在那次戰爭中被我們殺死了。」

「原來是這樣……」奧蕾妮亞楞了好久才勉強擠出一句話。

「杜諾門公爵因為這件事情極力反對和我們和談，後來也是貴族中對我們態度最強硬的人之一。坦白說，我們這邊也十分討厭他。我可以不計較妳和他的關係，不過當他採取過於激進的手段時，其他土爾人大概也不會放過妳。所以，艾德溫小姐，妳最好別讓他有任何藉口再次開啟戰

端。」

奧蕾妮亞沮喪地低下了頭。瞭解這件事的來龍去脈之後，她也不敢寫信向公爵請求幫助了。但是，她卻又覺得寄信回家恐怕也不會那麼順利，艾德溫伯爵下面管理財務的臣子不見得看到他的信就會立刻拿出這筆金額。

卡佩彷彿完全看透了她的猶豫，他提出了一個替代方案。

「艾德溫小姐，我可以給妳一些讓步：我先放妳回去，等妳付出贖金後我再讓妳帶回妳的兩個朋友。假如妳答應遵守承諾的話，那我今天下午就讓妳離開。」

這個出乎意料的提議讓奧蕾妮亞又驚又喜，卡佩開出的條件實在太過大方，甚至讓奧蕾妮亞開始懷疑自己的耳朵是不是聽錯了。

——難道他另有所圖？怎麼會開出這麼大方的條件？

坐在她身旁的梅爾茲已經忍不住了，他主動開口問道：「法爾墨先生，你怎麼會那麼大方呢？」

「有兩個原因。第一，我相信你們會信守承諾。第二，我覺得你們很有意思。被綁來還能冷靜跟我對話的人並不常見。」

「你為什麼會這樣輕易地相信我們會遵守承諾呢？」奧蕾妮亞追問，她實在不明白卡佩為什麼會這麼輕易地相信自己。

聽到這個問題，卡佩露出了充滿自信的笑容。回答時，他的聲音顯得威嚴無比。

「我不是沒有理由就這樣相信的。第一，從你們的互動，我看得出來艾德溫小姐與兩位——特別是與這位少年——關係十分地密切，妳是不會棄他們於不顧的。」

奧蕾妮亞瞬間滿臉通紅，她沒想到卡佩如此簡單地看透自己。卡佩頓了一下後，繼續說道：「第二點，我非常相信我的力量。假如我提出了這樣的讓步而妳卻違背妳的承諾，那麼，我以我的力量發誓，妳和領地的人民都會非常非常地後悔。」

他話中隱含的壓迫感，讓三個人不寒而慄。雖然奧蕾妮亞打從一開始就沒有思考過不付贖金這件事情，但是卡佩充滿魄力的神情和話語中隱含的的威脅，仍讓她心驚膽跳。

就在這時，一個侍從走進來說：「盟主，蓋伊先生說有事情要跟你談。」

「我都忘了這件事情了，請他稍等一下。」然後，他對三人說道：「很抱歉，我們得暫時結束談話了，我與這位先生有很重要的事情要談。」

三人用完點心後就被僕人們帶出房間。他們被帶到隔壁的一間休息室，而等候室裡面的人剛好走出來。希爾娜不經意地看了他一眼，然後驚訝地大叫：「唉呀，你不就是那時候和我們吃飯的那個商人嗎？」

那個人停下腳步打量著三人，過了幾秒後，他也露出了驚訝的表情：「你們就是在麥錫亞和我同桌過的那些小孩吧！怎麼你們也到這裡來了呢？」

「蓋伊先生，說來話長——」奧蕾妮亞有些難為情地說。

「蓋伊，你先過來吧。」站在客廳門口的卡佩用手杖敲了敲地板，不耐煩地說。「等我們談完後你們再慢慢聊。」
蓋伊用著懷疑的眼光打量三人，和卡佩走進起居室時又回頭瞥了他們一眼，然後他們三人就被僕人們帶進了休息室。
這間房間並沒有剛才那間起居室裝飾得如此舒適，室內只有一張長沙發和木桌，僕人們端上茶點後並沒有離開，而是站在房間的門口看著他們，這讓奧蕾妮亞覺得有點不舒服。不過，她覺得她還是得先確認一些事情。她小聲地問另外兩人：「我對那天的事情有點記不清楚了，你們還記得那天他還說了什麼嗎？」
「我記得他只說了他是穀物商人。」梅爾茲皺著眉頭努力地回想。
「除了這個以外，我也不記得他還有說其他什麼。」希爾娜說道。「他會不會是來和土爾人談生意的呢？」
「我覺得很有可能，本來就有很多商人會來和土爾人做貿易。不過他不是和其他小部落的長老談而是直接和法爾墨先生會面，顯然他的事業也很大呢。」
他們就在等候室等了將近兩個小時。最後，一個侍從走過來跟站在門口的僕人說了幾句話後，用不太流利的通用語對他們說：「你們可以過去了。」
他們回到起居室時，蓋伊和卡佩兩人正有說有笑地聊著，卡佩邊聊天邊在面前的文件簽名。看到他們進來時，卡佩示意他們在桌子的另一邊坐下。而蓋伊則率先開口招呼他們：「你們從麥錫亞到這邊的路上很不順嗎？我已經去了戈馬一趟又回來這裡了。」
「我們先繞去了科薩克一趟，然後才又往這邊走。」

「科薩克啊，那邊最近好熱鬧呢。聽說前幾天辦了很盛大的舞會啊。」

考慮了一下後，奧蕾妮亞說：「事實上，我也有參加。」

「咦？」蓋伊驚訝地看著她。「那場舞會不是貴族們……」

卡佩輪流看著他們，訝異地問：「你們不是互相認識嗎？」

「我們只是在麥錫亞有一面之緣而已。所以是什麼一回事啊？」蓋伊搔了搔頭，他完全摸不著頭緒。看到這狀況，卡佩聳了聳肩說：「那麼讓我幫你們互相介紹一下吧。這位拉普特・蓋伊先生是長期跟我們有往來的大商人，主要和我們交易的的商品是穀物還有布料。而這邊則是奧蕾妮亞・艾德溫小姐和她的朋友，她是艾德溫伯爵的女兒。」

「唉呀，原來是艾德溫家的千金，失敬失敬。」蓋伊用興味十足的眼神看著她。「難怪你們那天在酒館表現得那麼奇怪，看來大概是以前根本沒去過那種地方吧。」

「嗯，是這樣沒錯……」

「不過，伯爵小姐怎麼會出現在土爾人的聚落呢？」

「艾德溫小姐是被我們的人抓來的。」在她回答之前卡佩先開口了。

「原來是這麼回事，我還是第一次在你這邊碰到被綁的人啊。」

「這也是我第一次和被抓來的人聊天。」卡佩微笑著說。「難得會碰到這種被綁來卻毫不緊張的人。」

「既然來了，那麼窮緊張也沒有用，我是這麼想的。」奧蕾妮亞也露出了微笑。「雖然我還是覺得不太自在，不過我覺得既然我都來到這邊，就想辦法多瞭解你們一些吧。」

「看吧，我就說他們真的很特別。光憑這個氣度，假如他們不是被綁架的對象，我都想延攬他們來幫我工作了。」

聽到這句話，蓋伊露出了一個意味深長的笑容，他問道：「我想問一下，你開出來的贖身費是多少？」

「用你們貝魯西亞人的貨幣，是三百五十枚金幣。」

「艾德溫小姐，我有個提議。我在這裡立刻幫你們付清，然後希望妳能答應我提出的交易要求，當作這些金幣的報酬。」蓋伊對奧蕾妮亞說道。

這個提議來得太過突然，讓奧蕾妮亞有些不知所措。

——答應他的要求？他用這樣的條件想要換取什麼樣的利益呢？雖然這樣方便，不過……

——還是先聽聽他要求什麼好了。

做出決定後，她帶著些許的戒心問道：「蓋伊先生，請問是什麼樣的要求呢？」

「我想要取得在你們領地進行貿易的權利，特別是穀物和礦物。」

這個提議並沒有太過出乎奧蕾妮亞的意料之外，不過，她還是仔細地思考這個提議中是否有什麼樣的陷阱。

——假如我沒記錯的話，領地的穀物收益很普通，所以穀物貿易的利益應該不多。

——不過我們的領地裡倒是有不少未開採的鐵礦和銅礦，之前聽父親討論過這件事情……

——到底該不該答應他呢？不答應他的話，要回去跟籌錢並不是這麼容易的工作，說不定還要拜託下面的子爵或男爵幫忙。

——不過答應他的話，這個放出的權利會對我們帶來多少的損失呢……

「想發戰爭財也不是這樣吧，你這個貪心鬼。」在奧蕾妮亞思考的時候，卡佩忍不住如此調侃蓋伊。「下次運穀物來的時候別再給我漫天要價啊，小心我們把你抓起來喔！」

聽到卡佩的玩笑，蓋伊也哈哈大笑著回答：「哈哈，把我們抓起來的話，大概一年內都不會有商人來你們這裡吧，跟商人搞壞關係是很恐怖的喔。不過，別怪我這次價錢開那麼高，現在你從戈馬一路打聽到麥錫亞，我的穀物價錢絕對是公道價。」

「還不是你們這些商人聽到戰爭就抬價。」

「這也是沒辦法的，現在戰爭爆發了，要收購的難度可說是三級跳啊。而且，路上的風險也提高了不少。」

到這一刻，奧蕾妮亞突然明白蓋伊提出這項條件交換的原因了。

——對於蓋伊來說，現在最大的問題在於確保穩定的貨物供應，所以才提出這樣的交換條件。

——考量到運輸風險變高的情況，給予他交易的權利，讓他來負擔這個風險，我想這應該是可以接受的。

——現在唯一的問題在於父親回來後會不會同意我答應的條件。不過，我想這樣向爸爸解釋應該是沒有問題的……

在一番思索之後，她清一清喉嚨，謹慎地說：「我同意蓋伊先生提出條件。我可以給你在我們領地內進行貿易的權利。時間的話……先定五年吧。」

「太感謝伯爵小姐了。」聽到她的話，蓋伊露出十分開心的笑容。「說老實話，現在商人們面對的問題倒不是能賺多少，而是這些物資幾乎在革命爆發時就被收購一空了，要買也買不到了啊。順帶一提，現在礦物和穀物的價錢水漲船高，幾乎所有的商人都忙著進行這些交易，假如想要水果或是日常用品的話，可能好一陣子買不到囉。」

「你就別抱怨了吧，跟我們的交易就夠你大賺一筆了。」卡佩故做憤怒地拍了一下桌子，蓋伊看了咧嘴一笑：「這倒是真的，我的動作夠快，趁機搶到了不少。」

卡佩的嘴角忍不住抽動了一下，然後他轉頭問奧蕾妮亞：「假如你們達成了協議，那麼妳要離開了嗎？」

「假如您不介意的話……」

「只要我能拿到錢，我當然不會介意的。我會讓人把你們的行李都放在大廳。那麼，祝妳能早日與父親重逢。」

然後，他轉頭對蓋伊說：「你的貨物應該也處理得差不多了。你等等和我們的驗貨員確認一下後就把你要代付的贖金交給他吧。」

「好啊，下個月我會再回來的。艾德溫小姐，我接下來正好要回北方，是否能請你們等一下，讓我與你們一同離開呢？」

經過一番考慮後，奧蕾妮亞同意蓋伊同行的提議。於是，他們和蓋伊在下午四點一同離開了土爾人的部落。卡佩除了把他們的行李還給他們外，還多給了他們一匹馬和一輛馬車，於是他們就由對於這帶比較熟悉的蓋伊帶路離開山區，奧蕾妮亞則駕車跟在後面。原本梅爾茲還是認為該由自己負責駕駛，不過另外兩人異口同聲地表示既然他腿受傷了就該休息，強迫他乖乖坐在後面。

「這樣子幾天能回到城堡呢？」希爾娜看著車旁的樹木，隨口問道。

「假如路上沒有意外的話，大概再三四天可以吧。不過……希望不要在路上再次碰到辛族人……」

三人都沉默下來，昨天恐怖的遭遇歷歷在目，他們不敢想像假如沒有遇上伏擊的土爾人，他們現在會有什麼樣的遭遇。

他們離開山區時天已經幾乎全黑了，他們向北又前進了一段路，到了晚上七點才在一個村莊找到下榻的旅館。旅館一樓的酒吧空蕩蕩的，除了他們外只有零星幾個客人而已。

「人怎麼這麼少啊，老闆？」蓋伊一邊看著菜單一邊問老闆。

「最近旅客都不敢走這邊，生意很差啊。」老闆嘆了一口氣。「南邊的那個小鎮昨天才剛被辛族的人搶呢。」

奧蕾妮亞忍不住抖了一下，他知道老闆說的就是他們昨天遭到襲擊的地方。梅爾茲和希爾娜的臉色也一瞬間變得很難看。不過，蓋伊則十分自然地跟老闆開始攀談：「是我也有聽說這件事情。不過，旅客變少的話，這邊的農作物賣得出去嗎？」

「賣不太出去啊。不過農夫們也沒有心情討論這個問題，大家現在都被辛族人嚇得不知所措啦。」

「先給我一杯啤酒吧。對了，你們村莊的農夫都種些什麼啊？」

「大多小麥和玉米為主吧，靠山的那一帶有些人在種茶葉。」老闆一面倒酒一面回答他。

「現在茶葉的價格還不錯，小麥和玉米也在漲價，你們的農夫應該很高興吧。」

「他們怎麼高興得起來啊……」老闆嘆了一口氣。「現在根本沒什麼人要來買茶葉，作物採收後都只能堆在倉庫裡發霉。」

「不瞞你說，我是一個商人，想要採購一些小麥和茶葉。我該去找誰交涉？」

老闆重重地嘆了口氣，一邊把酒瓶放回櫃子上一邊用無奈的聲音回答：「理論上你該去找村長。可是村長兩天前跑了，所以你就直接去找農夫們吧。」

「村長逃跑了？我的天啊。」蓋伊也發出一聲嘆息。然後，他轉過頭問還在研究菜單的三人：「你們該點餐了吧，你們要吃什麼？」

「老闆，我們要三碗蔬菜奶油濃湯、三條硬麵包加上奶油、還有兩盤臘肉。」

聽到他們一口氣點了這麼多東西，老闆忍不住用懷疑的眼光打量著面前三個少年少女，說：「現在臘肉不便宜喔。」

希爾娜沒多說什麼，拿出五枚銀幣放在吧台上。老闆看到後吃了一驚，立刻換上完全不同的表情，露出了卑微的笑容說：「我立刻幫妳們準備。」

「錢會讓人有種自己是上帝的錯覺，這就是當商人的有趣之處。」蓋伊拿著啤酒走回桌邊，露出了諷刺的笑容。「我明天在這邊多留一個早上，可以嗎？」

「你打算在這邊談生意嗎？」奧蕾妮亞問道。

「沒錯。你們不介意吧。」

「其實……有點擔心。」她小聲地說。「很怕拖太久會再遇到辛族的人。」

「這個你們放心，跟我在一起就不用擔心辛族人。」蓋伊自信地說。三個人一同訝異地看著他，這個保證在他們耳中聽來實在太過地荒謬，梅爾茲首先開口：「難道你有辦法知道辛族人的行動嗎？」

「我哪有這麼厲害。運氣不好的時候還是會碰到的，不過，就跟土爾人不會動商人一樣，辛族人頂多收點過路費，不會對商人下手的。」

「我還以為你和法爾墨先生說的只是玩笑話。」奧蕾妮亞帶著不可置信的眼神看著蓋伊。蓋伊露出了得意的笑容，邊喝著啤酒邊說：「雖然對貴族來說商人不是高貴的行業，不過我們的影響力可比你們想像中的大多囉。就像是海盜在海上絕對不會傷害船員，無論是辛族還是土爾人都不敢搶商人，因為只要消息傳開來，大概五年內都不會有商人過去了。」

「之前有發生過這種事嗎？」奧蕾妮亞問道。

「有喔，大概十年前左右，我們商會的商隊在奧頓帝國裡面的一個小公國被他們的士兵搶了。我們對那個親王抗議，結果他從頭裝傻到尾。我們把這個消息傳出去，結果不只我們東方的商人，連奧頓帝國的商人也都一起抵制他們，整整兩年沒有商人進去過。」

他又喝了一口啤酒，繼續說：「最後那個親王不得不低聲下氣地和我們協商，我們提的條件他只能乖乖吞下去。現在那個國王幾乎被架空了，公國內政都由一個新設立的『公共事務評議會』來決定，而我們這幾個商會在那個評議會中佔了超過一半的議席。」

蓋伊說的這個故事讓三個人大感佩服，不過奧蕾妮亞立刻進一步地問：「說到商會，我們國家有幾個商會呢？」

「多得不得了，不過比較有影響力的大概不超過十個。而實際上有超過一半的商人都屬於最大的三個商會：聯合商會、洛爾商會、海洋商會。」

就在這時，老闆端著他們點的餐點過來。等到老闆離開後，蓋伊繼續說：「三大商會中最老資格的是洛爾商會，貝魯西亞王國剛建立的時候就已經存在了，商會的成員全部都是貝魯西亞人，經營的也都是貝魯西亞內部的交易。最年輕的則是海洋商會，裡面艾基里歐人和貝魯西亞人的數量差不多，經營海上貿易為主。聯合商會則是東方最大的商會，掌握了大部分的大陸貿易路線。」

「你是哪一個商會的呢？是聯合商會嗎？」

「嗯，妳猜得蠻準的啊。」他微微訝異地說。「不過，現在我們和海洋商會的競爭越來越激烈了，最近幾年航海技術的進步，讓他們的規模快速擴張。」

「商會間的競爭都是什麼一回事呢？」梅爾茲問道。「家父以前也是聯合商會的商人，不過從沒聽他說過相關的事情。」

希爾娜和奧蕾妮亞都吃了一驚，而蓋伊則用著十分有興趣的眼神打量著他。

「我還不知道你叫什麼名字呢，少年。」

「我叫做梅爾茲・艾姆修斯。」

「艾姆修斯嗎……嗯，這個名字我好像有印象。回到你剛剛的問題，商會間的競爭可以說是五花八門，有時候是一座城市的貿易許可，有時候是一座礦坑的開採權，有時候是一條貿易路線。有時候還會發生過兩個商會因為貿易衝突而各自雇了傭兵大打出手的狀況啊。」

「好難想像……雖然聽過，但真的無法想像那種爭執的規模呢。」奧蕾妮亞感嘆地說。蓋伊則越說越眉飛色舞：「我們商會就發生過這樣的事情。五年前我們和奧頓帝國的神聖商會同盟為了維吉亞的水果和礦物貿易起了衝突，在這兩樣都搶得先機的我們不讓他們進入市場，結果他們就雇了三千名帕瓦族騎兵——你們知道吧，那個沙漠民族——來攻打我們在亞登附近的商會基地。」

梅爾茲也聽得十分入神，他緊張地問：「結果怎麼樣呢？」

「我們慌忙雇了一群傭兵，結果被他們打的落花流水啊。最後還是靠著歐利希司公爵幫我們調解才解決這次問題的，最後我們也被迫開放一部分的市場給他們。」

「那個……假如拜託你們幫軍隊調度物資的話，你們會願意嗎？」

蓋伊皺了皺眉頭。

「一般來說商人們不太喜歡跟軍隊扯上關係的。」

「咦？」這個答案出乎奧蕾妮亞的意料之外。蓋伊開口解釋道：「雖然說商人是金錢至上，不過軍隊的信用實在不好啊……其實不只是軍隊，大部分的商人也都不太喜歡和政府打交道就是了——至少在貝魯西亞王國和奧頓帝國的狀況是如此。」

又喝了一口酒，他說：「雖然我們發戰爭財，不過我們都是把穀物和精煉後的金屬偷偷運進當地的黑市，利用漲了好幾倍的價格大賺一筆啦。當然，還是有人願意做政府的生意，不過通常都是比較有背景的商人。妳怎麼會講到這件事情？」

「沒什麼，只是想問問看而已。」

「那我就當我沒聽過這回事好了。」蓋伊半信半疑地說。

第二天他們拖到下午才離開村莊，蓋伊來的時候空空如也的車廂，在離開的時候載滿了小麥和茶葉。他在山上與農夫們交易時談到了一個不錯的價錢，一路上心情都非常地愉快。

「光這一筆交易，我說不定就能把妳的贖金賺回來了。」他愉快地對另外三個人說。「現在北邊的茶葉價錢聽說高得不可思議，穀物的價錢也還在上漲。」

「你去戈馬是為了運貨物來給土爾人嗎？」

「是啊，我運了一批黃金和生鐵到辛族人那裡，然後又賣了一批蔬果和穀物給土爾人。」

「都是你自己一個人運的？」

「當然不是啦，我好歹也算是個事業有成的商人，雖然稱不上大商人，但還是有些手下的。」

「可是我們連一個人都沒看到啊？」希爾娜好奇地問。

「他們在交易完後就立刻離開了，我還有其他交易在進行。」

他搔了搔頭，有些懊惱地說：「當初不該急著讓他們回去的，假如他們沒走的話，我就能從剛剛那個村莊買更多的東西北上了。」

接下來幾天的旅程幾乎算是一路順利，他們在路上大部分的的時間都在閒聊中度過了。雖然中間兩度遇到辛族的騎兵，不過靠著蓋伊的巧舌如簧和適時地拿出金錢，都有驚無險地安全度過。最後，在八月十八號的中午，他們抵達了艾德溫家族的領地。

「那麼，接下來我們就要分道揚鑣了。」蓋伊輕鬆地說。「我大概兩三個禮拜後就會回來。」

「十分地感謝你。」奧蕾妮亞低頭道謝。

「這就免了。花了三百五十金幣買到這裡的貿易權是筆挺划算的交易，光是你們的礦山就夠我大賺一筆了。」蓋伊道別時依然不改他商人本色。他對他們揮了揮手，駕著他的馬車繼續向北邊前進，奧蕾妮亞他們則轉進了通往城堡的道路。

「對了，妳想要先回家一趟吧？」她問希爾娜。

「嗯，我都忘記這回事了。真的沒問題嗎？」

「沒問題的。」

於是，在回城堡前，他們在通往派爾村的岔路轉彎。馬車駛進村莊時，村民紛紛投以訝異的眼光，不過在他們走下馬車時，所有村民都趕快別開視線，與他們保持一段距離。平常只有大貴族跟商人會搭乘馬車來到村莊，雖然這些村民們不認得奧蕾妮亞，不過他們可不敢冒著冒犯大人物的風險。

「我記得我們家在那邊……不過我的印象也有點模糊了，可能要多找一下。」

把馬拴在一戶人家門前的柱子後，另外兩人就跟著希爾娜慢慢的尋找她的老家，她大概花了二十分鐘希爾娜才找到自己的家。

「真的好久沒回來，好像有點尷尬啊。」她站在門口，有些難為情地說。她伸出手想要敲門，卻又猶豫地縮了回來。

沒想到，就在這時候門從裡面打開了，一個有些駝背的婦人提著水桶走出來。看到門前有三個人，她顯得有些吃驚。

「咦？你們是誰呢？」

「媽媽……」希爾娜低聲說道。

那個婦人又看了她們好幾秒，緩緩地張開嘴巴。

「希爾娜……」

她手一鬆，水桶掉在地上，然後她向前一步，緊緊地抱住希爾娜。眼淚滑過希爾娜的臉頰，婦人的眼角也泛著淚光。

「我一直很想妳……妳的父親也是……」

希爾娜抽泣了一聲，說不出話來。

「他一直很自責……那時候的事情……」

奧蕾妮亞輕輕拉著梅爾茲的手，示意梅爾茲跟著她走。

「讓他們獨處一下吧，我們走開的話，他們可能會比較自在。」她低聲對梅爾茲說。

兩人慢慢地晃到了村莊的街上。雖然奧蕾妮亞是伯爵的獨生女，不過因為她不常在公眾場合拋頭露面，街上沒有人認得出她，讓她和梅爾茲兩人可以自在地行動。

「我正在思考回到城堡後該做的事情。」奧蕾妮亞小聲地說。「等等回到城堡後，我要立刻召集所有的騎士。」

「有那麼急嗎？我們應該沒有要立刻展開軍事行動吧。」

「不，不是軍事行動的問題……我要正式公布父親被監禁這個消息。除此之外，我還要要求在父親回來前所有人對我宣示效忠。」

「可是，在貝魯西亞十六歲才算成年吧？小姐還差了兩歲，這樣子會不會有問題呢？」

「嗯，這就是我在擔心的事情。」她苦惱地看著梅爾茲。「我會跟你提這件事情也是因為我想要聽聽你的想法。我必須讓貴族們同意由我暫時管理領地，但是不知道該怎麼做……你有什麼主意嗎？」

「我不確定。」想了一會兒後梅爾茲這麼說。「我想不到什麼方法可以強迫他們，所以得用柔軟一點的方法……那些貴族中有誰比較喜歡妳的嗎？我們說不定可以先去拜託他們。」

「你的意思是先拉攏幾個貴族支持我嗎？恩……這樣或許行得通。」

「那麼，我認為小姐回去後可以不要急著找騎士們開會，先邀請妳覺得會同意的幾個貴族來，私下取得他們的支持吧。」

「這個主意真的不錯呢。」奧蕾妮亞露出了微笑。「那麼，我回去城堡後再來思考該找誰。不過我總覺得這樣還不夠保險，你有其他的主意嗎？」

梅爾茲又想了一下，另一個點子浮現在他腦海中。

「或許，可以拜託公爵幫忙？」

「幫忙？」奧蕾妮亞立刻就瞭解了他的意思。她有些興奮地說：「這個主意很棒，應該行得通喔。只要公爵和母親都指名由我暫時管理領地，靠著公爵的名號也夠讓下面的貴族們接受了。」

「所以小姐要和公爵聯絡嗎？」

「我說過要你直接叫我的名字了……公爵的部分，我明天就會聯絡，請公爵正式寄信過來。在收到回信之前，我就先暫時不採取任何行動。對外就先宣稱我身體不適吧。」

「這樣也不錯。」梅爾茲笑著回答。「經過這樣的旅途，我想小——奧蕾妮亞小姐也需要休息一下。」

他們就這樣一邊聊著一邊在街上漫無目的地閒晃。晃了好一陣子後，他們又回到希爾娜的家門前，不過門已經關了起來，他們聽見裡面傳來了陣陣低語。

「她進去了呢。」

「我們該進去嗎？」

「不用吧，在外面等她就好。」奧蕾妮亞小聲地說，他和梅爾茲一起靠在牆上，聽著透過門板傳來的交談聲。

沒過多久門就打開了，希爾娜探出頭四處張望，看見他們後便說：「小姐，一起進來吧。」

「不用了，我不想打擾到你們。」

「沒關係的，我的父母也想要和妳致謝。」

「那就更不用了，他們就算要道謝也該是向我的父親才對。」

不過，希爾娜的母親在這時候走出來，她慌張地向奧蕾妮亞道謝，想要招待奧蕾妮亞在他們家用餐，還打算把家裡面唯一的一隻母雞拿來請客。奧蕾妮亞費了九牛二虎之力才推辭了她的盛情招待，和希爾娜時離開時，她還答應等到伯爵回家後一定會與伯爵一同造訪。

「其實我是想讓妳和妳的母親多相處一下的，不過她意外地好客啊……」

「這是當然的，伯爵是我們的恩人啊。」

「妳要不要今天留在這裡呢？我明天再來接妳也行喔。」

雖然眼角仍帶著微微的淚光，不過希爾娜依然搖了搖頭，微笑著說：「我和母親又不是再也見不到面了，等到有空的時候請小姐允許我再次回來吧。」

從村莊到城堡的路程很短，他們只花了不到兩個小時就回到了城堡附近。看著城堡熟悉的鐵灰色大門，梅爾茲忍不住感嘆地說：「沒想到我們離開洛爾已經超過一個月了，我們終於結束這趟旅程了。」

「是啊，旅程結束了……但是，真正的變動現在才要開始。」奧蕾妮亞輕輕地嘆了口氣。「短短一段時間，幾乎一切都改變了。國王死了，王國分裂了，反抗軍成立了共和國……」

另外兩人點了點頭。他們都對於現在的狀況有著相同的感覺，目前所發生的一切，無論是王國的倒臺、共和政府的成立、貴族的行動，都只不過是巨變的序幕而已。

「不管局勢怎麼樣改變，我都相信小姐選擇的路是正確的。」梅爾茲注視著奧蕾妮亞的雙瞳，靜靜地開口。

「我也是，我完全相信小姐的判斷力。」

聽見兩人都這麼說，奧蕾妮亞露出了難為情的笑容。

「請別這樣，我自己都沒有這麼有自信。我知道的不夠多，而就算我知道了事情會如何發展，就算我知道加稅引起暴動，我也沒有力量能夠改變結局……」

「這些事情任誰都無法改變，但是妳也有妳能改變的事情不是嗎？」

梅爾茲的這句話讓她楞了一下。他繼續說：「我相信妳能夠得到力量，無論是與克普洛王子的合作、認識了土爾人或是蓋伊先生，這些都是一般貴族沒有機會碰觸的事物，而我相信妳一定有辦法讓這些成為妳的力量。」

「你終於肯自然地稱呼我了呢，梅爾茲。」

她握起了梅爾茲和希爾娜的手，凝視著不知所措的兩人，露出了溫暖的笑容。

「很感謝你們願意相信我。希望……無論發生什麼事情，我們都能一起面對接下來可能發生的任何事情吧。」

——只要有著你們，我就有著面對任何事的勇氣。

奧蕾妮亞一面品味著兩位同伴的信任帶給她的勇氣，一面在心中暗暗地對著兩位同伴許下了諾言。

——為了讓你們、為了讓這個國家往更好的方向前進，我會盡我所能，哪怕我現在什麼都做不到，我也會嘗試來改變這一切！

終章

當貝魯西亞國內動盪不安的時候，在貝魯西亞與艾基里歐邊界的「聖城」米爾維亞仍一如往常的平靜，彷彿外界的一切不安都無法影響到這座受到主神庇佑的都市，世間一切的紛擾都無法影響神聖的米爾維亞。

至少，表面上是如此。

在米爾維亞城正中央，矗立著米白色的米爾維亞大教堂，雄偉華麗的建築象徵著教會的威嚴。不過，在這教堂的地底，有一個極度隱密的房間，連長年居住在城市中的神職人員都不知道這個地方的存在，而知道這個地方的人則瞭解這間房間才是亞盧波爾教真正的核心，它代表的力量遠超乎任何人的想像。

「我們不該出手。」

「為什麼不該出手？加布雷做得太過份了，他分明就是把貝魯西亞的革命拿來當成自己奪權的籌碼。」一個年輕的聲音激動地說。

第一個聲音的主人沉默了一下，用蒼老的聲音再次開口：「在這個混沌的情況下，任何不謹慎的行動都會帶來失敗。更何況，最高主教閣下什麼意見都沒表示。」

「那麼，你打算放任加布雷恣意妄為？」

「不，我沒有這麼說。這是個必須要處理的問題，但我們不能任意出手。」

「他沒有辦法的。」第三個聲音加入了對話，這個聲音顯得有氣無力。「奧薩・加布雷很快就會發現他沒有辦法如他所願。」

這句話先前兩個聲音的主人都吃了一驚。

「這麼說來，你已經布置好了？」

「就連在新的共和政府中，我都已經做好準備了？」那個虛弱的聲音說。「人都安排好了，接下來就看諸位的決定了。」

「無論如何，我們都不能讓奧薩・加布雷掌控亞盧波爾教的權力！假如有必要的話，我們可以把共和政府一起摧毀！」年輕的聲音激動地說。

蒼老的那個聲音無奈地說：「既然你都已經準備得差不多了，那我們就開始安排這件事情吧……」

就這樣，在這混沌的局勢之中，又有一隻不為人知的手悄悄地介入其中。他們的所代表的勢力有何意義、他們介入究竟會造成什麼樣的影響，在現在這一刻仍無人知曉。

後記

大家好，我是大帝。

呃雖然自稱大帝已經好久了，但是把這兩個字寫進後記還是好奇怪啊啊啊啊啊！

回歸正題。這次有機會讓《奧馬哈眾王國記》這個故事與各位見面，首先要感謝的就是秀威出版以及仕翰編輯在出版過程中給的協助，讓這篇故事能夠更臻完美。另外，我也要感謝在巴哈姆特認識的幾位朋友，包括對於故事提出不少建議的芭蕉葉、協助我校稿的黑瀾調、在寫作過程中和我有著許多討論的CFP和姬月兔、以及其它透過小說而結緣的朋友們，很幸運在寫作的路上能夠認識你們。

開始動筆寫《奧馬哈眾王國記》大概是二〇一四年左右。那時候閱讀了田中芳樹的名作《銀河英雄傳說》，這部經典科幻史詩簡直讓我廢寢忘食，銀英傳對政治的諷刺是如此地辛辣，簡直讓人回味無窮。這讓把歷史當作一個業餘興趣的我也有了動筆的衝動，我也想要打造一個屬於自己的史詩，透過這個故事與讀者們分享我的想法與情緒。

由於我是個歷史愛好者，在這故事中，我也偷偷的「參考」了一些現實世界中的國家、民族和事件，相信各位讀者們應該不難看出故事中洛爾發生的革命參考了什麼歷史事件，而亞盧波爾教的原型應該也十分明顯。至於其它僅僅出現過名字，尚未登場的國家，像是奧頓帝國、維吉亞共和國和艾基里歐王國，也都有各自的原型。至於原型是誰，就留待以後這些國家登場的時候再讓各位猜測一番囉。

除了對於歷史的喜愛之外，醞釀出《奧馬哈眾王國記》這個故事的另一個要素，就是我對於這個世界的期待。這不代表革命後的共和國就是我理想中的國家，也不意味著故事中的角色都是完美無瑕的人。不過，故事中的主要角色們的確反應出一部份我的理想。

正視現實，就算是對自己很殘酷的真相也看得一清二楚。

願意將公眾的利益擺在個人的利益之前。

面對現實的不滿，有著永不放棄的精神與起身反抗的勇氣。

這些道理說來簡單，做來何其困難！有多少人選擇蒙蔽自己的雙眼，有多少人為了一己之私而戕害公眾之利，而在面對殘酷的現實時，又有多少人整天怨天尤人，但是當其他人選擇挺身而出時，卻又只會躲在背後冷嘲熱諷？

實際上，除了少數天生享盡優勢的人之外，大多數人的人生就是與各種挫折不停地奮鬥。不過，人不能決定自己的出身與環境，卻能決定自己面對困難與挫折的態度。有的人在難關前面放棄了，但也有人在面對這些挫折時仍保有自己的希望與理想，一步步在嚴峻的世界中改變自己的命運，甚至幫助其它面臨困難的人。當然，這種人一直都是社會的少數。畢竟大部分的人習慣選擇對於自己最輕鬆、最舒適的一條道路。他們在自己遇到困難時抱怨個不停卻什麼都不做；身為既得利益者時則要求其他被壓迫的人不要起來作亂，以免破壞自己安逸的生活；當他們掌握了權力時，又會忘記自己過去的困頓，對於其他人的抗議裝死到底。

不過，我仍然相信無論是哪個地區、哪個國家、哪個時代，永遠都會有一些聰明睿智，能看清現實，又有勇氣、願意與不公不義對抗的人。當這種人越多，這個社會就更有可能變得更好。

在《奧馬哈眾王國記》中，我希望能夠同時展現「現實」、「理想」、與「希望」。這是個很現實的故事，我們能看見既得利益者醜陋的嘴臉、掌權者的傲慢、人民無力而憤怒的吶喊，而隨著故事的推進，未來或許也能看到背離初衷、換了位子順便換了腦袋的人。但這同時也是個有著希望與理想的故事，這世界上有著一群人，無論面對多麼殘酷的世界，無論自己有多麼無力，他們都沒有放棄希望，持續尋找著能夠讓所有人變得更幸福的方法。

希望各位讀者能喜歡這個故事，也期盼各位能夠從故事中找到屬於自己的希望。

釀奇幻27　PG2050

奧馬哈眾王國記：

王國落日

作　　者　大　帝
責任編輯　洪仕翰
圖文排版　林宛榆
封面設計　蔡瑋筠

出版策劃　釀出版
製作發行　秀威資訊科技股份有限公司
114 台北市內湖區瑞光路76巷65號1樓
電話：+886-2-2796-3638　傳真：+886-2-2796-1377
服務信箱：service@showwe.com.tw
http://www.showwe.com.tw
郵政劃撥　19563868　戶名：秀威資訊科技股份有限公司
展售門市　國家書店【松江門市】
104 台北市中山區松江路209號1樓
電話：+886-2-2518-0207　傳真：+886-2-2518-0778
網路訂購　秀威網路書店：https://store.showwe.tw
國家網路書店：https://www.govbooks.com.tw
法律顧問　毛國樑　律師
總 經 銷　聯合發行股份有限公司
231新北市新店區寶橋路235巷6弄6號4F
電話：+886-2-2917-8022　傳真：+886-2-2915-6275

出版日期　2018年12月　BOD一版
定　　價　380元

國家圖書館出版品預行編目

奧馬哈眾王國記：王國落日 / 大帝著. -- 一版.
-- 臺北市：釀出版, 2018.12
面；　公分. -- (釀奇幻 ; PG2050)
BOD版
ISBN 978-986-445-290-3 (平裝)

857.7　　　　107017494

讀者回函卡

感謝您購買本書，為提升服務品質，請填妥以下資料，將讀者回函卡直接寄回或傳真本公司，收到您的寶貴意見後，我們會收藏記錄及檢討，謝謝！

如您需要了解本公司最新出版書目、購書優惠或企劃活動，歡迎您上網查詢或下載相關資料：http:// www.showwe.com.tw

您購買的書名：＿＿＿＿＿＿＿＿＿＿＿＿＿＿＿＿＿＿＿＿

出生日期：＿＿＿＿年＿＿＿＿月＿＿＿＿日

學歷：□高中（含）以下　□大專　□研究所（含）以上

職業：□製造業　□金融業　□資訊業　□軍警　□傳播業　□自由業

□服務業　□公務員　□教職　□學生　□家管　□其它＿＿＿

購書地點：□網路書店　□實體書店　□書展　□郵購　□贈閱　□其他

您從何得知本書的消息？

□網路書店　□實體書店　□網路搜尋　□電子報　□書訊　□雜誌

□傳播媒體　□親友推薦　□網站推薦　□部落格　□其他＿＿＿＿＿

您對本書的評價：（請填代號　1.非常滿意　2.滿意　3.尚可　4.再改進）

封面設計＿＿　版面編排＿＿　內容＿＿　文／譯筆＿＿　價格＿＿

讀完書後您覺得：

□很有收穫　□有收穫　□收穫不多　□沒收穫

對我們的建議：＿＿＿＿＿＿＿＿＿＿＿＿＿＿＿＿＿＿＿＿

＿＿＿＿＿＿＿＿＿＿＿＿＿＿＿＿＿＿＿＿＿＿＿＿＿＿

＿＿＿＿＿＿＿＿＿＿＿＿＿＿＿＿＿＿＿＿＿＿＿＿＿＿

＿＿＿＿＿＿＿＿＿＿＿＿＿＿＿＿＿＿＿＿＿＿＿＿＿＿

請貼
郵票

11466
台北市內湖區瑞光路 76 巷 65 號 1 樓
秀威資訊科技股份有限公司 收
BOD 數位出版事業部

……………………………………………………………………………

（請沿線對折寄回，謝謝！）

姓　　名：________________ 年齡：________ 性別：□女　□男

郵遞區號：□□□□□

地　　址：________________________________

聯絡電話：(日) ________________ (夜) ________________

E-mail：________________________________